KB266190

누에나방

누에나방

마 태 장 편 소 설

해피북스
투유

차례

1

정신건강의학과 검사실의 공기는 차갑고 건조했다. 때가 탄 회백색 벽에는 창문이 없어 바깥의 소음을 막는 데 효과적이었다. 이명이 들릴 만큼 조용한 검사실 안의 가구라고는 두 사람이 마주 보고 앉을 수 있도록 배치된 책상과 의자 두 개가 전부였다. 벽에 붙어있는 나무 십자가는 이곳이 종교재단에 소속된 종합병원이라는 사실을 알려주고 있었다.

지난 1년 동안 소영에게 병원은 집과 같은 존재였다. 중환자실 침대 위에서 눈을 떴을 때, 우는 엄마의 얼굴을 보았을 때, 처음에 소영은 엄마가 왜 우는지 이해하지 못했다. 애초에 엄마를 알아보지도 못했다. 골절, 내상, 출혈, 마비 같은 단어가 뒤범벅된 의사의 설명은 외국어처럼 들렸다. 소영이 알아들은 것은 '교통사고'와 '기억상실' 두 단어뿐이었다.

소영은 의사의 흰 가운을 응시했다. 그녀가 자신의 글씨를 잘 알아보고 있는지 불안했다. 가운의 주머니에 꽂힌 명찰에 증명사진과 함께 '정신건강의학과 강소영'이라는 글자가 보였다. 이름뿐만 아니라 성까지 같은 사람을 만날 확률이 얼마나 될까? 병원 밖에도 '강소영'이라는 이름이 있을지, 있다면 몇 명이나 될지 궁금했다.

"마저 할까?"

의사는 소영에게 검사지를 내밀었다.

"문장을 완성하면 돼. 정해진 답이 있는 게 아니니까 생각나는 대로 써봐."

'청소년용 문장완성검사'라고 쓰인 굵은 글씨 아래 토막난 문장들이 차례대로 보였다.

1. 내가 가장 좋아하는 사람은 ______________

2. 나의 학교 생활은 ______________

3. 만일 내가 지금 나이보다 열 살이 많다면 ______________

소영은 펜을 든 채 두 페이지에 걸쳐 이어지는 모든 문장을 차례대로 읽어보았다. 이해가 되지 않는 것은 없었지만, 쉽게 대답할 수 있는 것도 없었다. 소영은 용기를 내서 입을 열었다.

"2번은 어떻게 해요?"

"차례대로 할 필요는 없어. 어려운 건 나중에 쓰렴."

검사지의 안내문에도 '각 문장을 읽으면서 맨 먼저 떠오르는 생각을 뒷부분에 기록하세요.'라고 쓰여있었지만 '학교 생활'이라는 단어에서는 아무 생각도 나지 않았다. 교통사고를 당한 뒤 1년이 넘도록 기억을 잃은 채 병원에서만 생활해 온 소영으로서는 전혀 알 수 없는 세계였다.

그렇다고 해서 '기억이 나지 않는다'라고 쓰고 싶지는 않았다. 지금까지 너무 많은 질문에 그렇게 답했기 때문에.

소영은 끄트머리를 잘근잘근 씹고 있던 볼펜을 입에서 떼어내고 3번 문장을 읽었다. 만일 내가 지금 나이보다 열 살이 많다면……. 병실 침대에 붙어있는 인적사항 기록 카드에는 '강소영/17세'라고 쓰여있었다. 소영은 매일 그것을 보고 내가 지금 열일곱 살이구나, 라고 생각했다. 열 살 더 많다면 스물일곱이다. 까마득히 멀고 굉장히 늙은 나이처럼 여겨진다.

까마득히 먼 미래. 그렇다. 과거가 아니라 미래의 일을 써도 되는구나. 소영은 다시 2번 문장으로 거슬러 올라갔다.

2. 나의 학교 생활은 _______________

‘기대된다.’

소영은 신중하게 펜을 누르면서 문장을 완성했다. 손가락이 골절됐다가 다시 붙은 지 몇 달 되지 않아서 글씨를 대충 쓰면 엉망이 된다. 되도록 짧은 답만을 쓸 수밖에 없을 것 같았다.

1. 내가 가장 좋아하는 사람은 ＿＿＿＿＿＿＿

소영은 ‘엄마’라고 썼다. 삐뚤빼뚤하지만 알아볼 수는 있었다. 소영은 만족스러운 미소를 지었다. 1번과 2번을 채웠으니 이제 순서대로 답을 할 수 있게 됐다. 차례대로 쓸 필요는 없다고 했지만 왠지 그렇게 하고 싶었다.

엄마에게 이걸 보여주면 무척 기뻐할 텐데. 소영은 검사지를 가져가도 되는지 물어보고 싶다는 생각이 들었다. 하지만 참을성 있게 자신을 기다려주고 있는 의사가 베풀 수 있는 친절에도 한계가 있을 것 같아 일단은 문장을 완성하는 데 집중했다.

“다 했니?”

펜을 내려놓은 소영이 고개를 끄덕이자 의사는 검사지를 가져가 훑어보기 시작했다. 소영은 오래 써서 피로해진 손가락을 조심스럽게 주물렀다. 긴장해서 그런지 손가락 끝이 차가웠다.

“……교수님.”

소영은 용기를 내서 말을 걸었다. 자신과 이름이 같아서 그런지 은근히 친근감이 느껴졌다.

"응? 나?"

의사가 고개를 들었다.

"나는 교수는 아니야. 그냥…… 선생님이라고 불러도 돼."

소영에게 무언가를 설명하려던 의사는 쓴웃음을 지으며 말했다. 소영은 그녀가 무엇을 말하려고 했는지 알 것 같았다. 의사에도 여러 종류가 있었다. 소영과 엄마가 '교수님'이라고 부르는 주치의는 정교수였고, 소영의 입원실에 찾아오는 피곤해 보이는 의사들은 '펠로우'나 '레지던트'였다. 노련한 간호사들에게 열심히 설명을 듣는 '인턴'도 가끔 있었다.

"그럼 펠로우예요?"

"뭐? 어떻게 알아? 참, 소영이는 여기 1년이나 있었다고 했지. 병원에 대해 잘 알겠구나."

놀란 표정을 짓던 의사는 이내 납득이 간다는 듯 고개를 끄덕였다.

"설명을 하면 소영이가 혼란스러워할 거라고 생각했지 뭐야. 열일곱 살 학생이 알기에는 너무 어려운 용어니까."

소영의 귀에는 병원 밖의 열일곱 살보다 더 많은 것을 알고 있다는 뜻으로 들렸다. 소영을 칭찬하는 것 같아서 기분이 좋아졌다.

"검사는 다 끝났어. 쉬웠지? 퇴원 전에 형식상 하는 거니까 결과는 걱정 안 해도 돼.”

“저…….”

소영의 불안한 시선이 검사지를 봉투에 넣는 의사의 손으로
향했다.

“제 기억은 영원히 안 돌아올까요?”

소영은 의사의 얼굴을 보았다. 의사는 담담하게 말했다.

“그럴 가능성이 아주 높아.”

“…….”

“너는 특별한 케이스야, 소영아.”

의사는 책상 위의 휴지를 소영 쪽으로 밀어주었다.

“차에 치여서 바닥에 떨어질 때 다친 부위가 안 좋았대. 물리
적인 뇌 손상이 컸어. 그래서 깨어났을 때 인지 능력이 어린이
수준으로 낮았던 거야. 기억을 모두 잃은 것도 그것 때문이고.”

소영은 티슈를 한 장 뽑아 눈을 문질렀다. 왜 눈물이 나왔는
지 모르겠다. 뇌의 기능이 정상으로 회복되더라도 기억은 돌아
오지 않을 거라는 이야기를 처음 듣는 것도 아니었는데 말이
다. 충격을 받았거나 슬픈 것도 아니었다. 억울했다. 기억을 잃
어버린 채로 살아야 한다는 것을 인정하고 싶지 않았다. 하지
만 인정할 수밖에 없는 상황에 내몰려진 것이 억울했다.

1년 전, 신호를 위반하며 달리던 승용차에 부딪힌 소영의 몸
은 도로로 튕겨 나가 머리부터 떨어졌다고 했다. 그때부터 지

금까지 병원 신세를 지고 있는 것은 전신의 골절뿐만 아니라 뇌 손상도 심각했기 때문이었다. 혼수상태에서 깨어난 소영의 인지 능력은 다섯 살 수준에 불과했다. 다행히 이제는 평범하게 말하고 읽고 쓸 수 있을 정도까지 나아졌다.

엄마도, 의사도, 시간마다 병실을 찾아와 주사액을 바꾸어주는 간호사와 재활치료를 도와주는 물리치료사도 그렇게 말했다. 그러면서 소영을 불쌍하다는 듯이 바라보았다. '딱하게 되었다'고 말했다. 그것이 의아했다. 자신의 몸이 생각대로 움직이지 않는다는 것과 모든 기억이 사라졌다는 것이 왜 동정을 받는 일인지 깨닫게 된 것은 아주 최근의 일이다.

병원에서 먹고 자는 것이 당연하지 않다는 것, 모든 사람들에게는 병원 밖의 삶이 있다는 것, 소영에게도 있었지만 그것을 모두 빼앗겼다는 것을 이제는 안다. 가지고 있는 인상적인 기억이라는 게 몇 달 전 엄마와 함께 병원 침대에 누워 즐겁게 텔레비전을 본 것 정도뿐이라는 점은 충분히 동정받을 만했다. 기억이 없는 시간은 살아온 것으로 인정받지 못했다. 소영은 17년의 세월을 잃어버린 것이다.

그것은 어떤 후유증보다 더 소영을 부족하고 약한 존재로 만들었다. 스스로도 느끼고 있었다. 몸의 어딘가가 반쯤 떨어져 나가 모르는 곳에 부유하고 있는, 바닥과 빛이 없는 공간에 혼자 서있는 기분이 들었다. 1년간의 재활과 회복 과정은 기억의 부재를 인식할 수 있을 만큼 소영을 성숙하게 만들었다. 소영은 불안했다. 태풍이 지나가고 난 뒤의 처참한 풍경을 보고 나서야 위력을 깨닫는 사람들처럼, 몸과 마음이 교통사고를 극복해 나갈수록 소영은 그 충격이 갖는 의미에 가까워지고 있었다.

"소영이는 지금까지 잘해왔어."

의사가 말했다.

"소영이는 퇴원할 수 있을 만큼 낫기 위해서 그동안 열심히 노력했어. 기억상실 증상이 회복되지 않은 게 아쉽겠지만, 평범한 일상을 보내는 것도 충분히 잘할 수 있지 않을까?"

"모르……겠어요."

코 먹은 목소리가 나왔다. 소영은 젖은 티슈를 공처럼 말아 쥐었다.

"내일이면 집에 가야 하는데, 저는 집이 어땠는지 기억이 안 나요. 평생 거기서 살았다는데도요."

"집에는 혼자 가니?"

소영은 고개를 저었다.

"혼자 못 가요. 엄마가 있어야 돼요. 저는 택시도 탈 줄 모르고 어떻게 가는지도 몰라요. 돈도 없어요."

소영은 스스로가 부끄러웠다. 담담한 의사와 달리 눈물을 흘리고 있는 자신의 모습이 부끄러웠고, 엄마가 없으면 집으로 갈 수도 없는 것이 창피했다.

"엄마의 도움을 받는 건 부끄러운 일이 아니야."

의사는 소영의 마음을 읽은 것처럼 말했다.

"소영이는 아직 미성년자야. 아프지 않더라도, 부모님의 보살핌 아래 있어야 하는 나이야. 기억이 나지 않는 일은 엄마한테 물어보면 돼. 어떤 일은 소영이보다 기억을 잘하실 테니까."

"그럴……까요?"

"나는 태어났을 때 너무 심하게 울어서, 부모님이 세 달 넘게 잠을 거의 못 주무셨대. 엄마는 아직도 그때 얼마나 힘들었는지를 얘기하셔. 난 하나도 기억이 안 나는데 말이야."

의사는 쑥스러운 듯 웃었다. 웃으니까 갑자기 훨씬 어려 보이는 얼굴이 되었다.

"어릴 때 기억은 뇌가 발달함에 따라서 금방 잊혀져. 기억을 잃기 전의 소영이도 그랬을 거야. 솔직히 말하면, 선생님은 고등학교 때 일도 잘 기억이 안 나. 그러니까 어렸을 때 이야기를 언제든지 물어볼 수 있는 부모님이 계셔서 다행이지."

지금까지는 치료에 집중하느라 엄마와 그런 이야기를 나눌 새가 미처 없었던 것뿐이라고, 집으로 돌아가서 기억을 되살릴 수 있는 일들을 많이 하면 된다고 의사는 설명했다.

"학교는요? 저는 학교에 꼭 가고 싶어요."

문밖에서 노크 소리가 났다. 소영의 질문에 막 대답하려고 했던 의사는 조금 높은 목소리로 "네."라고 말했다.

"……검사가 아직 안 끝났나요? 전화를 좀 받아야 할 일이 있는데……."

소영은 고개를 돌렸다. 반쯤 열린 검사실의 문 사이로 엄마의 모습이 보였다. 길고 부스스한 머리를 집게핀으로 고정한 엄마는 최근 자주 입는 회색 카디건을 걸친 채였다. 소영은 눈이 마주친 엄마의 표정이 변하는 것을 보고 아차 싶었다. 울었던 흔적이 아직 얼굴에 남아있을 것 같았다.

"소영아, 왜 그래? 울었니?"

"……아니야."

엄마의 목소리를 들으니까 또 눈물이 날 것 같았다. 소영은 필사적으로 고개를 저었다. 의사는 당장이라도 검사실 안으로 들어올 것 같은 엄마를 막으려는 것처럼 일어섰다.

"검사가 끝나고 상담하는 중이었어요. 조금 더 걸릴 것 같으니까 편하게 통화하고 오세요."

"같이 있으면 안 되나요?"

엄마는 불만스럽게 말했다. 소영이 운 것이 아무래도 마음에 걸린 모양이었다.

"검사할 때도 못 들어오게 하고…… 애가 불안해서 그런 것 아닌가요?"

"검사 때문은 아니고요. 퇴원 이야기를 하고 있었어요. 소영아, 어머님과 같이 이야기해 볼래?"

의사의 제안에 소영은 고개를 저었다. 지금은 엄마를 옆에 앉힐 마음의 여유가 없었다. 엄마는 석연찮은 표정을 지었지만 이내 문이 다시 닫히고 검사실 안은 다시 조용해졌다.

"퇴원 준비하느라 어머님도 바쁘신가 보다."

그런데도 검사가 진행되는 동안 밖에서 내내 소영을 기다린 것이다. 엄마는 늘 그랬다. 소영이 대학병원 안을 빙빙 돌면서 온갖 진료실에서 검사와 치료를 받는 1년 동안 항상 엄마가 함께였다. 의사는 소영이 퇴원하기 위해 욜심히 노력했다고 했지만 엄마의 헌신이 없었다면 불가능한 일이었을 것이다.

"그런데…… 엄마는 제가 학교에 안 갔으면 좋겠대요."

엄마는 소영이 등교길에 교통사고를 당한 것에 큰 충격을 받았다고 했다. 그래서 소영을 학교에 보내고 싶지 않다고 했다. 소영이 학교에 가는 모습을 상상만 해도 잠을 이루지 못할 정도로 걱정이 된다고 했다. 하지만 소영은 꼭 학교에 가야 했다. 그것이 소영이 엄마를 검사실에 들이지 않은 이유이기도 했다.

"학교에 가야 하는 소영이만의 특별한 이유가 있구나?"

소영의 설명을 들은 의사가 물었다. 소영은 고개를 끄덕였다.

"찾는 사람이 있어요."

2

소영은 검사실을 벗어나 복도로 나왔다. 엄마는 보이지 않았다. 벽에 고정된 것처럼 바짝 붙어있는 의자들에는 진료를 기다리는 사람들이 지루한 얼굴로 앉아있었다.

정신건강의학과 검사실이 있는 2층 복도에서는 천장 없는 1층 로비가 잘 내려다보였다. 투명하고 차가운 유리로 만들어진 난간에 몸을 기댄 소영은 1층을 내려다보았다.

접수창구와 수십 개의 키오스크와 카페, 편의점이 위치한 로비에는 사람들이 많았다. 1년 동안 병원 밖으로 한 발짝도 나가지 못한 소영의 특기는 사람들의 표정만 봐도 어디로 향하는지 맞출 수 있다는 것이었다. 심지어 그들 자신이 모르더라도. 신경질적인 표정으로 주변을 둘러보고 있는 중년 여성은 곧 안내데스크로 향할 것이다. 외투를 벗어 한 손에 든 것으로 볼 때 진료실을 옮겨 다니며 검사를 받다가 길을 잃은 것 같았다. 무료한 얼굴을 하고 서둘러 걷고 있는 정장 차림의 남성은 제약회사의 영업 사원으로 보였다. 주차권이나 커피가 필요할 것이다. 그는 소영의 예상대로 키오스크를 향해 뛰다시피 걸어갔다.

사람들의 정수리를 구경하고 있던 소영의 시선이 2층으로 통하는 에스컬레이터로 옮겨갔다. 소영의 시선을 빼앗은 것은 교복 차림의 학생이었다. 소영과 비슷한 나이로 보이는 여자애는 에스컬레이터에 몸을 싣고 2층으로 올라와 벽에 기대 서있을 때까지 휴대폰에서 한 번도 눈을 떼지 않았다. 그 애의 앞에 있는 의사도, 뒤에 서있는 환자도 같은 자세를 하고 있었다. 소영은 사람들이 휴대폰으로 뭘 그렇게 하는지가 항상 궁금했다. 소영은 휴대폰을 한 번도 만져본 적이 없었다. 사고 전에는 있었을지도 모르지만 기억이 없으니 알 수 없다. 이 세상에서 휴대폰이 없는 사람은 자신뿐일지도 모른다.

여자애가 휴대폰에 정신이 팔린 덕분에 소영은 교복의 디자인을 자세히 관찰할 수 있었다. 조끼는 짙은 갈색이었고 치마는 녹색 바탕에 체크무늬가 새겨진 것이었다. 칼라가 둥근 블라우스에는 넥타이 대신 리본이 묶여있었다. 결론적으로 이번에도 소영이 찾고 있는 교복이 아니었다.

여자애는 휴대폰을 보는 자세 그대로 복도를 돌아 어딘가로 사라졌다. 소영은 정확한 기억이 사라지기 전에 그 학생의 모습을 그려두고 싶었다. 그러나 노트는 입원실에 있었다. 소영은 엄마를 찾기 위해 황급히 주변을 둘러보았다. 엘리베이터 쪽에서 엄마의 뒷모습이 보였다.

"엄마……."

엄마를 부른 소영은 깜짝 놀랐다. 자신을 향해 고개를 돌린 여자의 얼굴이 엄마가 아니었다. 환자복 위에 걸친 카디건과 머리를 고정하고 있는 커다란 집게핀의 색깔이 엄마와 똑같아 착각을 한 모양이었다.

"……."

그녀는 아무 말 없이 불쾌한 얼굴로 소영을 바라보았다. 엄마는 아니었지만, 소영이 아는 얼굴이었다. 소영과 같이 2인 병실을 쓰고 있는 여자아이의 보호자였다. 그래서 '엄마'라는 말에 반응한 것이다. 소영은 어색하게 고개를 숙였다.

"아…… 안녕하세요."

소영이 어떻게 해야 할지 몰라 우물거리고 있는 동안 엘리베이터의 문이 열리고 여자는 그 안으로 재빨리 사라졌다. 여자가 아이의 손을 잡고 있었던 것이 뒤늦게 보였다. 무안한 기분에 잠시 동안 멍하니 서있던 소영은 등을 돌렸다. 조금 떨어진 곳에 있는 화장실에서 엄마가 나오고 있었다. 이번에는 뒷모습이 아니니까 착각했을 리가 없다. 소영은 엄마에게 다가갔다가 더욱 당황했다. 엄마의 눈가와 코가 빨갰다. 방금 전까지 운 사람 같았다. 엄마는 소영을 보고도 못 본 척 고개를 돌리고 화장실 근처에 있는 의자에 앉았다.

"엄마, 왜 그래?"

소영이 엄마의 옆에 앉아서 물었지만 엄마는 아무 말도 하지 않고 침울하게 있었다. 소영의 혼란스러운 시선은 복도로 향했다. 엄마를 울게 만든 요인이 주변에 있는지 살펴보기 위해서였다. 복도는 여느 때처럼 조용하고 삭막해서 별다른 변화를 느낄 수는 없었다. 혹시나 해서 엄마가 조금 전 나온 화장실까지 들여다 봤지만 단서를 발견하지 못했다. 소영은 하는 수 없이 엄마가 입을 열 때까지 기다렸다.

"너는 이제 엄마가 필요 없니?"

엄마의 눈은 퉁퉁 부어있었다. 소영은 복도를 지나가던 간호사가 이쪽을 힐끔 본 것을 의식하고 있던 것도 잊고 큰 소리로 반문했다.

"뭐라고?"

"내일이면 퇴원하니까, 다 나았다고 하니까 엄마가 귀찮아졌니? 없었으면 좋겠어?"

"아니야. 내가 언제 그랬어?"

"상담실에서 엄마한테 들어오지 말라고 했잖아. 엄마가 얼마나 상처를 받았는 줄 아니?"

엄마는 속사포처럼 말을 쏟아내기 시작했다.

"엄마는 소영이를 걱정해서 내내 기다렸는데. 살가운 말 한 마디 없이 엄마를 무시했잖아. 엄마가 의사 앞에서 얼마나 창피했는 줄 아니? 어떻게 그럴 수 있어? 엄마가 너를 간호하느라 얼마나 힘들었는데, 고마운 마음도 없는 거니? 너한테 엄마가 당연한 존재라서 그런 거야. 엄마가 소영이 옆에 항상 있으니까, 당연하다고 여긴 거지?"

소영의 말문이 막혔다. 엄마가 귀찮아졌다는 말은 명백히 오해였기 때문에 억울한 마음이 컸는데, 엄마를 당연하게 여기고 있는 것 아니냐는 질책은 마음을 찔렀다. 병원 밖의 세상을 모르는 소영을 항상 옆에서 보살펴준 것은 엄마였고, 어쩔 수 없이 소영에게 엄마는 당연한 존재였다. 그러나 그건 공기나 물과 같은 의미인 것이고 없어도 된다는 뜻은 아니었다. 소영의 진심은 그랬지만 자신이 느끼는 차이를 설명하기가 어려웠다.

"아니야, 엄마……."

소영은 훌쩍이고 있는 엄마의 눈치를 보면서 말했다. 이유가 어떻든 가뜩이나 힘든 엄마를 울게 만든 게 자신이라는 점은 마음을 아프게 했다.

"아까는…… 그냥 선생님하고만 이야기하고 싶었어. 엄마가 싫어할 것 같아서……."

“왜? 퇴원 이야기를 했다며. 퇴원 후에는 엄마가 귀찮아질 것 같다는 얘기였니?”

“아니야……. 학교에 가고 싶다는 이야기였어.”

소영의 말에 엄마가 조용해졌다.

“엄마는…… 내가 학교 가는 거 싫어하잖아.”

하지만 소영은 학교에 가야 했다. 찾는 사람이 있었다.

그것은 중환자실에서 사경을 헤맬 때의 기억이었다. 소영이 가진 첫 번째 기억이라고도 할 수 있다 소영은 계속되는 통증 속에서 의식을 잃고 되찾기를 반복했다. 너무 밝은 조명과 규칙적인 기계음을 내던 의료장비들, 자신의 얼굴을 들여다보는 간호사의 모습 같은 게 흐릿한 잔상처럼 남아있다. 그 가운데서 가장 선명한 이미지는 유리로 구분된 벽 바깥에서 엄마와 마주 보고 있던 여자애였다.

여자아이는 엄마가 들어오자마자 쫓겨났다. 소영은 그 애가 나가기 전까지 자신을 쳐다보는 것을 알고 있었지만 손가락 하나 꼼짝할 수 없었다. 어느 정도 정신이 온전해진 뒤 엄마한테 물어봤을 때, 엄마는 꿈을 꾼 거라고 했다. 소영이 중환자실에 있을 때 찾아온 사람은 없다고 했다. 소영이 일반실로 내려오고 지금까지도 병문안을 온 사람은 없었다고.

상체를 일으킬 수 있을 정도로 회복되고, 휠체어에 탄 채 중환자실에서 일반실로 병실을 옮기고, 엄마와 병원 중정을 산책하는 것이 하루 일과가 될 만큼 병원 생활에 익숙해지는 동안에도 그 애는 항상 소영의 머릿속에 남아있었다. 소영이 필사적으로 기억하려고 애썼기 때문일지도 몰랐다.

소영은 펜을 쥐고 글씨를 쓸 수 있게 되자마자 그 애의 모습을 그렸다. 이목구비를 자세히 보지 못했기 때문에 대신 그 아이가 입고 있던 교복을 그렸다. 회색의 카디건과 치마와 넥타이. 대충 선으로 표현했는데도, 그림은 머릿속에서 상상했던 것보다 훨씬 잘 그려졌다. 소영의 노트를 우연히 본 간호사가 놀란 표정을 지을 정도였다. 엄마는 손을 많이 쓰면 느리게 낫는다고 좋아하지 않았지만 병원에서 교복을 입은 학생들을 볼 때마다 유심히 관찰한 뒤 그 모습을 그림으로 남기는 것은 소영의 습관이자 취미가 되었다.

그로부터 1년 내내 그 애가 입은 것과 같은 교복을 발견하지 못했다. 그것은 오히려 소영에게 언젠가 그 애를 만나게 될 거라는 확신을 주었다. 엄마는 집과 이 병원은 거리가 꽤 된다고 했다. 그렇다면 그 애는 소영의 집 근처에 있는 학교에 다니는 것일지도 모른다. 그리고 소영의 과거와 관련이 있는 사람일 가능성이 높았다. 소영이 모르는 소영에 대해 말해줄 수 있는 사람이라는 것이다.

소영은 엄마에게 몇 번이나 이 이야기를 했지만 엄마의 주장은 한결같았다. 소영은 꿈을 꾼 것이라고, 그 애는 과거 소영의 모습을 한 저승사자라고. 소영의 목숨을 빼앗기 위해 찾아온 저승사자를 엄마가 쫓아낸 꿈을 꾸어 소영이 살아남은 것이라고 했다. 소영이 그 애가 자신과 닮지 않았다고 아무리 말해도 소용없었다. 엄마는 아무도 만나지 않았다고 거듭 주장했다.

"너는 학교에 가려다 교통사고를 당했잖니."

엄마가 눅눅한 목소리로 말했다.

"그때 내가 얼마나 놀랐는지……. 아침만 해도 멀쩡했던 애가 응급실에 있다고 하니 가슴이 턱 막히고 숨도 안 쉬어졌어. 신발도 제대로 못 신고 병원으로 왔다니까? 나는 네가 죽은 줄 알았어. 아휴, 다시 생각해도 심장이 막 뛰어."

엄마는 가슴에 손을 얹고 크게 심호흡을 했다. 얼굴이 정말 창백해지는 것 같기도 하다. 엄마는 사크에 대해 이야기할 때마다 늘 이런 식의 반응을 보이고는 했다.

"아직 제대로 걷지도 못하면서. 학교 다니다가 또 사고가 나면 어떡하니? 이번에 살아남은 건 운이 좋아서야. 다음에는 정말 죽을지도 몰라. 소영이는 죽고 싶니? 죽고 싶지 않지?"

"……조심해서 다닐게."

"교통사고는 네가 조심한다고 해도 일어나게 돼있어. 병원에 그렇게 오래 있었으면서 모르겠니? 자기가 잘못해서 사고가 난 거라고 하는 사람이 있었니? 사고가 일어날 줄 알았다고 하는 사람은? 아무도 없었어. 퇴원하는 날 택시를 타자마자 날 수도 있는 게 교통사고라는 거야.”

“그렇게 따지면, 난 아무것도 못 하는 거야? 밖에도 못 나가고? 사실 학교만 그런 게 아니고…….”

“또 학교 얘기야?”

엄마의 목소리가 높아졌다.

“네가 침대에 누워서 편하게 쉬는 동안 엄마가 얼마나 힘들었는지 넌 몰라. 엄마는 네가 죽을까 봐 매일 울었어. 몸이 아무리 아파도 너를 보살피는 데 최선을 다했어. 너를 사랑하니까. 너를 살리는 게 먼저니까. 엄마의 행동은 다 소영이를 위한 거라고. 소영이도 알지? 엄마가 항상 너를 걱정하고 사랑하고 있다는 거 알지? 엄마가 얼마나 힘들었는지 알고 있지?”

엄마의 표정은 소영의 대답을 재촉하는 것처럼 보였다.

“알아……. 나도 잘 알고 있어.”

“알고 있다고? 알고 있으면서 어떻게 이러는 거야? 엄마 말을 하나도 들어주지 않잖아. 엄마는 조심하라고 하는 것뿐인데. 1년 동안 엄마가 노력했던 게 너한테는 아무것도 아니니? 엄마 생각은 중요하지 않은 거야? 이제 엄마가 귀찮고 불편하니?”

“학교가…… 너무 궁금해서 그랬어.”

소영은 엄마의 눈치를 보면서 말했다.

“엄마는 잘 모른다면서 아무 얘기도 안 해줬잖아. 엄마가 내 말을 안 들어주는 것 같았어."

"내 말을 안 들어주는 건 너 아니니? 엄마가 몇 번씩 얘기했지? 네가 사고를 당한 건 중학교 3학년 때고, 이제는 고등학교에 들어갈 나이야. 중학교 때 얘기를 들어서 도움이 되겠니? 고등학교는 나도 안 보내봤으니 모르는걸. 지금 모르는 건 학교에 가면 다 알게 될 거고. 아직 학교에 갈 준비가 안 됐으니까 알 필요가 없는 거야."

"……왜 준비가 안 됐는데?"

"넌 정신 상태가 불안정해."

엄마의 목소리는 확신에 차있었다.

"마음을 치료할 시간이 있었니? 기억은 하나도 안 돌아왔고, 무서운 꿈도 자주 꾸잖아. 그 저승사자 꿈처럼 말이야."

"그 애는 저승사자가 아니야. 그리고 꿈도 아니었어."

소영이 짜증스럽게 말했지만 엄마의 표정은 여전히 자신만만했다.

"어젯밤에도 그랬잖아. 침대 발치에 누가 서있었다며? 그런데 아무도 없었잖니."

"……."

"제정신이 아니어서 자꾸 그런 꿈을 꾸는 거야. 엄마가 걱정돼서 널 학교에 보낼 수 있겠니?"

"그거랑 그건…… 달라."

"어떻게 다른데?"

엄마의 질문에 조리 있게 대답하고 싶었지만, 생각이 잘 정리되지 않았다. 소영이 걸핏하면 악몽을 꾸는 것은 사실이었다. 한밤중에 누군가가 자신을 쳐다보는 것 같은 느낌에 시달렸다. 울면서 깨어난 소영의 호소에 엄마뿐만 아니라 간호사가 병실을 구석구석 확인시켜 준 적도 있지만 무언가가 발견된 적은 한 번도 없었다.

교통사고 후유증이라는 게 있다는 것은 소영도 안다. 그러나 자신이 불안정한 상태라는 생각은 들지 않았다. 누군가가 잠들어 있는 자신을 쳐다보는 악몽을 자주 꾸긴 했지만 그게 다였다. 교복을 입은 그 애를 본 것은 꿈이 아니라는 확신이 있었다. 그러나 어젯밤에 악몽을 꾼 뒤 '꿈이 아니었다'라고 말한 것도 사실이다. 엄마로서는 믿지 못하겠다는 생각이 들 만도 했다.

"엄마가 소영이를 일부러 학교에 보내지 않을 리가 있니? 네가 아직 준비가 안 됐다고 생각해서 그런 거야. 너는 엄마 마음은 하나도 알아주지 않으면서 투정만 부리고 있잖아. 퇴원하고 나서도 한동안은 조심해야 돼."

"……그럼, 내가 악몽을 꾸지 않으면 학교에 갈 수 있어?"

"그래. 준비가 되면 갈 수 있지."

희망을 품게 되는 말이었다. 소영은 엄마를 따라 자리에서 일어났다. 이제부터 입원실로 가는 길은 엄마가 없어도 갈 수 있다. 입원실뿐만 아니라 병원 안의 어떤 곳도 혼자 갈 수 있다. 기억하고 있기 때문이다.

하지만 병원 바깥의 일은 모른다. 소영은 불안했다. 병원 바깥뿐만 아니라 소영 자신에 대해서도 모른다. 소영의 안정을 위해 모르는 게 나은 이야기도 있다는 엄마의 말도 일리는 있다. 하지만 그건 이를테면 의사가 복잡한 의학 용어를 써가며 알아듣지 못할 말을 할 때나 통하는 논리이다. 소영은 세상의 모든 이치를 알고 싶은 것이 아니다. 자기 자신에 대해 알고 싶을 뿐이었다. 알게 된다고 해서 더 불안해질 이유가 있을까? 그러나 이런 생각을 말해서 엄마가 또 운다면 하지 않는 게 나았다. 소영은 엄마와 다투고 싶지는 않았다.

엘리베이터 문이 열렸다. 어쩐 일인지 엘리베이터 안은 꽤 널널했다. 버튼에 붙다시피 선 의사와 잠든 노인의 휠체어를 붙잡은 간호사, 거울을 보면서 콧털을 뽑는 데 정신이 팔려있는 중년의 남자 환자가 전부였다. 의사는 소영이 왼쪽 다리를 절뚝거리며 엘리베이터 안으로 완전히 들어올 때까지 열림 버튼을 누르고 있었다. 소영은 감사의 표시로 고개를 꾸벅 숙인 뒤 엄마와 함께 익숙한 동작으로 몸을 벽에 밀착했다.

소영은 휠체어 손잡이를 잡고 있는 간호사에게 시선을 뺏겼다. 잘 정돈된 머리카락은 금발에 가까운 갈색이었다. 머리가

꽤 긴 것인지, 뒤통수에 동그랗게 붙은 머리 다발이 도넛처럼
탐스러웠다. 소영의 손이 무심코 자신의 머리로 향했다. 금이
간 두개골을 붙이느라 박박 밀렸던 머리카락은 이제 목 뒤를
겨우 가릴 수 있을 만큼 자랐다. 모자로 머리를 가릴 필요가 없
어지자 다른 사람들의 머리 모양에 관심이 간다. 소영은 자신
의 새카맣고 뻣뻣한 머리카락이 갑자기 싫어졌다.

"엄마…… 나 퇴원하면 염색하고 싶어."

소영은 이미 바짝 붙어있는 엄마에게 몸을 더 기울이며 작게
속삭였다.

"뭐라고?"

엄마는 듣지 못했는지 고개를 갸웃했다. 차라리 엘리베이터
가 꽉 찼다면 좋았을 텐데, 서로를 의식하고 있는 좁은 공간 안
에서 남에게 들리지 않으면서도 엄마에게 잘 전달될 만큼의 목
소리를 내는 것은 무척 까다로운 일이었다. 소영은 다시 한번
힘을 주어서 말했다.

"염색하고 싶다고, 염색."

"염색?"

엄마의 목소리는 소영보다 훨씬 컸다. 소영은 얼른 주변을
살폈지만 의사는 휴대폰을 보고 있었고 간호사는 마치 그렇게
하면 빨리 도착할 것처럼 엘리베이터 문만을 뚫어지게 보는 중
이었다. 남자는 여전히 거울에 달라붙어 있었다.

“안 돼. 네 얼굴은 염색을 하면 너무 싸 보여.”

엄마는 짜증스러우면서도 단호하게 말했다. 소영은 시무룩하게 고개를 숙였다. 싸 보인다는 말이 무슨 의미인지는 모르겠지만 엄마가 염색을 허락할 것 같지는 않았다. 실망한 소영은 도착할 때까지 고개를 들지 않았다. 그래서 모든 사람이 놀란 표정으로 엄마와 소영을 힐끔거리는 것을 눈치채지 못했다.

3

입원실의 문을 열자 소영의 침대 근처에 서있는 정장을 입은 여자가 보였다.

"왔어요?"

엄마와 비슷한 나이로 보이는 여자는 별 인사도 없이 익숙한 동작으로 소영의 침대 테이블을 펼치고 종이를 늘어놓았다.

"보험 아줌마야."

어리둥절한 소영의 팔을 붙잡은 엄마가 말했다. 고개를 돌려보니 옆 침대는 비어있었다.

"이게 뭔데?"

"소영이 보험이야. 나중에 또 다치거나 사고 나는 거 대비해서 드는 거야. 소영이는 서명만 하면 돼."

소영은 엄마가 이끄는 대로 침대에 앉았다. 엄마는 전에도 '보험 아줌마'를 만난다는 이야기를 몇 번 했었다. 소영이 큰 사고를 당하고 나자 보험의 중요성을 깨달았다고 했다. 소영은 엄마가 쥐여주는 대로 볼펜을 들었다. 무슨 서류인지 궁금했지만 글자가 너무 빽빽했고 입원실에 도착해서 빨리 그림을 그려야겠다는 생각만 하고 있었기 때문에 마음이 조급해져 잘 읽히지 않았다. 소영은 보험 아줌마가 가리키는 빈칸에 어색한 동작으로 자신의 이름을 써넣었다.

"이제 손도 잘 움직이네."

"다 나았지 뭐."

"퇴원은 언제 해요?"

"이번 주에 할 것 같아."

엄마와 보험 아줌마는 소영을 지켜보며 이야기를 나누었다. 소영은 왠지 부끄러워서 빽빽한 종이의 글자들을 읽지 않고 그저 빈칸에 이름을 채워 넣는 것에만 집중했다.

"좀 많지? 고생했어."

보험 아줌마는 소영에게 건성으로 웃어 보인 뒤 종이를 한데 모아 어깨에 멘 가방에 집어넣었다.

"그럼 다 된 거야?"

"근데, 전에도 말했지만 유병자 보험이라 비용이 좀 셀 수도 있어요."

“그러니깐, 좀 깎아줄 수는 없어?”

“그건 좀…….”

엄마는 입원실을 급히 빠져나가는 보험 아줌마의 뒤를 쫓았다. 문이 닫히고 복도 바깥에서 두런거리는 소리가 들리더니 점점 멀어졌다. 휴게실에서 대화를 나누려는 모양이었다.

소영은 베게 옆에 있던 노트를 꺼내 펼쳤다. 절반 넘게 쓴 노트는 빳빳하게 펴지지 않아 그림을 그리기 어려웠다. 소영은 얇은 책을 가져와 노트 밑에 받쳤다.

펜을 막 들었을 때 변기의 물이 내려가는 소리가 들려 소영은 깜짝 놀랐다. 입원실 안에 딸려있는 화장실 문이 열리면서 작은 그림자가 불쑥 나왔다.

“깜짝이야!”

화장실에서 나온 여자아이는 그렇게 외친 다음 소영을 멀뚱멀뚱 바라보았다. 이틀 전부터 소영의 옆 침대를 쓰고 있는 아이였다. 아이는 이제 열 살로, 부러졌던 팔의 철심을 제거하러 왔다고 했다. 숱 많은 머리를 양쪽으로 깔끔하게 묶은 아이의 동그랗게 튀어나온 이마가 반들반들했다.

“나 이제 혼자 화장실 갈 수 있다!”

아이는 제자리에 서서 무척 중요한 선언을 하는 것처럼 기운차게 말했다. 소영은 뭐라고 대답해야 할지 몰라서 아이의 시선을 피해 고개를 돌려버렸다. 슬리퍼를 질질 끄는 소리가 가까이 다가왔다.

"언니!"

"……."

"뭐 해? 뭐 그리는 거야?"

"……."

"언니, 아까 왜 우리 엄마한테 엄마라고 했어?"

소영은 하는 수 없이 노트로부터 눈을 뗐다. 아이는 불편할 정도로 바짝 다가와 있었다.

"……안 그랬어."

소영은 팔로 노트를 가리면서 중얼거렸다.

"아닌데. 내가 들었는데."

"아니야."

소영은 고집스럽게 말했다. 아이는 소영의 무시에도 아랑곳 없이 침대 주위를 빙글빙글 돌았다. 관심을 끌려고 하는 것 같았는데 소영은 부담스러웠다. 애초에 옆 침대 아이와 이렇게 단둘이 있어본 것이 처음이다. 느닷없이 말을 걸었을 때는 조금 놀랐다. 지금까지 소영은 소영의 엄마와 여자아이는 아이의 엄마와 늘 붙어있었기 때문이다. 그리고 그럴 때면 아이의 엄마는 아까처럼 이상하게 소영을 피하는 듯한 태도를 보였다. 그래서 소영도 이 모녀가 불편했다.

"왜 맨날 아니라고 말해? 언니는 진짜 아무것도 기억 못 하는 거야?”

아이는 소영의 무관심에 약간 화가 난 것 같았다.

“그러면 퇴원도 못 하겠네?”

“아니야!”

소영이 목소리를 높이자 아이는 움찔하더니 표정을 일그러뜨렸다. 흥미진진한 듯 들떠있었던 기세가 수그러들었다. 아이가 울 것 같은 얼굴을 해서 소영은 덜컥 겁이 났다.

“아니⋯⋯. 저기⋯⋯.”

“언니는 이상해!”

아이가 소영의 말을 가로막고 외쳤다.

“우리 엄마가 그랬어. 언니랑 언니네 엄마 다 이상하다고. 나는 아니라고 했는데. 엄마 말이 맞았어!”

“그게 무슨 말이야?”

소영은 발끈했다. 자신이 아이의 말을 그냥 지나치지 못하고 화를 냈다는 사실을 뒤늦게 깨달아서 자존심이 상했지만 이미 돌이킬 수 없었다.

“남을 따라 하잖아!”

여자아이는 입술을 삐죽였다.

“언니네 엄마, 매일 우리 엄마랑 똑같은 옷 따라 입잖아. 내가 엄마한테 물어봤더니 언니네 아줌마가 이상한 사람이라서 그런 거라고 했어.”

뜻밖의 말에 소영은 당황했다.

"그래서 여기 있던 다른 사람들도 금방 나갔대. 아줌마가 자꾸 다른 사람을 따라 해서. 우리는 쪼금만 참으면 된다고, 엄마가 그랬어."

소영이 대꾸하지 못하자 아이는 의기양양한 표정이 되었다. 분명, 조금 전 아이의 엄마를 소영의 엄마로 착각했을 때 둘의 옷차림은 똑같았다. 하지만, 그거야…… 입원 병동에 머무는 보호자의 옷차림이 다들 비슷비슷해서 그런 것뿐이다. 자주 씻기 어려우니까 머리가 길다면 묶고 다니고, 실내 온도가 평균적으로 낮으니까 카디건과 같이 가벼운 겉옷을 걸치고, 돌아다닐 때 방해가 되지 않도록 편한 바지를 입는다. 그러니까 우연히 옷이 겹칠 가능성은 높지 않나.

"어쩌다…… 그런 거야."

소영은 낮은 목소리로 항의했다. 하지만 아이의 주장을 꺾을 수 있을 정도로 단호하지는 못했다.

"그리고 언니도 이상해."

아이는 더더욱 확신에 찬 목소리가 되었다. 이야기가 통하지 않을 것 같았다. 아이를 보기 싫어진 소영은 고개를 숙이고 그림에 집중하려고 했지만 잘되지 않았다. 아이는 마치 그걸 알아차린 것처럼 계속 말했다.

"언니가 읽는 책, 나 1학년 때 읽은 거야. 난 지금 3학년인데."

“…….”

“색종이도 그렇고, 퍼즐도 다 나 어렸을 때 했던 건데.”

소영은 노트 밑에 받친 《잠자는 숲속의 공주》는 이미 다 읽은 것이며 지금은 그림을 그리기 위해 받침으로 사용하는 것뿐이라고 말하고 싶었다. 엄마는 긴 글에 집중하면 스트레스를 받을까 봐 걱정돼서 동화책만 사다주는 거라고 했었다. 하지만 아이에게 그런 설명을 해봤자 알아듣지 못할 거였다.

“우리 언니는 그런 거 안 해.”

“…….”

“내가 놀자고 해도 놀아주지도 않고 매일 휴대폰만 봐. 고등학교 가서 바쁘다고 방에서 나오지도 않아.”

아이의 입에서 학교, 라는 이야기가 나왔을 때 소영은 고개를 들고야 말았다. 학교는 엄마가 소영에게 아직 설명해 주지 않은 미지의 영역이었다. 엄마가 보는 드라마에서도 학교에 대한 이야기는 잘 나오지 않았다. 이따금 진료실에서 교복을 입은 학생을 훔쳐보는 것 이외에는 소영이 얻을 수 있는 정보가 없었다.

“너네 언니는 어느 학교에 다녀?”

소영은 아이에 대한 불쾌함은 순식간에 잊어버리고 진심으로 궁금해져서 물었다. 혹시 이 아이의 언니가 자신과 비슷한 나이라면 학교에 대한 이야기를 들을 수 있을지도 모른다는 기대에서였다.

"왜? 또 따라 하려고?"

여자아이는 혀를 쏙 내밀면서 말했다.

"말 안 해줄 건데! 우리 엄마가 그랬는데……."

아이가 신이 나서 말하는 도중에 입원실 문이 열리고 엄마가 들어왔다.

"소영아, 뭐 하고 있었니?"

엄마는 자리를 무척 오래 비웠다는 듯 종종걸음으로 다가왔다. 얼굴에는 울었던 흔적이 사라졌다. 어느새 화장을 새로 고친 모양이었다.

"미안해. 오래 기다렸지? 얘기가 길어져서."

"아니……. 괜찮아."

소영은 여자아이 쪽으로 눈을 돌렸지만 아이는 이미 도망치듯 후다닥 침대로 달려가 버린 뒤였다.

4

"쪼끄만 게 아주 되바라졌구나."

엄마가 작은 목소리로 말했다. 그리고 휴대폰을 거울 삼아 비춰보며 립스틱을 마저 발랐다. 소영과 엄마는 중정 산책을 마치고 아무도 없는 병동 휴게실 구석에 나란히 앉아있었다. 휴게실의 문은 투명했기 때문에 누군가 들어오려고 할 때 대화 주제를 신속하게 바꾸기가 좋았다.

"원래 그렇게 못생긴 애들이 영악한 데가 있는 거란다."

엄마는 그렇게 말하면서 키득 웃었다. 소영의 예상과 달리 엄마는 아이가 한 말을 듣고 나서도 화내지 않았다. 아이의 엄마가 자기를 먼저 따라 해놓고 거짓말을 하는 거라며 코웃음을 쳤다.

소영은 엄마의 회색 카디건을 힐끔 보았다. 옆 침대 아이의 엄마가 입은 것과 거의 비슷했다. 엄마는 화장을 자주 고치는 만큼 옷매무새에도 관심이 많았다. 자기에게는 칙칙한 색이 어울리지 않는다면서 빨강이나 노랑 같은 밝은색 옷을 자주 입었었다. 회색 카디건은 최근 입기 시작한 것이다. 같은 병실에 입원한 사람을 관찰할 여력이 없었던 소영으로서는 그게 엄마 스스로 선택한 변화인지 모방한 것인지 구분이 어려웠다.

"엄마가 문제집은 안 사주고 동화책만 사준다고도 했어."

"그게 자기랑 무슨 상관이니?"

엄마가 기막히다는 듯 말했다.

"그럼 다 나은 지 얼마 되지도 않는 애를 공부시키라는 거니? 그 애 엄마 정말 이상하다. 우리에 대해 아무것도 모르면서 질투나 하고."

분명 옆 침대의 모녀에게는 이상한 부분이 있었다. 그러나 아이의 말이라서 솔직하게 들리기도 했다. 질투가 나서 심술을 부리는 사람이라면 더 악의적인 말을 할 것 같았다.

"엄마가 들었는데, 그 여자는 돈도 없으면서 꾸역꾸역 2인실을 쓰겠다고 한대. 웃기지 않니? 2인실까지 건강보험이 적용되니까 자기 애를 이용해서 뽕을 뽑으려고 그러는 거야. 천박하지? 분명 그 집 남편이 돈도 제대로 못 갖다주는 거야. 보험사기로 먹고 사는 여자일지도 몰라."

조곤조곤 설명하는 엄마의 이야기는 모두 처음 듣는 것이어서 당황스러웠다. 소영은 늘 자신과 생활하는 엄마가 언제 그런 이야기를 들었는지 궁금했다. 소영을 돌보는 데 신경을 쓰느라 다른 사람과 거의 대화를 하지 않는 것처럼 보였기 때문이다.

엄마는 그 뒤로도 아이 엄마에 대한 험담을 계속 이어갔다. 그러나 소영은 마음속에 돌처럼 걸린 무언가를 신경 쓰느라 엄마의 이야기를 제대로 듣지 못했다. 그것은 옆자리 아이에게 엄마에 대한 이야기를 들은 다음부터 소영을 붙잡고 놓아주지 않는 껄끄러움이었다.

'말 안 해줄 건데! 우리 엄마가 그랬는데…….'

엄마가 입원실에 들어오기 직전 아이는 혼잣말처럼 중얼거렸다. 침대로 도망치면서 한 말이라 소영이 잘못 들었을지도 모른다. 그런데 시간이 지날수록 그 말이 물에 씻겨 드러나는 것처럼 선명해져 귀에서 맴돌았다.

'언니네 엄마가 무섭대.'

아무리 생각해도 무슨 의미로 한 말인지 이해할 수 없었다. 같이 지낸 지 얼마 되지도 않았고 서로 대화를 나눈 적도 없는 사람이 왜 무섭다는 건지. 다 큰 어른이 다른 사람을 무서워하기도 하는 건지 궁금했다. 그러나 아이의 엄마는 병실에 황급히 들어온 뒤로는 침대 근처에 커튼을 치고 꼼짝하지 않았기 때문에 다시 말을 걸기도 힘들었다. 아이의 말이 심지가 되어 소영의 마음을 빙빙 꼬아놓고 있었다. 길어져 가는 엄마의 이야기가 그것을 부추기는 듯해 괴로웠다.

"엄마."

"응?"

"아…… 아니야."

엄마의 얼굴을 마주 보고 잠시 망설이던 소영은 그 이야기를 꺼내지 않기로 했다. 퇴원하고 나면 다시 마주치지 않을 사람들의 말이니 잊어버리는 게 나을지도 모른다. 엄마 말대로 아무것도 모르는 여자의 말이다. 그 모녀는 여기까지 오기 위해서 엄마가 얼마나 애썼는지, 소영이 얼마나 힘들었는지 모른다. 고작 같은 입원실에 이틀 같이 머문 것만으로 엄마에 대해 소영보다 더 많은 것을 알고 있을 리가 없다.

"참, 엄마가 소영이 옷 새로 샀어. 머리도 묶어줄게."

엄마가 웃으면서 말했다.

"묶을 수 있어? 아직 짧은데."

소영이 단발에 불과한 머리카락을 만지면서 자신 없이 말하자 엄마는 "반묶음으로 하면 돼. 엄마가 보여줄게."라고 하며 집게 핀을 풀었다. 엄마의 머리는 어깨를 덮고도 한참 내려갈 만큼 길었다. 머리의 앞쪽 부분만 뒤로 가져가 핀으로 고정하고, 나머지 머리는 흘러내리는 대로 두었다. 그런 걸 반묶음이라고 부르는 모양이었다. 엄마는 "봤지?" 하고 다시 집게로 머리를 틀어올렸다. 그러고는 휴대폰을 보며 한참을 더 다듬었다. 엄마가 손을 댈수록 머리 모양은 옆 침대 여자아이의 엄마와 닮아갔다. 마치 엄마가 그렇게 하고 싶은 것처럼 보였다.

"퇴원할 때 예쁜 옷 입고 집에 가면 기분 좋잖아. 아빠도 좋아하실 거야."

"그럴까?"

"그럼. 아빠가 소영이를 얼마나 기다리고 있는데."

소영은 지금까지 한 번도 아빠를 만나지 못했다. 아빠는 오래전에 당한 사고로 몸을 전혀 움직이지 못해 집 밖을 나갈 수 없다는 것이 엄마의 설명이었다. 소영은 '산재로 인한'이라는 표현이 정확히 무슨 뜻인지 모른다. 재활치료를 받으러 갈 때 마주치는 환자들의 대화에서 산재라는 단어를 몇 번 주워들어 그게 사고의 한 종류를 일컫는다는 것 정도만 알고 있다.

엄마는 때로 아빠의 상태를 보러 간다며 병원을 비우기도 했다. 1년 동안 엄마가 집과 병원을 오가며 가족을 돌보는 데만 매달린 것을 생각하면 소영은 마음이 아팠다.

소영은 아빠를 만나면 어떤 기분일지, 처음으로 무슨 말을 하면 좋을지 종종 생각했다. 아빠가 한 번도 자신을 보러 오지 못했다는 것은 속상한 일이었지만 집에서 기다리고 있다는 것을 생각하면 기분이 나아졌다. 언젠가 건강하게 나아서 퇴원하게 될 거라는 약속 같았다.

아빠가 어떤 사람인지 궁금했다. 엄마는 아빠 이야기를 꺼낼 때면, 사고 전에는 건강했는데 지금은 휠체어에만 앉아있어야 하는 게 안타깝다며 눈물을 보였다. 엄마가 아빠에 대해 말할 때마다 힘들어하며 자세히 말하지 못했기 때문에 소영은 아빠에 대해 아는 것이 별로 없었다. 소영의 왜소한 체형과 이목구비는 엄마를 닮았다는데, 아빠와는 어디가 닮았는지 궁금했다. 아빠도 소영이 사고를 당했을 때 슬퍼했을 것이다. 엄마처럼 소영과 가까운 사이였을지도 모른다. 소영이 집에 없는 동안 소영을 몹시 그리워했을 것 같았다.

아빠도 엄마가 이상하다고 생각할까? 아빠가 엄마를 보면서 이상하다고 말하는 모습은 잘 그려지지 않았다. 다른 사람들은 엄마의 헌신을 모른다. 다른 사람이 엄마를 이상하다고 생각해도, 엄마의 보살핌을 받아온 아빠와 소영은 그렇지 않아야 한다. 소영은 그 질문은 아빠에게 하지 않기로 했다. 아무것도 아닌, 기분만 나쁜 기억은 떨쳐내기로 했다. 때로 잊어버려야 하는 기억도 있다는 것을 소영은 기억하게 되었다. 그렇게 생각을 고치는 것은 어렵지 않았다. 소영이 희망에 부풀어 있었기 때문이다. 희망은 사람을 들뜨게 만들고, 기운을 불어넣고, 행복하게 한다.

그리고 소영은 나중에 알았다. 희망이 주는 행복은 때로 사람을 무지하게 만들기도 한다는 것을.

5

　어떤 사람에게 특별하고 운명적인 날이라고 해서 다른 사람
도 그래야 한다는 법은 없었다. 퇴원하는 날의 병원 풍경은 여
느 때와 다르지 않았다. 피로에 찌든 전공의들이 회진을 돌았
고 아침 식사는 약간 식은 채로 나왔다. 소영이 씻는 동안 엄마
는 바퀴가 달린 캐리어에 옷이나 양말, 수건 같은 것을 차곡차
곡 담았다.

　"1인실을 썼으면 짐 정리가 좀 더 빨랐을 텐데."

　엄마는 침대 위에 캐리어를 펼친 채 불만스럽게 중얼거렸
다. 중환자실에서 일반실로 옮겨왔을 때부터 소영은 쭉 2인실
을 썼다. 엄마는 사고를 낸 운전자가 병원비를 지불하기 때문
에 1인실에 있어도 된다고 했지만 2인실에서 1인실이 비워지

기를 기다리는 동안 어느새 익숙해져서 그대로 머물게 된 것이다. 엄마는 그게 못내 아쉬웠는지 1인실을 얼마든지 쓸 수 있지만 소영이 원해서 2인실에 남아있는 것이라는 이야기를 몇 번이나 반복했었다.

"우리는 1인실을 쓸 수도 있었는데 아쉽지 뭐니."

소영은 옆 침대를 흘끔거렸다. 모녀는 어딜 갔는지 오전 내내 보이지 않았다. 소영은 아이 엄마의 표정과 아이가 했던 마지막 말을 곱씹어 보았다. *언니네 엄마는 이상해. 우리 엄마가 무섭대……*.

"소영아, 옷 입었어? 어디 봐봐."

엄마는 소영을 이끌고 화장실에 붙어있는 거울 앞에 섰다.

"예쁘다."

"정말?"

"응. 소영이가 날씬해서 옷이 잘 맞는 거야."

소영은 화장실의 침침한 조명에 의지해 자신의 모습을 비춰 보았다. 엄마가 새로 샀다는 옷은 밝은 하늘색 바탕에 커다란 흰색 물방울 무늬가 들어간 원피스였다. 허리 부분에 매어 놓은 흰색 벨트가 헐렁했다. 반소매에 무릎을 덮는 기장의 원피스는 다소 추워 보였고 옷 밖으로 드러난 팔다리는 나무젓가락 같아 보였지만 엄마는 그런 걸 예쁘다고 생각하는 모양이었다. 소영이 보기에는 어딘지 모르게 어색했다. 병원 이름이 줄줄이

새겨진 환자복 이외에 처음 입어보는 옷이기 때문에 그럴지도
몰랐다.

"엄마가 머리 해줄게."

엄마는 들뜬 얼굴로 빗을 가져와 소영의 머리카락을 빗기 시
작했다. 계속 서있기에는 다리가 아팠지만 즐거워 보이는 엄마
를 방해할 수 없었다. 엄마는 만족할 때까지 빗질을 하고 나서
귀 뒤로 머리카락을 모아 핀으로 고정했다.

"거울 봐봐."

엄마는 소영의 어깨를 돌려 뒤통수에 머리핀이 고정된 모양
을 보여주었다. 똑딱 소리가 나는 납작한 핀에는 북슬북슬한
토끼 머리가 달려있었다. 뒤통수에 달린 토끼는 소영이 보기에
는 거의 인형처럼 커다랗게 보였다.

"귀엽지?"

"……토끼가 너무 커."

"그러니까 귀엽지. 너무 예쁘다."

엄마는 소영의 말이 항의가 아니라 감상일 뿐이라고 받아들
인 것 같았다. 소영은 엄마가 짐을 챙기는 동안 머리를 이리저
리 움직이며 모양새를 관찰했다. 반묶음 형태의 스타일은 나쁘
지 않았지만 머리핀이 아무래도 마음에 걸렸다. 토끼가 얼마
나 큰지 머리를 흔들 때마다 무게가 느껴질 정도였다. 왠지 소
영보다 훨씬 어린 나이의 아이라면 몰라도 열일곱 살인 자신이

하기에 적당한 액세서리는 아닌 것 같았다. 하지만 엄마의 뿌듯한 표정 때문에 빼기도 어려웠다. 소영은 거울에서 등을 돌리고 엄마가 옷과 함께 새로 사왔다고 건넨 구두를 신었다. 발등 위로 끈을 교차해 신는 방식의 구두 또한 왠지 소영의 나이와 맞지 않는 디자인으로 느껴졌다.

"소영아, 엄마 이거 좀 도와줘."

엄마는 책처럼 펼쳐진 캐리어의 다른 쪽을 가리키며 말했다. 차곡차곡 접어놓은 옷 위로 소영이 병실에서 읽던 동화책이 놓여있었다. 소영은 엄마와 힘을 합쳐 절반으로 갈라졌던 캐리어의 몸통을 지퍼로 잠근 뒤 바닥으로 내렸다.

"이제 가자."

엄마는 캐리어를 끌면서 먼저 병실을 나섰다. 배웅하는 사람은 없었다. 소영이 썼던 침대는 지난 1년 간의 흔적을 깨끗이 지우고 다음 환자를 맞이할 준비가 돼있었다. 병실 밖으로 나오니 스테이션에서 키보드를 두드리고 있는 간호사와 눈이 마주쳤다.

"오늘 퇴원하세요?"

간호사가 먼저 인사를 건넸다. 오랫동안 입원한 소영의 얼굴을 모르는 간호사는 없었다. 그렇다고 특별히 친한 간호사가 있는 것은 아니었다. 엄마가 옆에 늘 붙어있는 소영은 다른 사람들과 이야기할 기회가 거의 없었기 때문이다.

“네.”

“아, 네…….”

말을 이으려던 간호사는 소영의 얼굴을 보고 잠시 멈칫했다. 그리고 이내 그런 기색을 지우려는 것처럼 어색하게 웃었다.

간호사는 모니터를 본 채 고개를 한 번 갸웃하더니 다시 키보드 위로 손가락을 움직이기 시작했다. 소영은 무안해진 기분에 뒷머리를 매만졌다. 인사를 나눌 때 간호사가 멈칫했던 것은 분명 소영의 머리핀을 본 다음인 것 같았다. 그가 보기에도 커다란 인형이 붙은 머리핀은 역시 소영의 나이와 어울리지 않는 걸까. 소영은 앞으로 나아가는 엄마의 눈치를 보며 조심스럽게 머리핀을 떼서 손에 쥐었다.

새 구두의 단단한 고무 밑창은 매끄러운 복도에 부딪힐 때마다 텁텁한 소리를 뱉어냈다. 공허하게 반사되는 발소리는 소영의 생각보다 컸다. 엄마는 커다란 캐리어를 끄느라 평소보다 느리게 걸었다. 맞은편에서 옆 침대의 모녀가 걸어오고 있었다. 소영과 눈을 마주친 아이가 입을 커다랗게 벌렸다.

“어어!”

여자아이의 큰 외침은 아이의 엄마는 물론이고 소영의 걸음마저 멈추게 했다. 조금 앞서 걸어가는 엄마는 듣지 못했는지 계속 걸어가고 있었다.

“나랑 똑같은 거야!”

아이는 조금 전보다 더 큰 소리로 외쳤다. 아이는 밝은 하늘색 바탕에 커다란 흰색 물방울 무늬가 들어간 원피스를 입고 있었다. 허리 부분에 매어 놓은 흰색 벨트까지 소영이 입은 옷과 똑같았다. 아이의 머리에는 커다란 인형이 달린 머리핀이 꽂혀있었다.

"엄마, 이거 봐! 이 언니 나랑 똑같은 옷 입었어. 나보다 훨씬 언니인데!"

"쉿, 조용히 해."

아이의 엄마는 아이의 손을 잡아채며 속삭이듯 말했다. 아이는 아랑곳하지 않고 소영을 향해 계속 손가락질을 했다.

"머리핀도 똑같아! 언니, 왜 나랑 똑같은 옷 입었어? 나 따라 한 거야?"

"빨리 와!"

아이의 엄마는 아이의 어깨를 황급히 감싸고 질질 끌다시피 하며 나아갔다. 소영과 눈을 마주치지 않으려고 애쓰는 것처럼 보였다. 하지만 곁눈질로 소영의 옷에 시선을 한 번 준 것이 분명히 느껴졌다. 바로 그 순간 수치심이라는 생소한 감정이 소영의 머리부터 발끝까지 끼얹어졌다. 거기에 사로잡힌 소영은 아무것도 하지 못하고 서있었다. 엄마의 아무렇지 않은 목소리가 소영을 부른 다음에도 한참 동안 움직이지 못했다.

6

병원 정문을 나서자마자 소영이 만난 혼돈은 병원 안의 것과는 차원이 달랐다. 소영이 지금까지 알고 있던 어지러움은 사람이 꽉 찬 엘리베이터라든가 복잡한 로비, 점심시간에 붐비는 지하층의 식당 정도가 다였다. 병원 밖의 소음은 상상 이상으로 무시무시했다.

택시와 승용차와 셔틀버스가 원형을 그리며 정문 주변을 도는 가운데 요란한 소리를 내는 앰뷸런스가 연이어 도착했다. 어디선가 계속해서 귀를 때리는 것처럼 커다란 경적 소리가 들렸고 끊임없이 누군가의 고함 소리가 났다. 사람들은 조끼를 입고 무서운 얼굴을 한 남자들의 손짓에 따라 길을 가로질러야 했다. 정신을 차리고 나니 소영은 엄마와 함께 택시 뒷좌석에 나란히 앉아있었다.

"경기도 택시죠?"

엄마는 타자마자 기사에게 물었다.

"우리 안양으로 가야 하는데."

"네."

기사는 짧게 답했다. 가만히 앉아있었던 소영의 몸이 갑자기 앞으로 쏠렸다. 차가 출발할 때 이런 기분이 드는 모양이었다. 그러나 택시는 쉽게 속도를 내지 못하고 신호등에 따라 가다 서다를 반복했고 그럴 때마다 소영의 몸이 인형처럼 흔들렸다. 소영은 메스꺼움을 느끼기 시작해 창밖을 바라보았다. 손가락 을 펼친 것처럼 생긴 차도 옆으로는 온갖 가게들이 줄지어 있 었다. 거리에는 환자복을 입은 사람들이 아무도 없었다. 자전 거를 탄 사람, 개를 데리고 걷는 사람, 버스 정류장을 향해 있 는 힘을 다해 달리고 있는 사람들로 거리 전체가 움직이는 것 처럼 보였다. 소영이 그토록 궁금했던 풍경이었다. 모든 것이 새로웠고 처음 보는 것이었다. 가슴이 두근거렸다.

그러나 설렘이 아니라 불안에 가까운 두근거림이었다. 소영 은 창문에 비친 자신의 모습을 보았다. 유리창에 반사된 소영 은 주름 하나 없는 원피스를 어색하게 입은 채 멍한 표정으로 스스로를 바라보고 있었다. 소영은 무언가를 놓친 기분이 들었 다. 너무 정신없이 병원을 빠져나오다 보니 그런 것일지도 모른다. 소영은 자신이 세상보다 훨씬 느리다는 것을 실감했다. 택시는 이미 병원 주변을 감싸고 있는 도로를 빠져나와 거리를 달리고 있는데 소영의 무거운 마음은 빠져나오지 못하고 여전히 병원 안에 머물러 있었다.

병원을 나서기 전에 만난 주치의는 왼쪽 다리를 자유자재로 움직일 수 있게 되기 전까지는 주기적으로 병원에 와야 한다고 했다. 처음에는 일주일이지만 그 다음에는 2주, 한 달, 한 달 반에서 세 달로 그 주기는 점차 길어지게 된다. 일상에 천천히 적응해 나가야 하는 단계이기 때문에 격한 운동 같은 건 아직 조심해야 한다. 학교에는 갈 수 있지만 지금은 5월이기 때문에 2학기부터 다니는 것이 좋겠다.

주치의의 말에 엄마는 단호하게 반대했다.

"안 되죠, 선생님. 소영이는 중학교 때 입원했잖아요. 다시 다니려면 중학교부터 가야 하는데, 요즘 애들이 한 살 많은 소영이랑 어울리려 하겠어요? 다리도 절뚝거리는데요. 틀림없이 따돌림을 당할 거예요."

소영은 엄마가 학교에 가는 걸 반대할 것은 예상했지만 따돌림을 당할 거라는 이야기를 할 줄은 몰랐다. 그건 소영에게도 하지 않은 이야기였다. 혹시 엄마는 소영이 학교에 가면 안 되는 이유를 여러 개 갖고 있는 걸까. 그러나 그것만이 소영의 마음을 불안하게 하는 것은 아니었다.

소영은 커다란 인형이 붙어있는 머리핀을 만지작거렸다. *나랑 똑같은 거야!* 카랑카랑한 여자아이의 목소리가 목에 걸린 가시처럼 껄끄러웠다. 열일곱 살의 소영은 열 살짜리 꼬마가 읽었던 동화책을 보고, 꼭 닮은 옷을 입었다. 모두 엄마가 준비한 것이었다.

소영은 고개를 돌려 엄마를 보았다. 앞만 바라보고 있는 엄마의 표정은 병원에 있을 때보다 들뜬 상태였다.

"엄마, 그 애 봤어?"

소영은 용기를 내서 물었다.

"누구?"

엄마는 소영을 돌아보더니 의아한 표정으로 "이건 왜 안 하니?"라며 소영의 손에 들려있는 머리핀을 가리켰다.

"……우리 옆 침대에 입원해 있던 애 말이야."

소영은 잠시 고민하다 머리핀을 들어 뒤통수에 대충 꽂아넣었다. 그렇게 하는 것이 엄마에게 아이의 모습을 떠올리도록 도와줄 수 있을 것 같았다.

"걔가 왜?"

엄마는 진심으로 모르겠다는 표정이었다. 소영은 엄마가 자신이 질문하는 의도를 모르도록 하면서도 원하는 답변을 얻고 싶었지만 그걸 어떻게 하는지 몰랐다. 하는 수 없이 자신의 옷을 가리키며 솔직하게 물었다.

"이 옷, 그 애 보고 따라 산 거 아니야?"

"아니야."

엄마는 즉각적으로 부정했다.

"옷이 완전 똑같아. 내가 봤어. 이 머리핀도 그렇고."

"뭐가 같니? 길이가 다르잖아. 왜 그 애를 따라서 네 옷을 사겠니? 걔가 뭔데?"

엄마는 어처구니가 없다는 듯이 말했다.

"진짜 똑같은 거 산 거 아니야?"

"아니라니까? 너 참 이상하다."

엄마는 짜증스럽게 말했다. 소영은 더 대꾸하지 않았다. 엄마의 대답을 통해 엄마가 거짓말을 하고 있다는 것을 알게 되었기 때문이다. 엄마는 조금 전 소영이 여자아이와 마주쳤을 때 아이 쪽으로는 눈길도 주지 않았다. 소영이 처음 물어봤을 때도 누구를 말하는 거냐며 진심으로 모르는 것 같은 표정을 지었다. 그런데 방금 '길이가 다르다'고 말했다. 엄마는 그 아이의 옷이 어떤 것인지 알고 있었다는 얘기가 된다.

엄마가 거짓말을 했다. 엄마도 거짓말을 할 수 있다.

그런 생각을 해본 적은 없었다. 소영은 지금까지 한 번도 엄마의 말을 의심하지 않았다. 병원에서 소영은 엄마가 말하는 것을 그대로 흡수하면서 살았다. 엄마가 알려준 온갖 사물의 이름과 사람의 호칭 중에 틀린 것은 없었다. 엄마는 젓가락을

쥐고 글씨를 쓰는 법부터 신발끈을 묶고 리본 매듭을 짓는 법
까지 온갖 세세한 것을 알려주느라 늘 바빴다. 때로 엄마는 간
호사들보다 소영의 상태에 대해 더 잘 달았다.

엄마에게 남을 따라 하는 습관이 있다는 것은 차라리 괜찮았
다. 엄마에게 특별한 악의가 있는 것 같아 보이지는 않았고, 남
에게 피해를 준 것도 아니니까. 소영이 걱정하는 것은 엄마의
거짓말에 준비가 되지 않은 자기 자신이었다. 앞으로 엄마의
말을 믿으면 안 되는 순간이 올지도 모른다. 불안의 씨앗은 거
기에서부터 왔다.

병원에서 1년을 보내는 동안 매일매일이 즐거웠다고 하면
당연히 거짓말이지만 항상 불행했던 것만은 아니었다. 소영은
자신이 다 나아서 병원을 떠날 수 있을 거라고 믿었고, 실제로
그렇게 되었다. 자신에게 모든 것을 바쳐 잘해주는 엄마를 온
전히 믿었다. 엄마뿐만 아니라 모든 사람이 소영에게 잘해주
었다. 모든 사람이라고 해봤자 병원 직원들 정도지만. 그 외의
사람과는 이야기를 나눌 기회가 없었다. 소영 옆에는 늘 엄마
가 있었기 때문이다. 엄마는 소영 옆을 오래 떠나지 않았다. 화
장실을 다녀오고 나서도 그 사이 무슨 일이 없었는지 꼭 물었
다. 그렇게 많은 사람들이 병원을 오갔는데, 그들 중 누구와도
말을 섞어보지 못했다. 그때는 사람들과 마주치는 것이 꺼려졌
다. 짧은 머리카락을 모자로 감추고 휠체어에 앉아 어눌한 말

투를 쓰는 여자애와 이야기할 사람은 아무도 없다고 생각했다.
생각해 보니 그렇게 말한 것도 엄마였다.

택시가 큰 도로로 접어들자 창밖의 풍경이 점차 바뀌기 시작
했다. 회색 건물들이 멀어지고 터널이 나타났다. 캄캄한 터널
을 지나고 나니 도시는 훨씬 멀어져 있었다. 오밀조밀 모여있
던 빌딩들 사이의 거리가 점차 벌어지고 아파트 단지나 커다란
공장, 고가도로 같은 것들이 불쑥불쑥 나타났다. 병원이 있던
곳과는 풍경 자체가 딴판이었다. 먼지를 잔뜩 뒤집어쓴 커다란
트럭이 위협적인 소리를 내며 택시 옆을 지나갔을 때 소영은
깜짝 놀라 어깨를 움츠렸다. 엄마는 별로 놀라지 않은 것처럼
보였다.
“엄마…… 여기가 어디야?”
“거의 다 왔어.”
택시는 녹색 표지판 아래를 지나치고 있었다. 대각선 아래를
가리키는 화살표 옆에 ‘안양’이라는 글자가 커다랗게 쓰여있었
다. 택시는 차선을 바꾸어 트럭이 지나친 길과 같은 곳으로 향
하면서 속도를 점점 줄였다. 산속을 지나는 듯한 창밖 풍경이
주택가로 바뀌었다. 갑자기 근처의 차들이 늘어났다. 차도는
병원 근처보다 좁았고, 거리는 한산했다. 가로수는 어수선하지
않게 잘 정돈돼 있었다.

“소영아, 여기 봐.”

엄마가 소영을 툭 치면서 말했다. 다른 손으로는 소영 쪽의 창문을 가리키고 있었다. 양쪽에서 차들이 꼬리를 물고 오는 복잡한 도로였다.

“네가 죽을 뻔한 곳이야.”

엄마는 재미있는 이야기를 하는 듯한 어조로 말했다. 도로 위로 계속해서 지나가던 차들이 신호가 바뀌자 멈추었다. 반대로 횡단보도에 서있던 사람들이 길을 건너기 시작했다. 그것을 멍하게 응시하고 있는 소영 옆에서 엄마가 조근조근 말했다.

“엄마가 들었는데 얼마 전에는 저기에서 트럭이랑 오토바이가 부딪치는 사고가 났었대. 아까 소영이가 보고 놀란 트럭 있지? 그런 거에 치이면 사람이 어떻게 되겠니? 오토바이에 타고 있던 사람 배가 다 터져서 글쎄, 저 길이 온통 내장으로 뒤덮였대. 몸통이 다 갈라져서 배 속에 있는 내장이 튀어나온 거야. 내장은 배 밖으로 나오면 금방 크게 부푼단다. 그래서 다시 집어넣을 수가 없어. 너무 끔찍하지? 소영이는 더 조심해야 돼. 신호등은 사람을 기다려주지 않고 금방 바뀌거든.”

꽤 길게 느껴지던 신호가 바뀌었다. 택시가 출발했다. 엄마의 내장 이야기는 그제야 멈췄다.

“소영아, 멀미하니?”

소영의 얼굴을 본 엄마가 걱정스럽게 물었다.

“표정이 안 좋네.”

“아니……. 괜찮아…….”

창백한 표정을 한 소영은 고개를 저었다.

“조금만 있으면 내려. 참아보렴.”

엄마는 소영의 등을 조심스럽게 토닥여 주었다. 따뜻한 손이었다. 소영은 메스꺼움이 더 심해지는 것을 느꼈다.

“아저씨, 저기로 들어가요.”

속도를 늦춘 택시가 엄마의 지시에 따라 방향을 바꾸었다. 도로는 점차 좁아졌다. 소영은 바깥을 자세히 보고 싶었지만 차가 아래위로 심하게 덜컹거려 집중할 수가 없었다. 소영은 등을 펼쳐 시트에 몸을 깊숙이 묻고 눈을 감았다. 도착할 때까지 버틸 수밖에 없었다. 두통까지 오는 것 같았다.

“여기서 세워줘요.”

마침내 택시가 멈췄다. 구토감을 억누르고 있던 소영은 서둘러 문을 열고 바깥으로 나왔다. 다리에 힘이 풀려 허리가 저절로 구부러졌다. 헛구역질이 몇 번 이어졌지만 눈에 눈물이 고일 뿐 아무것도 나오지 않았다. 엄마가 가까이 오는 기척이 느껴졌다.

“토했니? 멀미를 심하게 했구나.”

엄마가 등을 두드리며 혀를 찼다. 소영은 입가에 끈적하게 늘어진 침을 닦으며 고개를 저었다.

"잠깐만. 엄마 돈 내고 올게."

엄마가 멀어졌다. 소영은 그제야 고개를 들고 긴 한숨을 토했다. 금방 돌아올 것 같던 엄마는 창문 너머로 기사와 실랑이를 벌이는 듯하더니 곧 좋지 않은 표정으로 돌아왔다. 택시비를 깎으려 했으나 실패한 것 같았다. 엄마는 항상 모든 돈을 깎으려 했다. 이내 택시가 출발하는 소리가 들리고 콧속으로 메스꺼운 가스 냄새가 들어왔지만 구역질은 더 이상 나오지 않았다.

"엄마, 왜 그런 말을 해?"

소영은 캐리어를 끌고 다가오는 엄마를 원망스럽게 쳐다보며 말했다.

"무슨 말?"

"오토바이 사고 이야기 말이야……. 어떻게 그런 끔찍한 얘기를 아무렇지 않게 해?"

"어머, 너 조심하라고 한 거야. 왜 화를 내니?"

"아니, 화가 난 게 아니라……."

엄마는 억울하다는 듯 인상을 찌푸렸다. 화가 난 게 아니라고 말하려던 소영은 그 표정을 보자 정말로 화가 났다. 엄마 같으면 자신이 사고를 당한 곳에서 누군가의 배가 터졌다는 이야기를 듣고 멀쩡할 수 있겠냐고 말하고 싶었지만 생각만 해도 속이 울렁거렸다.

"……됐어."

"기분 좋게 집에 오고 있었는데 왜 갑자기 짜증을 내는 거야? 네가 멀미한 것 가지고 엄마한테 화풀이하는 거니? 그만 좀 해. 너 때문에 엄마까지 기분 나빠지려고 하니까."

그렇게 따지면 오는 동안 소영의 기분을 나빠지게 한 것도 엄마였다. 하지만 엄마 말대로 기분 좋게 집에 도착하는 편이 훨씬 나았다. 소영도 원래는 그렇게 하고 싶었다.

택시는 엄마가 내리는 것을 기다렸다는 듯 재빠르게 출발했다. 소영은 덜컹거리며 빠르게 길을 벗어나는 택시를 보며 이유 모를 불안함을 느꼈다. 엄마는 시무룩하게 서있는 소영의 어깨를 양손으로 잡고 방향을 틀었다.

"봐, 소영아. 저기가 우리 집이야."

엄마는 뿌듯한 표정으로 말했지만 소영에게는 이곳이 어디인지 잘 와닿지 않았다. 눈앞의 풍경은 집 주변이라고 하기 뭐할 정도로 어수선했다. 소영이 서있는 곳은 주택가 골목이 끝나는 지점이었다. 길 건너편에는 커다란 다리 같은 구조물이 시야를 가리고 있었는데 위쪽에서 굉음이 들리는 것으로 보아 차도 같았다. 그 너머로는 아파트 단지가 보였다. 건물이 워낙 높기 때문에 눈에 들어오는 것일 뿐, 실제로는 꽤 멀리 있을 듯했다. 아파트를 이루고 있는 작은 창문들이 오후의 햇빛을 반사시켜 건물 자체가 빛나는 것처럼 보였다.

소영은 엄마를 따라 걸었다. 좁은 도로를 사이에 두고 불그죽죽한 벽돌로 지어진 집들이 빠진 이빨처럼 듬성듬성 서있었다. 집이 없는 공터의 아스팔트는 불규칙적으로 갈라지고 튀어나와 있었다. 전봇대에 얽혀있는 전선들은 하늘을 가렸다. 시야는 어지럽고 지저분했다.

"집에 오니까 좋지?"

엄마는 소영의 옆을 지나쳐 벽돌과 시멘트가 반씩 섞여있는 독특한 구조의 담벼락을 지나 멈춰 섰다. 시멘트 벽에는 미닫이문이 붙어있었고 벽돌로 된 담은 녹슨 대문을 감싸고 있었다. 마당으로 보이는 안쪽에는 커다란 나무가 서있었는데 정리되지 않은 긴 가지를 늘어뜨린 모습이 마치 사람의 머리채 같아 흉흉했다.

"여기가 우리 집이야?"

소영은 대문 앞에 선 엄마를 보고 말했다. 엄마는 기억하지 못하는 소영이 못내 아쉽다는 듯이 고개를 끄덕였다.

벽돌로 지은 2층집. 엄마의 설명은 틀리지 않았지만 소영의 마음에서는 뭔가 다르다는 느낌이 들었다. 우중충한 색의 벽돌이 감싼 집의 크기가 소영의 상상보다 훨씬 작기 때문인지 아니면 녹슨 대문과 귀신의 머리카락 같은 나무 때문인지는 알 수 없었다. 병원에 있을 때 텔레비전에서 가끔 보던 일반적인 집들과는 완연하게 다른 모습이었다. 분명 모든 것이 소영의 상상에도, 기억에도 없는 것이었다. 여기가 진짜 우리 집일까?

"드디어 우리 세 식구가 함께 살게 된 거야."

소영의 손을 잡은 채 집으로 걸어가던 엄마가 말했다. 가까이 다가갈수록 점차 커지는 집의 외관을 배경으로 한 엄마의 얼굴은 감격한 것처럼 보였다.

"우리는 가족이니까, 서로 사랑하면서 살아야 해."

"응, 엄마……."

"가족은 서로 사랑해야 돼. 그렇지 않으면 의미가 없어. 아무리 잘못해도 서로 감싸주는 게 가족이야. 가족이 없으면 어떻게 살겠니? 혼자 사느니 차라리 죽는 게 낫지."

엄마는 소영을 보면서 행복한 듯이 활짝 웃었다.

"엄마는 정말 행운이야. 아빠랑 소영이가 있어서. 소영이도 그렇게 생각하지? 엄마가 있어서 좋지?"

"응……."

"이제 떨어지지 말고 행복하게 살자. 우리는 가족이니까."

엄마는 그렇게 말하면서 대문을 벌컥 열었다. 삐걱이는 소리가 갑작스럽게 너무 커서 소영은 발을 헛디뎌 넘어질 뻔했다.

"소영아, 조심해야지."

집 안으로 들어간 엄마가 소영을 돌아보고 걱정스러운 얼굴을 했다.

"안 넘어졌니?"

“응. 괜찮아.”

고개를 끄덕인 소영이 막 대문 안으로 발을 들이려고 할 때였다.

“어머, 참. 소영아.”

엄마가 잊었던 것이 생각난 사람처럼 말했다.

“집 근처 한번 둘러보고 들어갈까? 소영이는 이 주변이 어떻게 생겼는지 다 잊어버렸잖아.”

“지금? 아니…… 나중에.”

소영은 잠깐 생각하다 고개를 저었다. 택시를 타고 오면서 작은 빌라 단지나 초등학교, 공원 같은 것을 봐서 궁금하긴 했지만 지금은 너무 피곤했다. 오늘은 무리하고 싶지 않았다.

“괜찮겠니? 당분간 바깥에 못 나갈지도 모르는데.”

엄마는 아쉽다는 듯이 말하면서 대문을 닫아 걸어 잠갔다. 닫을 때도 대문은 깜짝 놀랄 만큼 엄청난 굉음을 냈다. 소리를 내지 않고 대문을 여닫는 것은 도저히 불가능해 보였다.

7

“그게 무슨 말이야?”

마당으로 발을 들인 소영은 엄마를 돌아보며 물었다. 엄마의 손에 굳게 잠긴 대문은 처음부터 아무 소리도 나지 않은 것처럼 조용해졌다.

“왜 바깥에 못 나가?”

“다리가 아직 불편하잖니. 혼자 다니다가 넘어지면 어떻게 하니?”

엄마는 소영의 왼쪽 다리를 보며 걱정스럽게 말했다.

“엄마가 같이 가면 안 돼?”

“엄마는 아빠를 돌봐야 해. 아빠는 휠체어에서 혼자 못 일어나거든.”

"도와주는 사람이 온다며?"

"이제 오지 말라고 했어. 모르는 사람이 들락거리면 소영이 가 불편해할까 봐."

틀린 말은 아니었지만 완전히 맞다고도 할 수 없었다. 소영이 낯선 사람을 대하기 어려워하는 것은 사실이다. 하지만 엄마가 아닌 사람과 대화해 본 경험이 없는 것뿐이다. 병실의 옆 침대에는 늘 새로운 사람이 들락거렸고, 여러 진료과를 전전하다 보면 매일 처음 보는 간호사를 마주쳤다. 얼굴을 모르는 사람이 집 안을 돌아다니는 걸 상상해 봐도 소영에게는 아무런 감흥이 없었다. 엄마는 보통 사람의 관점에서 소영의 입장을 배려해 주는 듯했지만, 석연치가 않았다. 당분간 바깥에 나갈 수 없다는 말도 괜히 위화감이 들었다.

"내일부터는 소영이도 바쁠 거야."

엄마는 현관으로 걸어 들어가며 말했다.

"의사 선생님도 그랬지? 아직은 병원 바깥이 낯설 거라고. 지금은 일상에 적응하도록 노력해야 하는 단계니까, 계획을 잘 세워서 보내야 돼. 소영이는 걱정할 것 없어. 엄마가 시키는 대로 하면 되니까."

"응……."

소영은 마당을 둘러보며 건성으로 대답했다. 집 밖에서 봤던 커다란 나무가 뿌리를 내리고 있는 부분을 제외한 마당은 전부 시멘트로 덮여있었다. 여기저기 금이 갈라지고 색이 칙칙한 시멘트 때문에 마당 전체의 분위기는 약간 우중충했다. 집 안팎을 구분해 주고 있는 얼룩덜룩한 벽돌색의 담벼락 아래 이가 빠지고 깨진 화분 서너 개가 있었지만 아무것도 심겨있지 않았다. 집은 마당보다 좀 더 높이 위치해 있어 마당으로부터 솟아난 것처럼 만들어진 계단을 몇 개 올라가야 했다. 대문만큼이나 무거워 보이는 현관문에서 조금 떨어진 곳에는 커다란 창문이 나있었다. 창문은 소영의 무릎 높이부터 천장까지 크게 나 있어서 그걸 통해 집 안팎을 넘나들 수도 있을 것처럼 보였다.

"소영이 방 창문이야. 좋지? 저기로 마당을 볼 수 있어."

소영은 고개를 끄덕였지만 마당에는 볼 것이 아무것도 없었다. 바닥에는 잡초 한 포기도 심겨있지 않았고 담벼락은 높아서 집 밖의 시야를 가리고 있었다. 이름 모를 나무의 잔가지는 해를 가리고 있어서 풍경을 한층 어둡게 만드는 듯했다. 반대로 바깥에서는 창문을 통해 방 안쪽이 훤히 보이는 것이 껄끄러웠다. 구불구불한 창살을 멍하니 바라보던 소영의 눈이 커졌다.

"엄마! 거미!"

창문 한가운데 커다란 거미가 붙어있는 것이 보였다. 창살에 가려져 처음에는 잘 눈에 띄지 않았지만 다리가 믿을 수 없을 정도로 긴 거미였다. 새카맣고 두꺼운 털이 듬성듬성 자라있는 모양새가 흉물스러웠다. 금방이라도 펄쩍 뛰어서 얼굴로 달려들 것만 같은 공포심에 사로잡혀 소영은 발을 동동 굴렀다.

"엄마, 거미! 거미가 있어! 징그러워. 잡아줘!"

"왜 이래, 정신없게. 신경 *끄*고 빨리 들어가."

엄마는 소영의 반응에는 아랑곳하지 않고 현관 쪽으로 향했다. 소영은 엄마의 옷을 잡고 필사적으로 매달렸다. 현관문을 열면 거미가 집 안으로 빠르게 기어들어갈 것 같았다.

"엄마, 가지 마! 거미 잡아줘! 집으로 들어올 거 같단 말야!"

"거미가 왜 들어와? 그냥 놔두면 될 텐데 왜 그러니? 잡고 싶으면 네가 잡아!"

"싫어!"

거미에게 가까이 다가가는 자신의 모습을 생각하기만 해도 소름이 끼쳤다. 아직 제대로 걷지도 못하는 소영의 몸이 거미보다 빨리 움직일 수 있을 리가 없다. 집 안으로 들어가는 것도 무서웠다. 소영은 이러지도 저러지도 못한 채 엄마에게 달라붙어 울기 시작했다.

모든 것이 너무나 달랐다. 병원에서 꿈꾸던 집의 모습은 이렇지 않았다. 상상 속의 집은 깨끗한 유리컵 속의 물처럼, 소영이 알지 못하는 부정적인 것들과 섞이지 않은 채 존재할 수 있었다. 오랫동안 택시를 타고 멀미를 할 필요도 없고 지저분한 골목길과 이어져 있을 필요도 없었다. 소영이 상상하던 방에는 거미나 먼지 긴 창문 같은 것도 없었다. 그러나 현실의 집은 달랐다.

"얘가 왜 이래, 정말."

엄마는 한심하다는 듯한 표정으로 소영을 바라보며 혀를 찼다.

"왜 이렇게 모자란 애처럼 구니? 잘 보이지도 않는 거미가 어쨌다는 거야. 빨리 들어가!"

엄마는 훌쩍거리고 있는 소영의 목덜미를 움켜쥐고 문으로 떠밀었다. 덜덜 떨고 있던 소영의 몸은 무기력하게 끌려갔다. 엄마가 나약한 자신을 보며 화를 낼 만도 하다고 생각하면서도 여전히 거미가 끔찍하게 무서웠다. 묵직한 현관문의 반동이 발뒤꿈치를 재촉하듯 떠미는 바람에 소영은 넘어질 뻔하듯 현관으로 들어섰다.

"여기 잠깐만 있어. 아빠 데리고 올게."

엄마는 소영을 캐리어와 함께 현관에 놔두고 어딘가로 향했다. 소영은 거미가 들어오지 않았는지 황급히 등 뒤를 살폈다. 공포로 잔뜩 긴장해 있던 몸은 한참이 지나서야 이완되기 시작했다. 그제야 집 안 풍경이 눈에 들어왔다. 현관과 이어지는 벽에는 양쪽으로 문이 있었는데 그중 왼쪽 문이 열려있는 것으로 봐서 엄마가 들어간 것 같았다. 집 밖에서 본 창문의 위치로 짐작해 볼 때 오른쪽 문을 열고 들어가면 소영의 방일 것 같았다.

소영은 천천히 신발을 벗고 거실로 들어섰다. 벽 한쪽이 아치 모양으로 뚫려있었다. 안쪽에 식탁이나 조리대가 있는 것으로 봐서 주방처럼 보였다. 거실 공간의 대부분을 차지하고 있는 커다랗고 어두운 색깔의 소파는 팔걸이 부분의 가죽이 쩍쩍 갈라져 있을 만큼 낡았지만 더럽지는 않았다. 소파에 앉아서 발을 올려놓으면 딱 맞을 만큼의 거리 정도에 놓여있는 원목 테이블 위도 먼지 없이 깨끗해 보였다. 위층으로 올라갈 수 있을 듯한 계단 옆에는 창문이 나있었다. 소영은 창문을 가리고 있는 두툼한 커튼을 걷어보았다. 들어온 곳과 반대쪽으로 나있는 창문은 깨끗했지만 아까 봤던 칙칙한 벽돌담만이 보일 뿐이었다.

내가 여기 살았다고? 고요한 거실을 힐끔거리던 소영의 머릿속에는 어느덧 그런 의문이 자리잡았다. 집은 평범했다. 바깥에서 본 집의 모양도, 대문 안의 마당도, 집 안의 구조에서도 특이한 점을 찾지 못했다. 전체적으로 낡고 어두운 분위기를 풍겼지만 나름 깨끗하게 관리되고 있다는 느낌을 줬다.

생각해 보니 방금 전 소영이 서있던 현관에는 신발이 한 켤레도 없었다. 벽은 액자 하나 걸려있지 않은 채 깔끔했고, 소파 앞의 테이블 위에도 잡동사니라고는 찾아볼 수 없었다.

소영은 거기에서 위화감을 느꼈다. 신발이야 신발장에 들어가 있다고 생각하면 그만이지만, 이렇게 널찍한 벽에 그림은커녕 달력이나 시계 같은 것도 없다는 게 이상했다. 소파도 그랬

다. 앉을 때 덮을만한 무릎담요가 구겨져 있다든가 귀퉁이가
해진 지저분한 쿠션 같은 게 있었다면 차라리 안심이 되었을
것 같다. 테이블 위에 읽다 만 책이라도 널브러져 있었으면 살
펴봤을 텐데.

꼭 사람이 살지 않는 집 같았다.

거실 벽을 따라 걷던 소영의 발걸음이 자신의 방문 앞에서
멈추었다. 방 안은 어떤 모습일지 궁금해졌다. 소영이 손잡이
를 향해 막 손을 뻗으려고 할 때 엄마의 목소리가 들렸다.

"소영아, 아빠한테 인사해야지."

소영은 엄마의 목소리에 고개를 돌렸다. 엄마가 끌고 온 휠
체어는 소영이 병원에서 타던 것보다 훨씬 크고 무거워 보였다.
목받침까지 되어있는 휠체어는 마치 푹신한 의자에 바퀴를 붙
인 것 같은 모양새였다. 아빠는 거기에 파묻히듯 앉아있었다.

소영은 당황스러웠다. 아빠는 소영이 상상하던 것보다 훨씬
나이가 들어 보였다. 비스듬히 기울어진 얼굴에는 주름이 깊게
패여있었고 낡은 티셔츠 아래로 나온 팔뚝은 소영의 것만큼 말
랐다.

그러나 소영이 놀란 것은 아빠의 외형 때문이 아니었다. 아
빠는 소영이 병원에서 재활치료를 받을 때 마주친 환자들과 비
슷한 모습을 하고 있었다. 균형을 잃고 처지는 고개나 불규칙
하게 들썩이는 팔다리도 익숙했다. 소영이 가장 놀란 것은 아

빠가 울고 있다는 것이었다.

"여보, 소영이 보고 싶었지?"

엄마가 아빠 쪽으로 얼굴을 기울이며 물었다. 짙은 눈썹과 뚜렷한 눈매가 두드러지는 아빠의 얼굴은 딱딱하게 굳어 조금도 움직이지 않았다. 그런데도 아무 감정이 없어 보이는 눈꼬리에서 눈물이 조금씩 흐르고 있었다. 소영은 아빠의 눈동자가 분명하게 움직여 자신을 바라보고 있는 것을 깨달았다. 소영은 용기를 얻고 입을 열었다.

"……아빠?"

소영의 말에 아빠의 입술이 살짝 움찔거렸다. 그러나 제대로 된 대답은 나오지 않았다. 기다려 봐도 아빠는 끙끙대기만 할 뿐이었다. 휠체어의 팔걸이 위에 얹혀있는 손이 움찔거렸지만 더 이상의 의미있는 동작은 나오지 않았다. 소영이 아빠에게 한 걸음 더 다가가려고 하는데 엄마가 휠체어를 반대로 틀었다.

"아빠가 피곤한가 봐. 쉬어야겠네."

엄마는 무거운 휠체어를 익숙하게 돌려 안방으로 밀어 넣었다. 소영은 문득 아빠가 불쌍하다는 생각이 들었다. 혼자서 움직일 수 없는 아빠는 엄마가 옮겨주지 않으면 계속 방 안에만 틀어박혀 있어야 하는 것이다. 엄마가 적어도 문 쪽 방향으로 휠체어를 놔줬으면 좋았을 텐데. 아빠는 벽을 바라본 채 가만히 있었다. 소영을 등진 뒷모습에서는 아무런 감정도 느껴지지 않았다.

“엄마, 아빠 왜 울어? 아파서 그래?”

“아니야.”

엄마는 고개를 저었다. 아빠는 전신마비 때문에 몸에 아무런 감각을 느끼지 못한다고 했다.

“소영이 오랜만에 보니까 좋아서 그렇지.”

소영이 아빠의 눈물이 그런 의미였는지 생각해 보고 있는데 엄마가 뜻밖의 질문을 했다.

“아빠 안 무서웠어?”

“별로…….”

“그래?”

기뻐할 줄 알았는데, 엄마는 의외라는 듯한 표정을 지었다. 마치 소영이 겁을 먹을 줄 알았던 것 같다는 반응이었다. 기억을 잃기 전의 소영은 아빠를 무서워했던 걸까. ‘산재’라는 사고를 당하기 전 아빠의 모습과 지금 모습이 많이 달랐을지도 모른다. 그것 또한 소영의 기억에는 없었다.

“배고프지 않니?”

엄마는 현관에 놓여있던 캐리어를 펼쳐 짐을 풀기 시작했다.

“짐 정리하고 밥 먹자. 소영아, 방에 들어가 봤니?”

“아직.”

“오른쪽 방이야. 소영이 짐은 소영이가 갖다놓을 수 있지?

엄마가 나머지 정리하고 부를게."

짐이라고 해봤자 책과 옷가지 같은 것들 뿐이다. 소영은 엄마를 따라 쪼그려 앉아 캐리어 안을 뒤졌다. 그런데 아무리 찾아도 소영이 그림을 그릴 때 쓰던 노트가 보이지 않았다.

"엄마, 내 노트는?"

"무슨 노트?"

"나 그림 그리던 거."

"아, 그거."

차곡차곡 접혀있는 옷을 꺼내고 있던 엄마가 무신경하게 말했다.

"버렸지."

"뭐라고?"

소영은 벌떡 일어섰다. 품에 안고 있던 책이 바닥으로 떨어졌다.

"왜? 그걸 왜 버렸어?"

"다 쓴 거 아니니? 몇 장 안 남았던데."

"나한테 중요한 물건이야. 안에 그림이 중요한 거란 말야!"

거기에는 지난 1년간의 기억이 있었다. 교복을 입고 있던 친구를 찾기 위한, 기억을 찾기 위한 소영의 노력과 의지가 담겨 있었다. 소영은 노트를 매일 들고 다니면서 병원의 이곳저곳을 그리고 메모를 했다. 짧지만 일기를 써둔 페이지도 있었다. 그런 노트를 잃어버렸다는 것은 가진 기억의 일부를 잃어버렸다는 것과 같은 의미였다.

"그렇게 중요한 거면 잘 챙겼어야지."

엄마가 가볍게 타박했다. 너무나 가벼워서 소영이 얼마나 그 노트를 중요하게 생각하고 있는지 전혀 알지 못하는 것처럼 들렸다. 소영은 상처를 받은 채 눈물을 삼켰다.

"난…… 챙겼어. 분명히 캐리어에 넣었는데 엄마가 버린 거 잖아."

"그럼 버리지 말라고 미리 말했어야지. 왜 엄마 탓을 하니?"

엄마는 기가 막히다는 듯한 표정을 지었다. 소영은 버리기 전에 물어봐야 하는 거 아니냐고 대꾸하려 했지만 엄마는 이미 캐리어에서 꺼낸 짐을 챙겨 안방으로 들어가고 있었다. 소영은 하는 수 없이 흘러나온 눈물을 쓱 대충 닦고 자신의 방으로 들어갔다.

방문을 열자 처음 맞닥뜨린 것은 집 밖에서 봤던 커다란 창문이었다. 구불구불한 창살의 틈새가 좁아 창문을 통해 방 바깥으로 나가는 것은 불가능해 보였다. 직사각형 모양의 방 왼쪽에는 싱글침대가, 오른쪽에는 책상과 옷장이 나란히 있었다. 소영은 품에 끌어안고 있던 옷과 책 몇 권을 침대 발치에 놓았다. 침대 프레임은 옅은 회색이었다. 원래는 밝은 흰색이었는데 시간이 지나서 그렇게 된 것처럼 보였다. 흰색 침구는 그에 비해 새것이었다. 새것일 뿐만 아니라 다예 사용한 적 없는 것 같은 느낌이 들었다. 엄마가 소영을 위해 새로 산 것 같았다. 책상과 옷장은 침대와 비슷하거나 더 오래되어 보였다. 소영은 옷장을 열어봤다. 보기보다 깊이가 있는 옷장에는 옷걸이 두 개가 걸려있을 뿐 아무것도 없었다.

소영은 책상을 물끄러미 보다 의자를 빼고 앉았다. 예상한 대로 의자는 작았고 높이도 낮았다. 책상 서랍은 총 세 개였는데 첫 번째 서랍은 망가졌는지 잘 열리지 않았고 두 번째와 세 번째 서랍은 바닥에 곰팡이가 조금 슬어있었다. 세 군데 모두 아무것도 들어있지 않았다.

소영의 방은 거실과 달리 흰색 벽지가 도배되어 있었다. 책상 근처의 벽 한곳에 못이 튀어나온 것이 보였고, 그 아래로 희미한 사각형의 자국이 있었다. 책상에 앉았을 때 눈이 가장 먼저 향하는 위치다. 사진 같은 것을 걸어두면 딱 좋을 것 같다. 원래는 그렇게 되어있었을지도 모른다. 처음에는 의식하지 못했지만, 기억을 되짚어 보니 거실에도 저런 자국이 몇 군데 있었던 것 같다.

어떤 이유에서인지 엄마는 모든 물건을 버렸다. 소영은 그렇게 확신했다. 받아들이기 껄끄럽지만 이곳은 소영이 살던 집, 소영이 쓰던 방이 맞았다. 시간이 묻어있는 가구들이 그것을 증명했다. 하지만 엄마는 소영이 병원에 있는 동안 그 외의 모든 것을 지우려고 노력한 것처럼 보였다. 침구를 새로 산 것은 그렇다 치더라도 벽에 걸려있었을 사진이나 입던 옷까지 다 버린 것은 이상했다. 소영이 앉아있는 책상의 높이는 낮고 작아서 초등학교 혹은 그 전부터 사용하던 것이 분명한데 교과서는커녕 연필 한 자루도 남아있지 않았다. 교복도, 가방도, 찢어진 노트 한 장도 없다. 소영은 그 이유를 어렴풋이 알 것 같았다.

엄마는 소영이 기억을 되찾는 것을 원하지 않는다.

* * *

××월 ××일

나는 미치지 않았다.

나는 미치지 않았다.

이렇게 반복해서 쓸수록 내가 미친 사람 같아 보인다는 사실을 안다. 그러나 내가 하는 말은 모두 진실이다. 내가 여기에 쓰는 이야기에 거짓말은 없다. 이것은 내 망상도, 음모론도, 거짓말도, 확대 해석도 아니다.

일기는 오랜 고민 끝에 선택한 내 생존 수단이다. 텔레비전에서 봤는데 일기도 재판 같은 데 증거로 쓰일 수 있다고 했다. 내가 누군가를 고발하고 싶은 것은 아니다. 다만 다른 사람이 내 말을 믿도록 도와줄 것 같아서 기록해 두는 것이다. 그런데 내가 지금까지 무슨 일을 겪었는지 적고 나면 내가 미쳤다고 생각하는 것도 이상하지 않을 것 같다.

나의 잘못을 변명할 생각은 없다. 나는 거짓말을 하지 않는다. 나는 미치지 않았기 때문에, 내가 무슨 말을 하고 있는지 정확히 알고 있다. 내가 살아온 인생은 길지 않지만, 정말 많은 일이 있었다. 내가 한 선택에는 다 이유가 있다. 물론 잘했다고 생각하는 것도 있다. 잘못된 선택은 무엇이었는지 생각하고 있다. 엄마로부터 도망친 것? 엄마를 증오한 것? 내가 엄마를 믿지 않은 것? 내가 엄마를 다시 찾아온 것? 엄마에게 저항했던 것? 저항하려 하지 않았던 것? 엄마와 잘 지내보려고 했던 것? 내가 태어난 것?

한편으로 인정하고 싶지 않기도 하다. 내 인생 전체가 엄마로부터 벗어나기 위한 발버둥으로 가득 차있다고 말하고 싶지는 않다. 하지만 그럴수록 그렇다는 것을 알게 된다. 차라리 다른 생각을 하려고 한다. 집에 있으면 다른 생각을 할 수 없다. 모든 것이 여기에 있다. 나를 늘 쫓아오는 시선. 그것은 악몽이 아니라 현실이다. 엄마는 결코 믿어주지 않았다. 믿기 싫어서 억지로 믿지 않으려고 하는 사람처럼 보이기도 했다. 나는 엄마의 그 저열한 고집이 정말 증오스러웠다.

엄마는 종종 내 앞에 거대한 벽을 세웠다. 아무리 울고 소리치고 악을 써도 들리지 않는 사람처럼 행동했다. 내 이야기를 전혀 듣지 않았다. 내가 지쳐 나가떨어질 때쯤 왜 그렇게 흥분했냐고 천연덕스럽게 말했다. 나는 그럴 때마다 엄마를 죽이고 싶었다.

왜 그랬을까?

엄마는 나에게 더한 짓도 많이 했다. 생명의 위협을 느낀 적도 있었다. 그런데 왜 그런 사소한 일에 걷잡을 수 없는 분노가 일어났는지 모르겠다. 나는 그럴 때마다 내가 미쳤을까 봐 두려웠다. 왜냐하면 그게 엄마의 목적이었기 때문이다. 엄마는 내가 미치기를 바랐다. 자기 자신처럼 되기를 바랐다. 그래서 나는 엄마처럼 되지 않도록 노력했다.

미친 사람은 우리 엄마다.

8

엄마는 소영이 기억을 되찾는 것을 원하지 않는다.

그렇게 받아들일 수밖에 없었다. 소영이 기억을 되찾기를 원했다면 집의 형태를 1년 전과 똑같이 유지했을 것이다. 하지만 엄마는 소영이 옛날 물건들을 보고 기억을 떠올리는 것을 꺼리는 사람처럼 집의 모든 물건을 버리고, 소영의 노트마저 버렸다. 아빠가 말을 전혀 할 수 없다는 것도 소영은 오늘 처음 알았다. 엄마는 아빠가 휠체어 때문에 집 바깥으로 나올 수 없다고 했을 뿐이다. 다시 생각해 보니 엄마와 지난 1년 동안 어떤 이야기를 했는지 잘 생각이 나지 않는다. 소영은 여러 진료 과를 옮겨 다니며 검사를 하고 치료를 받느라 바빴고, 엄마는 소영의 뒤치다꺼리를 하느라 바빴다. 시간이 흐르면 자연스럽게 모든 것을 알 수 있게 될 거라는 막연한 믿음이 기억의 공백을 메우고 있었던 것뿐이었다.

소영에게 가장 당황스러운 것은 소영이 원하는 것과 엄마가 원하는 것이 다를 수도 있다는 사실이었다. 소영은 무의식적으로 스스로를 엄마와 동일시하고 있었기 때문이다. 왜냐하면 지금까지 둘은 소영을 위해 산다는 공통의 목적을 가지고 노력해 왔으니까. 엄마의 말하는 방식과 생각이 소영과 맞지 않더라도 괜찮았다. 소영이 어떤 결정을 하든 엄마는 그걸 존중해 줄 거라고 믿었다. 혹시 그렇지 않다면 둘 중 하나다. 소영이 오해를 하고 있거나, 아니면 엄마가 무언가를 숨기고 있거나.

소영은 방 밖으로 나갔다. 주방 쪽에서 소음이 들렸다. 소영은 한기가 느껴지는 거실을 가로질렀다. 식탁이 딸려있는 주방은 다른 곳과 달리 생활의 흔적이 엿보였다. 조리대에는 밥솥이나 그릇, 조미료 같은 물건들이 늘어서 있었다. 엄마는 김이 나는 냄비 안에서 국 같은 것을 뜨는 중이었다. 소영은 여섯 개의 식탁 의자 중에 밥그릇이 놓인 자리에 앉았다. 식탁의 표면에는 탁하고 두꺼운 유리가 덮여있었다.

"소영아, 잠깐만 기다려. 엄마가 이거 뜨고 반찬 꺼내줄게."

소영의 시선이 냉장고를 여는 엄마를 따라갔다. 혹시 냉장고 안도 텅 비어있는 것은 아닐까 생각했지만 그렇지는 않았다.

색깔과 모양이 다른 밀폐용기 여러 개가 들어있는 평범한 모습
이었다.

"······물건은 왜 다 버렸어?"

"아직도 노트 얘기니?"

국그릇을 식탁에 내려놓던 엄마가 눈살을 찌푸렸다.

"내 방에 아무것도 없어. 원래 그랬어? 옷도 하나도 없고."

"옷은 좀이 슬어서 버렸지. 1년 동안 안 입으면 그렇게 돼. 엄
마가 새로 사줄게."

"책상에도 아무것도 없던데? 서랍어도······."

"원래 그랬어. 너가 뭘 잘 간수하는 성격이 아니잖아."

"원래 그랬다고? 그렇게 아무것도 없었어? 물건이 진짜 하
나도······."

"얘가 참! 내가 어떻게 네 방 물건까지 일일이 기억하니? 아
니면 네가 말해봐. 뭐가 있었는지 기억나니?"

"······."

"거봐. 네 방에 뭐가 있었는지도 모르면서, 우기기만 하는 거
지? 엄마한테 어떻게 하라는 거야? 없는 물건을 만들어 내라는
거니?"

"······그대로 놔뒀으면, 기억했을지도 모르잖아."

소영은 엄마를 원망스러운 눈빛으로 쳐다봤다.

"도움이 됐을지도 몰라! 엄마는 내가 기억이 안 돌아왔으면

좋겠어?"

"세상에!"

엄마는 기가 막힌 표정으로 입을 딱 벌렸다.

"너는 대체, 하루 종일 불평만 하는구나! 아까부터 도대체 뭐가 마음에 안 들어서 그래? 너 데리고 온다고 이 집을 치우는 데 얼마나 힘들었는 줄 아니? 엄마는 네 기분을 좋게 해주려고 옷이랑 신발까지 새로 샀어. 캐리어는 또 얼마나 무거웠는지! 네가 오늘 하루 종일 뭘 했니? 택시를 타고 편하게 앉아 있기밖에 더 했어? 지금 엄마가 얼마나 정신이 없는 줄 아니? 오랜만에 집에 와서 할 일이 산더미야. 아빠 밥도 먹이고 기저귀도 갈아야 돼. 그 와중에 네 저녁까지 차려주고 있는데 너는 고맙다는 말도 할 줄 모르니? 네 기억이 안 돌아왔다고 엄마한테 짜증을 내는 거야?"

"짜증 낸 게 아니야! 궁금한 걸 물어본 거야. 나한테는 중요한……."

"엄마한테 말대꾸하지 마!"

엄마는 손에 들고 있던 국자를 팽개쳤다. 국자는 요란한 소리를 내면서 개수대로 굴러떨어졌다. 소영은 화들짝 놀라 입을 다물었다. 씩씩대던 엄마는 조리대를 짚은 손을 몇 번이고 마구 내리치면서 비명처럼 내질렀다.

"엄마한테 말대꾸하지 마! 나를 바보 취급 하지 마! 한 번만 더 그러면 가위로 입을 찢어버릴 거야. 너한테 뜨거운 물을 부은 다음 피부를 벗겨낼 거야. 남자도 못 간나고 결혼도 못 하게 만들 거야! 알겠어? 이 쓰레기 같은 년아!"

분노에 찬 엄마는 고개를 경련하듯 흔들면서 소영에게 욕설을 퍼부었다. 머리카락이 흐트러져 얼굴을 뒤덮었다. 벌어진 입가에서는 침이 흘러내렸다. 그것을 바라보고 있는 소영의 몸은 의자에 결박당한 것처럼 꼼짝할 수 없었다. 화난 동물처럼 거칠게 내쉬는 엄마의 숨소리를 한참 동안이나 듣고 나서야 간신히 입이 열렸다.

"엄마…… 갑자기…… 왜 그래? 무서워……."

"너 때문이잖아!"

엄마가 갑자기 소영에게 가까이 다가와 외쳤다. 소스라치게 놀란 소영은 비명을 지르며 벌떡 일어나 뒤로 물러섰다. 엄마는 자기 화를 이기지 못하는 사람처럼 주먹을 쥔 채 부들부들 떨었다.

"난 잘하고 있었어. 난 노력하고 있었다고! 너 때문이야. 네가 다 망친 거야! 엄마가 오늘을 얼마나 기다렸는지 너는 모르잖아! 네가 덜떨어진 년처럼 징징대지만 않았다면, 이 순간이 정말 행복했을 텐데!"

꼿꼿이 선 채로 말하던 엄마는 눈물을 흘리기 시작했다. "다 망쳤어. 다 망가졌다고!" 연신 그렇게 외쳐대는 엄마의 울음소리가 점점 더 커졌다. 엄마는 고함인지 울음인지 모를 소리를 계속해서 질러댔다. 그것을 보고 있는 소영의 눈에서도 눈물이 흘렀다. 엄마의 감정에 공감해서 흘리는 것은 결코 아니었다. 소영의 눈물은 공포에 질려 나오는 것이었다. 엄마가 토해내는 분노의 형태에서 위협을 느꼈고 원인을 알 수 없어서 무서웠다.

갑자기 엄마의 울음이 뚝 그쳤다. 엄마는 어깨를 조금 수그린 채 손으로 얼굴을 감싸고 꼼짝하지 않았다. 훌쩍이던 소영은 숨을 삼킨 채 엄마를 응시했다. 자신의 어떤 행동이 또 엄마의 화를 불러일으킬지 몰라 아무것도 할 수 없었다.

"다시 하자."

고개를 든 엄마는 침착한 목소리로 말했다. 울었던 눈은 충혈돼 있었지만 표정은 세수를 하고 온 사람처럼 개운해 보였다. 뭘 다시 하자는 건지 이해하지 못한 소영이 멍하게 서있는 동안 엄마는 얼굴을 훔치고 흐트러진 머리를 귀 뒤로 넘겨 매만졌다. 그러더니 식탁 위에 차려져 있던 밥과 국을 그대로 개수대에 부었다. 다른 반찬들도 마찬가지였다. 버려진 음식물은 한데 섞여서 토사물처럼 변해갔다.

"다시 하는 거야. 우리는 처음부터 다시 할 수 있어. 그렇지?"

엄마가 소영을 바라보며 말했다. 둘 사이에 놓인 깨끗해진 식탁과 달리 엄마가 등지고 있는 개수대는 엉망진창이었다. 등을 돌린 엄마는 그런 건 신경쓰지 않는다는 듯이 다시 냄비 쪽으로 갔다. 서랍장을 열어 새 그릇과 국자를 꺼내서 국을 뜨기 시작했다.

"엄마는 여기서부터 다시 할게. 소영이는 들어오는 것부터 하는 거야. 다시 해보자."

엄마는 소영을 등진 채 천천히 움직였다. 일부러 그러는 것처럼 어설프고 작위적인 동작이었다. 냄비 속을 휘젓고는 있지만 그 이상 무언가를 하지는 않았다. 소영은 도망치듯 주방을 벗어났다. 여전히 영문을 알 수 없었지만 엄마가 시키는 대로 하지 않으면 또 무슨 일이 일어날지 모른다는 생각을 하고 나자 몸이 반사적으로 움직였다.

소영은 거실과 주방을 연결하는 아치 형태의 입구에서 서성이다 주방 안으로 발을 들였다. 식탁 위에는 방금 전과 똑같이 밥그릇과 수저가 놓여있었다. 엄마는 국그릇을 든 채로 소영을 쳐다보고 있었다. 망설이던 소영이 식탁에 앉자 엄마는 조심스러운 손길로 국을 내려놓았다.

"잠깐만 기다려. 엄마가 반찬 꺼내줄게."

엄마는 냉장고를 열어 밀폐용기를 꺼냈다. 소영은 잔뜩 긴장한 채 엄마를 지켜보았다. 엄마가 반찬을 한 개씩 내려놓을 때마다 식탁의 유리와 부딪치며 내는 날카로운 소리가 소영을 흠칫하게 했다. 침착하게 행동한 엄마는 할 일을 다 마쳤다는 듯이 차분한 표정으로 소영의 옆에 앉았다.

“밥 먹어.”

엄마는 소영이 움직일 때까지 움직이지 않겠다는 듯 가만히 앉아있었다. 도저히 그럴 생각이 들지 않았지만 소영은 엄마가 시키는 대로 숟가락을 들었다. 해장국 비슷해 보이는 불그죽죽한 국을 한입 먹는 순간 소영은 자신도 모르게 인상을 찌푸렸다. 걸쭉한 국물은 먹을 수 없을 정도로 짰다. 소영은 엄마를 흘긋 쳐다보았다. 엄마는 무표정한 얼굴로 소영을 빤히 보고 있었다.

“맛……있어.”

소영이 쥐어짜낸 목소리로 말하자 엄마가 다정하게 웃었다.

“우리 소영이 많이 먹어.”

소영도 어색하게 따라 웃었다. 그러지 않으면 안 될 것 같았다. 억지로 식사를 시작한 소영은 어떤 소리를 들었다. 처음에는 너무 작아서 잘 들리지 않았지만 소리는 서서히 커졌다. 금속음 같기도 하고, 파열음 같기도 했다.

이내 소영은 그 소리가 자신의 입안에서 나고 있음을 깨달았다. 스테인레스 소재의 숟가락이 이빨에 부딪히는 소리였다. 겁먹은 소영의 턱이 덜덜 떨리면서 만들어내는 진동 탓이었다.

9

소영은 엄마가 차린 저녁 식사를 남김없이 다 먹었다. 엄마는 소영이 한입 먹을 때마다 맛있다는 말을 연발한 것에 꽤나 만족했다. 소영은 엄마가 무슨 말을 하든지 고개를 끄덕이고, 웃었다. 고맙다는 말도 여러 차례 했다. 엄마는 감격한 표정으로 눈물을 조금 흘렸다.

소영은 변기의 물을 내렸다. 먹은 것을 전부 토해내고 나니 기운이 하나도 없었다. 이렇게 괴로운 식사는 처음이었다. 세면대로 향한 소영은 양치를 시작했다. 거울에 비치는 자신의 모습은 눈밑이 검고 칙칙한데다 볼까지 움푹 패여 꼭 해골 같았다.

"엄마가 화내서 미안해."

연극 같던 저녁 식사가 끝나자 엄마는 어느새 예전의 엄마로 돌아와 있었다. 병원에서의 엄마, 소영을 늘 쫓아다니며 신경 써 준 엄마의 얼굴로 말했다. 엄마가 사과를 하지 않았다면 소영은 그때의 엄마를 잊어버릴 뻔했다.

엄마는 소영 때문이라고 했다. 소영이 엄마에게 버릇없이 굴었기 때문에 화를 낸 거라고 했다. 소영이 착하게 굴면 화를 내지 않을 거라고 했다.

"가족은 서로 사랑해야 하는 거야. 소영이에게 가족은 엄마와 아빠뿐이잖니. 소영이는 엄마가 없었으면 좋겠니? 아니지? 엄마가 없으면 살 수 없지? 엄마도 그래. 엄마도 소영이가 없으면 살 수 없어. 엄마한테 소영이가 얼마나 소중한 존재인데. 엄마는 소영이를 위해서 죽을 만큼 노력했어. 엄마가 그동안 얼마나 힘들었는지 소영이도 잘 알지? 엄마는 앞으로도 힘들게 살아야 해. 아빠를 돌봐야 하거든. 너 때문에 아빠를 돌보는 사람을 집으로 부르는 것도 취소했다고 말했지? 아빠는 혼자 아무것도 못 해서 엄마가 하루 종일 곁에 있어야 해. 소영이도 그랬잖아. 지금도 그렇고. 너는 혼자서 할 줄 아는 게 아무것도 없잖니. 평범하게 살기 위해서는 배워야 하는 것들이 있는 법이야. 그걸 모르고 세상 밖으로 나가면 모자란 애라는 소리를 듣게 될 거야. 그런 걸 생각하면 엄마는 너무 속상해. 엄마가 얼마나 깊이 생각하고 있는지 알겠지? 지금 버린 물건이 어쩌고 할 게 아니란 말이야."

엄마는 끝없이 말할 수 있는 사람처럼 계속해서 말했다. 소영은 진심으로 듣고 있는 사람처럼 고개를 끄덕였다. 그러나 엄마가 늘어놓은 설교 중에서 소영에게 그토록 잘해주었던 엄마와 소영을 쓰레기 같은 년이라고 부른 엄마가 어떻게 같은 사람일 수 있는지 이해시켜 줄 수 있는 쿠분은 없었다.

소영은 화장실을 나왔다. 간신히 구색만 갖춘 거실은 볼 때마다 적응이 되지 않았다. 다시 보니까 거실에는 텔레비전도 없었다. 하나뿐인 창문은 커튼에 가려져 있고, 빛이 들어오는 곳이 없어 시간의 흐름도 전혀 알 수 없었다.

퇴원한 지 단지 몇 시간밖에 되지 않았다는 것을 믿을 수 없었다. 며칠이나 지난 것 같았다. 그렇지 않으면 세상이 이렇게 달라질 수 없을 것 같았다.

소영의 시선이 위층으로 올라가는 계단으로 향했다. 벽과 같은 짙은 나무 색깔의 계단은 얼마쯤 올라가다 한 번 틀어져 있는 구조여서 1층에서는 2층의 구조가 보이지 않았다.

"뭐 하니?"

소영이 계단에 막 발을 올려놓으려는 순간 엄마가 뒤에서 말을 걸었다. 엄마는 다정한 표정으로 소영을 쳐다보고 있었다.

"……2층에는 뭐가 있는지 보려고……."

"너는 2층에 못 올라가."

엄마는 상냥한 말투로 말했다.

"치우지 못한 짐이 너무 많아서 지저분하거든."

엄마는 어느새 소영을 가로막는 듯한 자세로 서있었다. 엄마와 눈이 마주친 소영은 갑자기 답답함을 느꼈다. 머리가 어지러웠다. 가슴에 손을 올리자 심장이 마구 뛰는 것이 느껴졌다. 소영은 불규칙적인 호흡을 가다듬기 위해 씩씩댔다.

"소영아, 왜 그래? 어디 아파?"

"아니…….."

걱정스러운 표정의 엄마가 가까이 다가왔다. 소영은 고개를 저으려고 했지만 아무것도 할 수 없었다.

호흡이 점점 거칠어지고 식은땀이 난다. 시야가 흐려지고 어지러움이 심해져 제대로 서있기 힘들다. 눈 앞에 보이는 풍경이 테두리부터 하얗게 좁아져 간다. 머리가 욱씬거려서 눈을 제대로 뜰 수가 없다. 빨리 여기를 벗어나야 한다. 그렇게 하지 않으면 모든 게 끝날 것 같은 이유 모를 절박함이 느껴진다. 하지만 몸이 생각대로 움직이지 않는다.

"얘가 갑자기 왜 이래."

엄마가 당황한 목소리로 소영을 부축했다. 소영은 엄마를 뿌리쳤지만 그것은 머릿속에서 일어난 일이었다. 실제로는 기력 없이 소파에 무너지듯 앉아있었다. 소영은 눈을 감고 빨리 이 순간이 지나가기를 기다렸다. 병원에서도 몸 상태가 갑자기 나

빠질 때가 있었다. 소영이 심호흡을 하는 동안 엄마는 지금처럼 곁을 지켰다. 그것은 당연한 모습이었다. 어제까지만 해도 그렇게 느꼈을 것이다. 그런데 지금은 엄마가 옆에 없었으면 하는 마음이 간절했다.

"밥 먹고 약 안 먹었니?"

멀리서 들리는 것 같던 엄마의 목소리가 선명해졌다.

"……먹었어."

소영은 기운 없이 대답했다. 퇴원하며 받아온 항생제나 진통제, 신경안정제 같은 것들을 아까 저녁밥과 함께 다 토해냈다는 말은 하지 못했다.

"……이제 괜찮아."

소영은 눈을 감은 채로 말했다. 크게 뛰던 심장이 조금씩 안정을 되찾았지만 지금은 엄마를 별로 쳐다보고 싶지 않았다.

"정말 괜찮니? 얼굴이 아직도 창백해. 병원에 가려면 일주일은 기다려야 하는데 큰일이네."

"일주일? 왜?"

"재활치료 날이잖니. 귀찮아도 가야지."

엄마는 소영이 병원에 가고 싶어하지 않는다고 생각하는 것 같았다. 몇 시간 전의 소영이었다면 그랬을지도 모른다. 그러나 지금은 일주일씩이나 기다려야 병원에 갈 수 있다는 사실이 오싹했다. 이 집에서 일주일 동안 나갈 수 없다.

게다가 병원에서는 '처음에는 자주 와야 하지만 점차 통원치료 주기가 길어질 것'이라고 말했었다. 그렇다면 시간이 갈수록 소영이 집에 머무는 날이 길어질 것이다. 퇴원이란 그런 의미이다. 이런 일상을 계속해서 살아가야 한다는 뜻이다.

"……엄마."

소영은 엄마의 눈치를 보며 입을 열었다. 엄마의 표정이 아까보다 평온했기 때문에 용기를 내보기로 했다.

"아까는 왜 그렇게 화를 낸 거야?"

"말했잖아. 너 때문이라고."

"내가 말대꾸를 해서?"

"그래. 그건 아주 나쁜 행동이야. 앞으로 다시는 그러지 않을 거지?"

"나는 말대꾸를 한 게 아니야. 그냥 내가 하고 싶은 말을 한 거야."

"지금도 하고 있잖니. 아까 그러지 않기로 약속해 놓고, 또 같은 잘못을 하면 안 되지."

엄마의 표정이 다시 조금씩 굳어갔다. 언제 그런 약속을 했는지 잘 기억이 나지 않았다. 집에 온 이후부터 엄마의 생각을 따라가기 힘들었다. 이 집에는 무언의 규칙, 무언의 약속, 무언의 함정이 숨어있었다. 엄마는 소영이 그것을 알아서 찾고 지켜주기를 바라는 것 같았다.

“그럼, 나는 하고 싶은 말은 아무것도 할 수 없어? 엄마랑 잘 지내려면 앞으로도 아까처럼 연극 같은 걸 해야 하는 거야?”

“연극이라니?”

엄마의 표정이 일그러졌다.

“너는 아까 진심으로 행동한 것 아니었니? 엄마가 그렇게 하라고 하니까 기분에 맞춰준 것뿐인 거야?”

그렇다고 말하려던 소영은 정말 충격을 받은 것 같은 엄마의 표정을 보고 입을 다물었다. 엄마도 그렇게 생각하는 줄 알았다. 엄마의 기준에 이건 말대꾸일까, 아닐까? 엄마는 소영이 말을 하면 화를 낼까, 미쳐버리는 걸까? 병원에서와 달리 집에서는 한 마디를 할 때도 생각해야 할 게 너무 많았다. 모든 단어들이 집게처럼 소영의 입을 붙잡고 벌어지지 못하게 하는 것 같았다.

“그건 사람을 무시하는 거야. 너는 엄가를 무시한 거라고. 엄마를 언제부터 그렇게 하찮게 생각한 거니?”

엄마는 흐느끼기 시작했다. 엄마는 순식간에 울거나 화낼 수가 있었는데 가끔은 신기할 정도였다.

“딸이 나를 거짓으로 대하다니 너무 충격이야.”

집으로 온 뒤 소영의 안에서부터 피어난 불쾌함이라든가 낯선 엄마에 대한 두려움과는 무관하게, 그런 말은 여전히 소영을 아프게 했다. 엄마가 소영을 아끼고 있고 소중하게 생각하고 있기 때문에 소영의 말과 행동에 상처를 받는다는 깨달음은 소영을 다시 병원으로 데리고 갔다. 태어난 기억이 없는 소영이 다시 태어난 곳. 엄마를 의지하지 않으면 살 수 없었던 곳. 엄마가 거짓 없이 애정과 보살핌을 주었던 곳. 그것을 생각하면 소영의 마음은 약해진다. 엄마를 위로할 수밖에 없는 마음이 된다.

"아니야, 엄마……."

소영은 거짓말을 했다.

"그 상황이 연극 같다는 말이었지, 진심은 맞아."

"엄마는 소영이에게 행복한 기억을 만들어주고 싶었단 말이야."

엄마는 여전히 훌쩍이면서 말했다.

"너는 집에 대한 기억이 없잖아. 퇴원하고 집에 처음 와서 엄마가 해준 밥을 처음 먹어보는 건데, 나중에도 좋은 추억이 되려면 모든 게 완벽해야 하잖아. 앞으로 행복한 기억만 갖고 살게 하고 싶었어."

"응, 엄마……. 나는 그런 생각까지는 못 했는데, 엄마 덕분에 오늘이 좋은 추억이 될 것 같아. 진짜야. 그런데, 있잖아……. 나는 그냥 궁금해서 그랬던 거야. 내 방에 오면, 옛날에 입던 옷이나, 책 같은 게 있고, 내가 그걸 볼 수 있을 거라고 보통 생각할 거 아냐? 근데 아니어서, 그게 이상했던 것뿐이야."

　소영은 엄마의 눈치를 보며 필사적으로 말을 골랐다. 엄마의 신경을 건드리지 않고 말한다는 것은 상당한 에너지가 소모되는 일이어서 대화를 한다기보다 시험을 보는 것 같은 느낌이 들었다.

　"나는, 기억을 되찾고 싶어, 엄마. 그러니까 내 물건을 보면, 사고 전 일이 생각날 수도 있고……."

　"병원에서는 가능성이 없다고 했잖아."

　"하지만…… 나는 노력하고 싶어. 엄마도 도와주면 안 돼?"

　소영이 간절하게 말하자 엄마는 안타깝다는 듯한 표정을 지었다.

　"소영아, 너는 이제 열일곱 살밖에 안 됐어. 예전의 기억을 찾아서 뭘 어떻게 한다는 거니? 지금은 잘 자고, 잘 먹고, 푹 쉴 때야. 그런 불가능한 것에 신경을 쓰면 회복이 더딜지도 몰라."

　"뭐가 불가능하다는 거야?"

　"정신과 의사도 그랬다며. 소영이 기억은 다시 돌아오지 않을 거라고."

　"그러니까, 내가 기억을 못하더라도 사고 전에 내가 어떻게 살았었는지 알고 싶다는 거야. 알 수 있는 방법이 있는지 궁금하다는 뜻이야."

　"그래도 기억은 안 나잖아? 그러니까 헛수고라는 말이지."

　소영은, 진심을 담아서 말하면 엄마가 자신의 마음을 이해해 줄 거라고 생각했다. 소영 또한 엄마를 이해하려고 애쓰고 있기 때문에 엄마도, 소영이 간절하게 무엇을 하고 싶은지 알아줄 거라고 믿었다. 그러나 이 대화는 어딘가에 다다르지 못한 채 영원히 동그라미만을 그릴 것 같았다. 아니면 엄마 안에서는 이미 확고히 완결된 것을 소영이 계속해서 다른 이야기로 만들려고 애를 써서 이렇게 힘이 드는지도 몰랐다. 어쨌든 소영이 져야만 하는 상황이었다.

"알겠어……."

"그래. 엄마 생각에는 소영이가 오늘 퇴원하느라고 정신이 없는 것 같아. 방에서 쉬렴."

소영은 기운이 빠진 채 고개를 끄덕였다.

"오늘부터는 소영이 혼자 자야 해. 엄마는 아빠를 돌봐야 하니까. 혼자 잘 수 있지?"

"응……."

"방문은 열어놓고 자. 엄마가 밤에 소영이 상태를 봐야 하니까."

"……안 그래도 되는데……."

"엄마가 그렇게 하라면 하는 거야."

엄마는 더 이상 대답을 할 수 없도록 이야기를 끝맺는 어조로 말한 뒤 자리에서 일어났다. 소영은 잠시 동안 거실에 혼자 남아있었다. 무언의 저항으로 고집을 부리고 싶었지만 아무것도 없는 어두운 거실은 점점 추워지고 적막해졌다. 주방에서 엄마가 그릇을 달그락거리며 설거지를 하는 소음이 났지만 오늘은 그곳으로 다시 가고 싶지 않았다. 소영은 하는 수 없이 방으로 향했다.

침대 위에는 병원에서 가져온 소영의 짐이 널브러져 있었다. 해진 옷 몇 벌과 동화책, 부러진 연필 같은 것은 짐이라고 하기에는 초라했지만 어쨌든 이 방 안에 존재하는 소영의 유일한 소지품이기도 했다. 소영은 얼마 안 되는 잡동사니를 정리하지 않은 채 그대로 놔두었다. 물건이 눈에 보이지 않으면 자기 자신도 투명해져 사라질 것 같은 느낌이 들었다. 사람은 어딘가에 있지 않아도, 그곳에 존재할 수 있다. 옷장에 교복이 걸려있고 책상 위에 교과서가 있고 침대 위에 이불이 구겨져 있었다면 이 방은 과거의 소영이 쓰던 방이 분명했을 것이다. 방을 본 누군가는 소영이 과거에 존재했고, 지금도 존재하고 있으며 곧 이곳에 나타날 거라고 믿었을 것이다. 하지만 지금은 소영 스스로도 자신이 존재하는지 아닌지 믿을 수가 없었다. 분명 여기에 있는데도, 없어도 될 것 같았다. 어디론가 가서 스스로의 존재를 증명받고 싶은 기분이 들었다.

《잠자는 숲속의 공주》 책 사이에는 녹색 색종이가 끼워져 있었다. 손가락을 움직이는 연습으로 종이접기를 하다가 남은 것이었다. 엄마는 한 번 접은 종이는 곧장 버렸기 때문에 소영은 좋아하는 색종이는 늘 쓰지 않고 남겨두었다.

소영은 부러진 연필로 색종이 뒷면에 날짜를 적었다. 눈에 보이는 방의 구조를 대충 그린 뒤 가구도 그려넣었다. 반쯤 열려있는 옷장 안에는 옷이 가득 차있는 것으로 상상했다. 책상 위에는 잃어버린 노트를 그려 넣었다. 의자에 책가방이 걸려있는 것도 그렸다. 창문에는 커튼을 달고 침대에는 커다란 인형을 놔두었다. 무언가를 보지 않고 머릿속에서 꾸며낸 다음 그리는 것은 생각보다 어려웠지만 즐겁기도 했다. 아무것도 없는 좁은 방이었지만 소영은 아까보다 편안함을 느꼈다.

이불 속으로 들어간 소영은 색종이를 손에 쥐고 쳐다봤다. 색종이의 뒷면은 녹색 곰팡이가 핀 것 같은 색깔이었고 선 굵기가 제멋대로인 연필 스케치는 조악했지만 소영은 마음에 들었다. 나는 종이 안에 있다. 방을 둘러보면서 놀라워하고 있다. 좁은 종이는 소영의 상상력을 펼치기 충분했다. 소영은 자신이 가지게 될 것이라고 상상했던 몇 없는 가구들을 졸음이 밀려올 때까지 끊임없이 떠올렸다.

10

소영은 꿈을 꾸었다. 꿈속에 누군가가 나왔다. 소영은 그게 누구인지 한눈에 알아볼 수 있었다. 회색 교복과 넥타이. 하나로 높게 묶은 머리카락이 스치는 목덜미에서 얼굴로 시선이 향했을 때 비로소 이목구비가 선명하게 드러났다. 소영이 그토록 찾던 그 여자아이였다. 중환자실에서 흐리게만 보였던 얼굴이 놀랄 정도로 또렷했다. 너구나! 드디어 만났어! 기쁨에 차서 말하려던 순간 소영은 꿈을 꾸고 있다는 것을 깨달았다. 그리고 눈을 떴을 때는 이 얼굴을 새까맣게 잊어버릴 것임을 느꼈다. 입을 열면 꿈에서 깨어날 것 같은 안타까움에 끙끙거렸다.

머리 위쪽에 나있는 창문으로 푸르스름한 빛이 들어왔다. 눈이 떠진 것이다. 빛이 무언가에 가려져 있다. 소영은 눈을 더 떴다. 다른 공간은 어둠 속에 잠겨 보이지 않는다. 창문의 실루엣만이 선명하다. 소영은 창문을 바라본다.

누군가 서있다. 자신을 가만히 바라본다. 소영은 두 개의 눈동자를 보고 끊임없는 비명을 지른다. 그러나 목소리가 입에서 나오지 않는다. 아무리 입을 벌려도 누가 목을 조르는 것처럼 답답하다. 소영은 온 힘을 다해 소리쳤다.

“꺄아악!”

입 밖으로 목소리가 터져나오는 순간 소영은 자신이 자고 있었던 것을 깨달았다. 소영은 눈을 질끈 감은 채 다시 비명을 질렀다. 방문이 벌컥 열리고 불이 켜졌다. 엄마가 깜짝 놀란 얼굴로 서있었다.

“소영아!”

엄마는 침대로 달려와 계속해서 비명을 지르는 소영을 어쩔 줄 몰라 하며 붙잡았다.

“소영아, 왜 그래?”

“밖에! 밖에 누가 있어!”

소영은 창문을 가리키며 외쳤다. 심장이 튀어나올 것처럼 마구 뛰었다. 엄마는 소영의 손가락을 따라 고개를 돌렸다. 밝아진 방만큼 창문 밖은 캄캄했다.

“어디에?”

“창문 밖에! 누가 서있었어!”

엄마는 조심스럽게 일어나 창문으로 다가갔다. 소영은 이불을 끌어안고 몸을 구부려 벽 쪽에 바짝 웅크렸다. 엄마는 창문을 한 뼘 정도 열었다가 곧 닫았다.

"아무도 없어."

꿈이라는 사실은 알았다. 그러나 잠에서 막 깬 소영에게는 지금도 꿈을 꾸는 것처럼 느껴졌다. 다른 사람을 통해 자신의 착각이었다는 사실을 확인받지 않으면 계속해서 꿈속에 있는 것만 같은 두려움에 차있었다.

"……꿈에서 나왔어."

소영은 울먹였다. 어둠 속에 떠있었던 작은 점 같은 눈동자를 떠올리는 것만으로도 공포가 밀려왔다.

"꿈을 꾼 거구나."

엄마는 소영의 주장을 확인해 주듯 말했다. 그러고는 한참이나 창문을 응시했다. 소영이 진정되기를 기다리는 것 같은 동작이었고 실제로 효과가 있었다.

"엄마가 없는 거 봤으니까 됐지?"

소영이 고개를 끄덕이자 엄마는 침대 위에 누우라는 손짓을 했다.

"아직 밤이니까 더 자. 엄마가 너 잘 때까지 여기 있을게."

엄마가 침대 옆으로 의자를 끌어당겨 앉으며 말했다. 소영은 병원에 있을 때 엄마와 늘 이런 식으로 마주 본 것이 떠올랐다.

입원실과 똑같은 구도로 앉아있는 엄마를 보니까 왠지 마음이 편안해졌다. 베개에 기댄 목에 힘을 뺐을 때 창문의 존재가 생각났다. 소영은 이불을 머리끝까지 뒤집어쓰고 나서 겨우 다시 잠이 들었다.

* * *

눈을 뜨고 나서도 소영은 한참이나 침대 위에 누워있었다. 엄마가 집의 이곳저곳을 분주히 오가는 소리가 들렸지만 움직이기 귀찮았다. 꿈 때문에 소란을 피운 이후 온몸의 기운이 빠진 상태였다.

"소영아."

문밖에서 엄마의 목소리가 들렸다.

"소영아, 일어났니?"

"……응."

소영은 망설이다 입을 열었다. 대답하지 않으면 엄마가 방 안으로 들어올 것 같았는데 그건 왠지 내키지 않았다. 침대에서 일어나려던 소영은 흠칫했다. 햇빛이 좁은 방바닥에 네모난 그림자 테두리를 만들고 있는 것을 보니 등 뒤에 창문이 있다는 것이 생각났다.

소영은 조심스럽게 고개를 돌렸다. 방보다 밝아진 창밖에는 아무도 없었다. 용기를 내서 창문 쪽으로 다가갔다. 어제와는 무언가 달라 보였다. 그것을 확인하기 위해 서둘러 방을 나섰다.

"어디 가니?"

문 앞에 서있던 엄마가 의아하게 물었다. 소영은 엄마를 지나쳐 현관으로 향했다. 집 밖으로 나온 소영은 이번에는 마당에 서서 자신의 방에 난 거대한 창을 바라보았다. 소영의 얼굴이 창백해졌다.

"뭐 하냐니까?"

"엄마!"

소영은 자신을 따라 나온 엄마를 향해 외쳤다.

"꿈 아니야!"

엄마가 가까이 다가왔다. 소영은 창문을 손가락으로 가리켰다.

"여기 누가 진짜 있었어!"

벽의 절반 가까이 차지하고 있는 창문의 바깥쪽은 먼지가 잔뜩 끼어있었는데 중간 부분쯤에 누군가 먼지를 손가락으로 닦아낸 것 같은 흔적이 보였다. 크기는 언뜻 보면 눈치채지 못할 정도로 작았다. 눈으로 볼 수 있는 공간만 확보하면 된다는 듯이.

"무슨 소리니?"

엄마는 소영의 말을 이해하지 못한 것 같았다. 소영은 더욱 흥분해서 외쳤다.

"나 꿈꾼 거! 그거 꿈 아니야. 진짜 누가 있었다고. 이거 봐! 누가 우리 집에 들어온 거야. 창문으로 내 방이 보인단 말이야. 안을 보려고 닦은 거야."

소영은 먼지가 지워진 흔적을 가리켰다. 흔적은 소영의 키보다 조금 더 높은 곳에 있었다.

"아휴…… 나는 모르겠는데."

엄마는 이맛살을 찌푸렸다. 눈이 나쁜데도 안경을 잘 안 쓰는 버릇 탓에 무언가를 집중해서 볼 때 종종 저런 표정을 짓고는 했다.

"다시 봐봐! 정말이야. 누가 있었단 말이야!"

소영은 발을 동동 굴렀다. 이상할 정도로 무서웠던 것은, 분명 꿈이 아니라 진짜 사람이었기 때문이다. 낯선 누군가가 한밤중에 집에 침입해 소영을 지켜보고 있었던 것이다.

"엄마도 봤잖아. 아무도 없었어."

엄마는 어젯밤과 비슷한 반응이었다. 소영의 말이 믿기지 않는 것 같았다. 소영은 귀찮은 듯한 표정을 짓는 엄마가 못마땅했다.

"숨어있다가 나간 거면?"

소영은 허둥지둥 주위를 두리번거렸다. 나무 뒤라면 키 큰 남자라도 충분히 숨을 수 있다. 어두울 때는 더 쉽게 모습을 감출 수 있었을 것이다.

"누가 들어오면 엄마가 몰랐겠니? 대든 소리가 얼마나 큰데!"

"그러면……!"

그러면 담을 넘었거나, 대문 뒤에서 기다렸다가 엄마가 문을 여는 순간 도망갔을지도 모른다. 소영이 그렇게 말하려고 하는데 엄마가 불쑥 입을 열었다.

"너 정신병 걸린 거 아니니?"

엄마가 걱정스러운 얼굴로 자신을 브고 있었다.

"기억도 안 돌아오고. 교통사고 후유증 같은 건가?"

"……아니야!"

"이것 봐. 엄마가 아무도 없었다고 하는데 자꾸 우기기만 하고."

소영은 안절부절못하며 창문을 바라보았다. 자신의 주장에 근거가 부족하다는 사실은 알고 있었지만 엄마가 이야기를 조금도 받아들이려 하지 않으니까 답답했다. 엄마가 침착할수록 마음이 초조해졌다.

"엄마가…… 엄마가 못 봤을 수도 있잖아! 나 진짜 봤어. 여기, 창문에 사람이…….."

횡설수설하던 소영의 몸이 균형을 잃고 크게 휘청했다. 곧 강렬한 통증이 엄습했다. 소영은 욱신거리는 머리를 부여잡고 난 뒤에야 엄마가 소영의 머리를 세게 내려쳤다는 사실을 깨달았다.

“소영아, 정신 좀 차려!”

큰소리로 외친 엄마가 소영의 어깨를 잡고 흔들었다. 귀에서 엄마의 찢어지는 목소리가 울렸다. 맞은 충격으로 판단이 제대로 되지 않았다. 소영의 몸은 엄마가 흔드는 대로 흔들렸다.

“도대체 똑같은 얘기를 몇 번이나 하는 거니! 엄마 말이 말 같지가 않아? 너 남들한테 그런 말 해봐. 미친년이라는 소리 듣는 거야! 다른 사람들한테 정신 나간 여자라는 얘기 듣고 싶니?”

엄마는 소영의 어깨를 바짝 끌어당기고 눈을 마주쳤다. 미지근한 호흡이 불쾌하게 느껴졌다. 소영은 엄마의 부릅뜬 눈을 보았다. 탁한 흰자 위로 난 실핏줄이 분노로 일렁였다.

“생각해 보렴. 넌 병원에서부터 무서운 꿈을 꾼다고 매일같이 그랬잖아. 어제도 똑같아. 그런 꿈이었던 것뿐이라고. 병원에서도 확인했잖니. 넌 누군가 서있었다고 했지만 아무도 없었어!”

“…….”

“어제도 엄마가 봐줬잖아. 아무도 없었다고. 이해가 되니? 넌 꿈을 꾼 거야. 사고 때문에 그래. 아니면 병원에서 네가 말하던 그 귀신 같은 게 집에 따라오기라도 했다고 말하려는 건 아니지? 그렇지? 네가 생각해도 말이 안 되지?”

엄마는 소영의 침묵을 긍정으로 받아들였는지 신이 난 사람처럼 들뜬 목소리로 말을 이어갔다.

"어제 컨디션도 안 좋았잖아. 그래, 그래서 그런 거야. 저녁 먹고 나서도 힘들어했잖니. 퇴원하고 나서 피곤하고, 병원이 아닌 곳에서 오랜만에 자니까 그런 꿈을 꾼 것뿐이야."

소영은 아무 대꾸도 하지 못한 채 가만히 있었다. 소영을 바라보던 엄마는 곧 안쓰러운 표정이 되었다.

"우리 소영이……."

엄마는 소영이의 머리를 쓰다듬었다.

"괜찮아. 많이 힘들어서 그랬나 보다."

"꿈…… 아니었어……."

"꿈이 너무 생생하면 진짜 같을 수 있어. 엄마도 그런 적 있었어."

엄마는 소영의 어깨를 몇 번 토닥인 다음 집 안으로 들어가려고 했다. 소영이 완전히 착각한 것으로 결론을 지으려는 듯했다.

"……엄마."

"응?"

"……아니야."

소영은 미소를 띤 채 돌아보는 엄마를 향해 고개를 저었다. 현관문이 닫히고 소영은 창문 앞에 혼자 서있었다. 손가락 한

마디만큼 지워진 먼지 자국이 눈앞에 선명했다.

어젯밤 소영은 분명 창문 밖에 누군가가 서있는 것을 보았고 비명을 질렀다. 그리고 엄마는 문을 열고 들어와 무슨 일이냐고 물었다.

소영은 어제 엄마가 시키는 대로 방문을 열고 잤다. 그런데…… 어느 순간 방문이 굳게 닫혀있었던 것이다.

뭘까?

방문을 열면 소영의 방 안에서는 거실 복도가 보인다. 소영의 방은 현관 근처에 있기 때문에 현관으로 나가는 사람이 있다면 그 모습을 볼 수 있다. 현관문이 열리는 소리는 꽤 크다. 밤이라면 더 크게 들릴 것이다. 그러니까 소영에게 들키지 않은 채로 집 밖을 나서려면 방문을 닫아야 한다.

그럴 수 있는 사람은 엄마뿐이다.

침실을 나와 현관 쪽으로 가면서 소영의 방문을 닫는다. 현관문을 조심해서 연 뒤 소영의 창문 쪽으로 간다. 그리고 소영이 자는 모습을 지켜본다. 자신의 모습을 눈치챈 소영이 비명을 지르면 방문을 열고 들어온다.

소영이 어젯밤 본 것은 엄마의 눈동자였을까.

넌 병원에서부터 무서운 꿈을 꾼다고 매일같이 그랬잖아. 어제도 똑같아. 그런 꿈이었던 것뿐이라고. 병원에서도 확인했잖니. 넌 누군가가 서있었다고 했지만 아무도 없었어.

어쩌면 병원에서도. 긴 입원 기간 동안 내내 엄마는 소영의 자는 모습을 서서 지켜봐 온 것 아닐까 소영이 깨어나서 소리 지르기 시작하면 황급히 다가와 모르는 척 달래준 게 아닐까. 그러니까 누가 서있었는지 아무리 찾아도 찾아지지 않았던 게 아닐까……. 그건 엄마였으니까. 같은 입원실을 쓰던 환자들이 자주 바뀐 이유도. 옆 침대의 아이 엄마가 무섭다고 했던 이유 도…….

"어머, 소영아!"

엄마의 목소리가 어렴풋이 들렸다. 팔을 잡아끄는 힘이 느껴 졌다.

"얘가 또 왜 이래."

소영은 자신이 현관 앞에 개구리처럼 엎드린 자세로 주저앉 아 있다는 것을 깨달았다. 머리가 어지럽다고 느낀 것뿐이었는 데 공황 상태에 빠져들었던 모양이었다. 소영은 엄마의 도움을 받아 몸을 일으켰다. 엄마가 없으면 혼자 일어날 수도 없었다.

"엄마."

초라한 목소리가 입에서 흘러나왔다.

"엄마가, 방문 닫았어? 어젯밤에……."

소영은 엄마를 보았다. 엄마의 눈빛에서 경멸을 읽을 수 있 었다. 아주 한심한 존재를 바라보는 듯한 표정이었다. 그것은 소영을 한층 더 자신 없게 만들었다.

"얘가 무슨 소리를 하는 거야. 정말 정신이 나갔니?"

소영은 다시 집 안으로 끌려 들어갔다.

"자꾸 그런 헛소리 하면 학교는커녕 집 밖에도 못 나갈 줄 알아."

그럼 무슨 말을 할 수 있을까? 소영은 엄마에게 떠밀리듯 방으로 들어가며 생각했다. 소영이 궁금한 것을 물어보면 안 된다. 옛날에 이 집이 어땠는지 물어보면 안 된다. 자신을 괴롭혔던 악몽의 정체가 정말 엄마인지 물어보면 안 된다. 이상하다고 생각하는 점을 이야기해도 안 된다. 울거나 화를 내도 안 된다. 감정이 없는 조각상처럼 가만히 있어야만 엄마를 만족시킬 수 있다. 엄마는 스스로 아무것도 할 수 없는 상태의 소영을 좋아하는 것일지도 모른다. 지금도 엄마는 이렇게 다정하게 침대에 눕혀주고 이불을 덮어주고 있다.

"쓸데없는 짓 하지 말고 얌전히 누워서 쉬고 있으렴. 이러다간 다시 입원해야 할지도 모르겠다."

엄마는 그렇게 말한 뒤 방을 나섰다. 문은 여전히 반쯤 열려 있었다. 소영은 열린 문을 바라보다가 이불을 뒤집어쓰고 눈을 감았다. 엄마가 원하는 대로 행동하는 것 같아서 자존심이 상했지만 실제로 더 이상 생각을 할 수 없을 만큼 몸이 지쳐있었다.

소영이 다시 눈을 떴을 때 방 안은 어두웠다. 온몸이 땀으로 젖어있었다. 이불까지 축축하게 느껴질 정도여서 기분이 나빴다. 소영은 천천히 상체를 일으켰다. 서늘한 공기를 갑자기 맞닥뜨린 팔에 소름이 돋아났다. 주변은 고요했다. 시간을 알 수 없었지만 해가 진 것은 분명했다. 잠결에 열이 나서 끙끙거렸고, 엄마가 방에 한 번 들어와 소영의 상태를 지켜본 것이 어렴풋이 기억났다.

'엄마 말을 안 들으니까 그렇지.'

아픈 건 다 네 탓이라는 듯한 목소리도 생각났다. 엄마는 어디에 있을까? 문 쪽에 눈길을 주었다. 닫혀있었다. 소영은 벌떡 일어났다. 순식간에 등줄기가 오싹해졌다. 엄마가 또 창문 밖에 있는 걸까? 확인해 보려면 등을 돌리는 수밖에 없다. 하지만 돌아볼 수가 없다.

온몸에 소름이 돋아났다. 겁에 질려 손가락 하나 까딱할 수 없었다. 뒤에서 엄마가 지켜보는 것 같았다. 아니다. 같은 게 아니다. 정말로 시선이 느껴진다. 뒤에 누가 있다. 누가 보고 있다. 등 뒤에…… 소영은 이를 악물고 몸을 돌렸다.

아무도 없었다.

창밖은 여전히 어두웠다. 창문 위쪽 끄트머리에 달빛인지 가로등인지 모를 희끄무레한 무언가가 걸려있을 뿐이었다. 한밤중에 불도 켜지 않은 방 안에 소영은 혼자 앉아있었다. 이번에는 그 사실이 무서워 후다닥 방 밖으로 나왔다.

안방 문이 반쯤 열려있었다. 낮에는 내내 닫혀있는 방문이 한밤중에 열려있는 광경이 의아했다. 소영은 자신도 모르게 몇 발짝 앞으로 향했다가 멈칫했다. 거실 바닥에는 방문이 열린 각도만큼 달빛이 비추고 있었다. 처음 보는 실루엣의 그림자가 있었다. 그림자는 움직이고 있었다. 소영은 덩어리진 그림자의 아랫부분이 휠체어의 바퀴 모양으로 갈라진 것을 보았다. 규칙적으로 삐걱거리는 소리가 들렸다. 숨이 찬 것 같은 소리도 들려왔다. 고통에 찬 것 같기도 하고 허덕이는 것 같기도 했다.

"아아아!"

엄마의 길게 늘어지는 비명을 듣고 깜짝 놀란 소영은 뒤로 물러나다 벽에 등을 부딪혔다. 자신도 모르게 소리를 낼까 봐 입을 얼른 틀어막았다. 아무것도 하지 못한 채 얼어붙어 가만히 서있었다. 무언가 잘못을 하고 들킬만한 행동을 한 것도 아닌데 꼼짝할 수가 없었다.

엄마는 한참 뒤에야 천천히 거실로 걸어 나왔다. 엄마는 완전한 알몸으로 서서 말 없이 소영을 보았다. 놀라지도 꾸짖지도 않는 눈빛이었다. 오히려 당당해 보였다. 소영은 엄마가 자신에게 아빠와 무엇을 했는지 숨기고 싶어하지 않는다는 느낌을 받았다.

어둠 속에서 소영이 꽤 오래 서있었다는 것을 엄마는 알고 있었고 그 사실을 소영도 알게 되었다. 소영이 정신을 차리고 도망가고 싶어졌을 때 엄마가 먼저 방으로 들어갔다. 안방 문은 여전히 닫히지 않았다.

소영은 허둥지둥 방으로 들어가 그대르 바닥에 주저앉았다. 고개를 숙이고 눈을 질끈 감은 채 두 손으로 귀를 막았다. 방 밖에서 아까 듣던 소리가 끊임없이 반복되는 것처럼 느껴졌다. 사실 바깥은 이제 고요할 것이다. 소리는 소영의 귀 안에서 울려 퍼지고 있었기 때문이다.

11

엄마는 아무렇지 않게 행동했다. 소영의 아침을 차려주고, 아빠를 보살피고, 집을 청소했다. 소영은 방에서 벽의 모서리와 침대가 만나는 부분에 웅크려 앉아 아무것도 하지 않았다. 엄마는 바쁘게 움직이면서도 소영이 집안일을 돕지 않는다고 탓하지 않았다. 오히려 만족스러운 것처럼 보였다.

소영은 병원에서 엄마와 함께 텔레비전을 보았던 기억이 떠올랐다. 농사를 짓는 시골집 귀퉁이에 개가 묶여있었다. 비쩍 마르고 지저분한 개는 카메라가 다가가는데도 꼼짝도 하지 않았다. 목에 매달린 녹슨 쇠사슬이 마당에 박힌 말뚝에 고정돼 있었다.

'저 개 참 얌전하다.'

엄마는 그렇게 말했다. 카메라를 든 사람이 손을 내밀어 개를 쓰다듬었다. 개를 불쌍하게 여기는 것 같았다. 소영이 보기에도 겁을 먹고 굳어있는 개가 불쌍해 보였다. 그런데 엄마는 개가 얌전하고 착하다고 했다. 가만히 있으니까 그렇게 보일 수도 있겠다고 생각했다. 그때는 그냥 엄마와 소영의 느낀 점이 다른 줄로만 알았다.

소영은 지금 자신이 꼭 그 개가 된 것 같았다. 절대 뽑히지 않는 말뚝에 절대 풀 수 없는 쇠사슬을 목에 감고 있는 개. 움직일 기력을 잃고 방구석의 먼지처럼 웅크려 있는 소영. 엄마는 소영이 드디어 얌전해졌다고 좋아할 것 같았다.

소영은 쪼그리고 앉아 창문을 관찰했다. 먼지가 닦인 자국은 분명히 인위적인 것이었다. 정확히 그 위치에서 한 쌍의 눈동자가 소영을 지켜보고 있었다. 소영은 그 존재가 꿈이 아니라는 고집스러운 확신을 마음속에 심었다. 꿈이라고 믿고 눈을 돌리게 되면 그 존재가 더욱 위협적으로 성장할 것 같은 두려움이 있었다.

엄마는 창문 밖의 존재가 바로 자기 자신이었다는 것을 영원히 인정하지 않을 것이다. 그동안 왜 그토록 소영을 괴롭혔는지에 대해서도 대답해 주지 않을 것이다. 소영 혼자 알아내는 방법밖에는 없었다. 그리고 아무리 생각해 봐도 늘 하나의 결론으로 귀결되었다.

언니네 엄마는 이상해.

구체적으로 어디가 어떻게라고 말할 수는 없었지만 소영은 병원에서 만났던 여자아이가 했던 말에 조금씩 동의하게 되었다. 엄마는 이상했다. 폐허 같은 동네도 이상했다. 사람이 살지 않는 것 같은 이 집도 이상했다. 소영의 흔적이 하나도 남지 않은 이 방도 이상했다. 자기 자신도 이미 이상해지고 있었다.

방문은 반쯤 열려있다. 엄마가 밖에서 뭔가를 하는 소리가 들린다. 어젯밤에는 문을 등진 채 벌벌 떨다가 바닥에서 잠이 들었다. 꿈에서 엄마가 나왔다. 엄마는 문의 경첩 사이에 끼어 있었다. 어둠 속에서 엄마의 하얀 눈동자가 물고기 비늘처럼 빛났다. 소영이를 보려고 몸을 아주 작게 만들었어. 엄마는 그렇게 말하면서 히죽 웃었다. 문을 닫으면 창문에서 소영을 지켜보았다. 창문을 가리면 옷장 안에 들어가 있었다. 아니면 책상 아래나 침대 밑에.

소영은 문을 열어두고 엄마의 움직임에 계속 귀를 기울였다. 그렇게 하지 않으면 엄마가 정말 방 안으로 숨어 들어올 것만 같았다. 어쩌면 엄마도 다른 일을 하는 척하면서 소영의 방을 계속 쳐다보고 있는 것일지도 모른다. 이 집 안에서 둘은 하루 종일 서로를 감시하고 있는 것이다.

엄마의 시선으로부터 조금이라도 자유로울 만한 곳은 없을까? 숨바꼭질하는 어린아이처럼 앉아있던 소영이 몸을 낮추자 시선이 침대 아래로 향했다. 침대 다리는 높지 않아서 사람이 들어갈 만한 틈은 없었다. 머리카락 몇 가닥과 돌돌 뭉쳐진 먼지 덩어리 사이로 침대 구석의 바닥이 조금 튀어나와 있는 것이 보였다. 자세히 보니 바닥이 튀어나온 게 아니라 납작하고 각진 물건이 놓여있었다.

물건이 있는 위치는 침대 밑에서도 제일 안쪽 구석 자리였다. 눈이 나쁜 엄마가 발견하기 힘든 곳에.

그러니까, 과거의 소영이 의도적으로 숨겨둔 물건일지도 모른다.

소영의 생각이 거기까지 미쳤을 때 몸이 재빠르게 움직였다. 소영은 개구리처럼 엎드린 채 팔을 뻗어 침대 밑을 더듬었다. 거의 어깨까지 집어넣고 나서야 손가락 끝에 단단한 무언가가 걸렸다.

소영은 다급하게 문 사이로 거실을 내다보았다. 엄마의 모습은 보이지 않았지만 물 소리와 그릇끼리 부딪치는 소리가 들려서 안심했다. 소영이 침대 밑에서 꺼낸 것은 액자였다. 얇은 먼지를 걷어내니 엄마가 소영을 안고 있는 사진이 보였다. 사진 속의 소영은 대여섯 살 정도로 보였다. 엄마는 웃고 있었고 소영도 웃고 있었다. 볼은 토실토실하고 팔다리도 짧다. 지금보다 훨씬 어렸을 때의 모습인데, 그게 자기 자신이라는 것을 한눈에 알아볼 수 있다는 것이 신기해서 소영은 한참이나 사진을 들여다보았다.

어렸을 때의 사진이라 신기하기는 했으나, 어디에 깊숙이 숨겨야 할만큼 대단한 물건 같지는 않았다. 소영은 약간의 실망을 안고 액자를 책상 위에 올려두려고 했다. 그런데 액자 틀이 오래되어서 그런지 사진이 툭 떨어져 나와 하마터면 액자를 떨어트려 유리를 깨뜨릴 뻔했다.

"앗!"

사진을 고정해 두는 고정핀이 남아있지 않았다. 액자는 버리고 사진만 보관해 두는 수밖에 없을 것 같았다. 소영은 바닥에 떨어진 사진을 주웠다. 사진 뒤쪽에는 셀로판테이프로 붙여둔 종잇조각이 있었다. 손가락 두 개를 합친 정도 크기의 종이 쪽지의 귀퉁이는 어딘가에서 찢어낸 듯한 흔적이 있었다.

내가 죽으면 엄마 때문이다.

쪽지에는 그렇게 쓰여있었다.

사고 전 소영의 글씨는 손에 힘을 주기 어려운 지금보다 훨씬 깨끗했다. 그러니까 소영이 그것을 한참 들여다본 이유는 알아보기 어려워서가 아니었다.

언제부터인지, 물소리가 멈춘 것 같았다. 소영은 황급히 고개를 들었다. 거실은 여전히, 아무도 살지 않고 누구도 존재하지 않는 공간처럼 진공의 형태를 유지하고 있었다. 엄마가 소영을 보고 있었을까? 손에 들고 있는 사진을 숨겨야 한다는 생각이 자연스럽게 들었다. 정확히는 뒤어 붙은 쪽지 때문이다. 액자 안에 들어있었을 때는 감출 수 있었지만 지금은 아니다. 황급히 책상 서랍을 열어 사진을 넣다가 말고 소영은 생각을 바꿔 책상 서랍의 제일 아랫부분과 바닥 사이의 좁은 틈새에 사진을 밀어 넣었다. 엄마가 방을 뒤지더라도 이런 틈새까지는 살펴보지 못할 것이다.

다급하게 거실 한가운데로 나오자 주방에서 다시 소음이 들렸다. 안도한 소영은 조용히 움직여서 주방 근처로 다가갔다. 조리대에 서있는 엄마의 옆모습이 보였다. 엄마는 냄비를 열어 안의 내용물을 체에 붓고 있었다. 새카맣고 통통한 미꾸라지가 우르르 쏟아져 나왔다. 엄마는 그 위로 찬물을 부었다. 한 손에는 커다란 가위가 들려있었다.

"나는 좋은 엄마야."

미꾸라지 한 마리를 집어든 엄마는 꼬리부터 가위질을 시작했다. 까각, 하고 뼈가 잘리는 소리가 나자 아직 소금이 붙어있는 미꾸라지의 몸통이 움찔하고 경련했다.

"나는 화내지 않는 좋은 엄마야."

엄마는 혼잣말처럼 작게 말했다. 주방 입구에 서있는 소영의 존재를 아직 모르는 것 같았다. 엄마는 아주 신중한 작업을 하는 것처럼 천천히 가위질을 했다. 기절한 미꾸라지의 몸통이 토막 났다. 거무죽죽한 내장이 엄마의 손가락을 더럽히고 도마 위를 붉게 물들였다.

"나는 앞으로도 좋은 엄마가 될 거야. 나는 화내지 않는 좋은 엄마야. 나는 좋은 엄마야. 나는 좋은 엄마⋯⋯."

엄마는 노래를 하듯 속삭였다. 박자를 맞추듯 가위질을 했다. 서걱거리는 소리가 울려퍼졌다. 미꾸라지의 몸통은 계속 경련했다.

＊ ＊ ＊

"어떻게 퇴원한 지 사흘 만에 다시 올 수 있니?"

팔목에 보호대를 감아주던 간호사가 황당하다는 듯이 말했다. 소영은 어색하게 웃었다.

"움직이면 안 돼서 채워주는 거야. 씻을 때는 풀어도 되는데, 오른손은 쓰면 안 돼."

소영은 고개를 끄덕였다. 오른쪽 팔목에 감긴 보호대의 반쪽은 철판 같은 것이 들어있는지 깁스처럼 단단하고 무거웠다. 움직이고 싶어도 움직일 수 없을 것 같았다.

"넘어질 때 다른 곳은 괜찮았어?"

"네⋯⋯."

"조심해야지. 엄마가 꽤 놀라신 것 같더라."

놀란 건 저예요. 소영은 그렇게 말하고 싶은 것을 참았다. 혼 잣말을 하며 미꾸라지를 가위로 썰고 있던 엄마의 눈빛은 정 상이 아니었다. 그것은 소영을 본능적으로 도망치게 만들었다. 제대로 걸을 수 없었던 소영은 뒷걸음질 치다가 넘어지면서 손 목이 꺾여버렸다. 그제야 소영의 존자를 눈치챈 엄마는 깜짝 놀라면서 구급차를 불렀고 병원까지 오게 됐다.

"계단 오르내릴 때랑 화장실에서도 조심하고. 이번에는 살 짝 삔 걸로 끝나서 다행이지만 부러지면 정말 입원해야 해."

구급차를 타고 응급실에 도착했을 때 소영은 진료를 단념하 고 집에 돌아가게 될 줄 알았다. 얼굴이 파랗게 질려있거나 몸 에서 피가 철철 나오고 있는, 딱 봐도 정말 급해 보이는 환자들 사이에서 조금 부어오른 손목을 붙들고 있을 뿐인 소영의 차례 는 맨 마지막이 될 것 같았다. 그런데 접수를 하고 나자 소영이 바로 어제 퇴원한 환자라는 사실이 확인됐고, 분주하게 돌아다 니던 어떤 간호사가 소영을 알아보면서 치료가 빨라졌다. 그는 소영이 사고 직후 의식을 되찾지 못하고 중환자실에서 머물 때 를 기억하고 있었다.

"엄마, 대기실에 계시지? 소영이 담당했던 교수님도 보고 가 야 할 것 같은데, 들어오시라고 할까?"

간호사가 손에 들고 있는 태블릿에 뭔가를 입력하면서 물었다. 소영이 걸터앉아 있는 간이침대 주변으로는 얇은 커튼이 둘러져 있었다. 응급실에 줄지어 놓여있는 여러 대의 침대는 이런 식으로 진료실과 입원실의 기능을 동시에 해내는 중이었다. 벽도 파티션도 없이 얄팍한 천 하나를 두른 것뿐인데도 외부의 아수라장을 적절히 차단해 냈다.

"……아뇨. 혼자 갈 수 있어요."

그리고 엄마가 보이지 않는다는 것에서 소영은 무엇보다 편안함을 느꼈다. 병원을 벗어났던 사흘 동안 너무 많은 것이 달라졌다. 집에서의 엄마는 완전히 다른 사람이 되었다. 공기나 물처럼 아무렇지 않았던 엄마의 존재가 이제는 불편하고 무서웠다. 정말 다시 집으로 돌아가야 하는 걸까? 다른 방법은 없을까?

"혼자 간다고? 엄마가 걱정하실 것 같은데. 그럼 선생님이 말하고 올게. 어차피 수납도 하셔야 할 테니까."

"저희 엄마를 아세요?"

소영은 그렇게 물었다가 곧 바보 같은 질문을 했음을 깨달았다. 대기실에 가서 '강소영 환자의 보호자분'이라고 부르기만 하면 엄마의 얼굴을 몰라도 관계없을 것이다. 그런데 간호사는 의외의 대답을 했다.

"그럼. 기억하지. 소영이도 알아봤는데 어머님을 모를까 봐? 내가 중환자실 담당할 때 네가 마지막 환자였거든. 그다음에 응급실로 오게 된 거야."

간호사는 자기가 뽑기 운이 지지리도 없다고 투덜거렸다. 그러나 소영의 귀에 그런 푸념은 들어오지 않았다. 가슴이 두근거리고 있었다. 이 사람은, 소영의 모습을 기억하고 있다. 혼수상태에 빠져 무의식 속을 헤매고 있을 때. 소영이 찾고 싶은 여자애가 처음이자 마지막으로 소영 앞에 나타났을 때.

"선생님은 중환자실에 매일 있었어요?"

"매일이라니, 24시간 있었는데?"

간호사는 웃으면서 말했다. 소영은 웃지 않고 진지하게 물었다. 혹시 자신에게 누군가가 찾아왔건 것을 기억하냐고. 교복을 입은 여자애가 오지 않았었냐고. 자신은 그 애를 찾고 싶은데, 교복밖에 기억이 나지 않는다고.

"누가 오긴 했겠지?"

간호사는 고개를 갸웃했다. 가벼운 말투였다. 그에게는 별로 중요하지 않은 질문이거나, 기억에 자신이 없는 것 같았다. 아니면 둘 다일지도 몰랐다.

"아, 엄마는 매일 오셨어. 중환자실은 어차피 보호자가 할 수 있는 게 없으니까 짧은 면회만 가능하다고 했는데도 매일 와서 소영이를 보고 가셨어."

소영은 기운 없이 고개를 끄덕였다. 그건 소영이 원하는 대답이 아니었다.

“엄마는 한 번도 울지 않으시더라.”

간호사는 그게 굉장히 드문 경우라고 했다. 중환자실에 누워 있는 환자를 바라보는 보호자는 대부분 눈물을 흘린다고. 슬프고 안타까우니까. 그런데 소영의 엄마는 한 번도 울지 않았다고 했다.

“혹시 소영이가 눈을 떴을 때 처음 보는 모습이 엄마가 우는 얼굴이면 속상할지도 모른다고, 그러니까 못 울겠다고 하시더라고. 결국 소영이가 깨어났을 때는 우셨지만.”

그래도 괜찮았지? 하고 간호사는 물었다. 소영은 할 말을 찾지 못했다. 엄마가 얼마나 자신을 걱정하고 염려했는지, 엄마가 얼마나 대단한 사람인지, 엄마가 얼마나 소영을 아끼는지 알아달라는 것처럼 들렸다. 굳이 남이 말해주지 않아도 잘 알고 있었다. 그래서 더 괴로웠다. 그동안 엄마가 소영을 진심으로 보살폈다는 것을 알고 있기 때문에. 마치 엄마는 아프고 스스로 아무것도 할 수 없는 소영을 더 좋아했던 것처럼 보여서. 엄마와 다시 잘 지낼 수 있으려면 병원으로 돌아오는 것밖에 방법이 없는 건 아닌가, 하는 생각이 드니까.

“지금 진료실로 가면 교수님 계실 거야.”

간호사는 응급실에서 대기실을 거치지 않고 바로 병원 안으로 들어갈 수 있다고 알려주었다.

“감사합니다.”

침대에서 일어나던 소영은 보호대를 찬 것을 잊고 오른손에 힘을 주어 짚었다가 곧 인상을 찌푸렸다. 욱신거리는 통증이 스스로를 비웃는 것처럼 느껴졌다. 왼쪽 다리에도, 오른쪽 손에도 힘을 줄 수가 없게 된 몸은 한층 굼떠졌다. 혼자 진료실로 가는 데에는 꽤 많은 시간이 들 것이다. 그래도 소영에게는 혼자 가야 할 이유가 있었다.

"그런데……."

커튼을 걷으려던 간호사가 소영을 돌아보았다.

"교복을 기억해도 소용없지 않을까?"

"네?"

"만약 그 애가 소영이의 친구라면 말이야. 소영이는 작년에 중학교 3학년이었잖니? 올해는 고등학생이니까, 그 애의 교복도 바뀌었을 것 같은데?"

간호사는 그렇게 말하며 커튼을 시원하게 열어젖혔다. 강렬한 소음이 소영의 귀를 덮쳤다.

12

"다행히 많이 다친 건 아니었구나."

입원 기간 동안 소영의 상태를 봐주던 김 교수의 태도는 묘하게 김이 빠져있었다. 소영의 팔 상태를 본 다음에는 안심한 듯한 표정을 지었고, 입원해 있을 때 흔히 물었던 시시콜콜한 질문들은 건너뛰었다. 엄마가 진료실에 같이 들어오지 않은 것에 대해서도 소영이 대충 둘러대니까 별다르게 캐묻지 않았다.

"저 혹시…… 강소영 선생님은 따로 안 뵙는 건가요?"

소영은 용기를 내서 물었다.

"강소영이 누구지?"

되돌아온 질문에 소영은 당황했다. 김 교수는 우물쭈물하고 있는 소영을 잠시 보더니 아아, 하고 웃었다.

"정신건강의학과 강 선생 말이구나."

갑자기 이름을 말하니까 누군지 몰랐다고, 김 교수는 그렇게 말하면서 키보드를 두드렸다.

"이번 주에 학회가 있는 것으로 아는데. 예약을 한 거니?"

"……아뇨."

"그럼 다른 선생님으로 잡아달라고 할까? 강 선생은 출장 중이라고 나와."

김 교수는 앞으로는 예약을 따로 하지 않으면 진료를 볼 수 없다고 설명했다. 게다가 근처 병원에서 의뢰서 같은 것을 받아와야 한다고 했다. 입원했을 때는 하루에도 몇 번이나 진료실을 오가느라 귀찮을 지경이었는데, 이제 보니 차라리 그것이 덜 번거로운 일이었다.

"강소영 선생님은…… 언제 오시는데요?"

"해외에 간 거니까 2주는 기다려야 돼."

김 교수는 소영의 낙심한 표정을 눈치채고 물었다.

"왜? 무슨 일인데?"

김 교수는 소영 쪽으로 의자를 틀고 돋을 기울였다. 그가 쓰고 있는 동그란 무테안경은 꼭 깨질 것같이 얇고 늘 반짝반짝하게 닦여있었다. 흘러내리지 않도록 쪽쪽 눌러붙인 것 같은 희끗한 머리카락이나 각진 얼굴에 선명하게 난 주름은 그를 확실한 것을 좋아하는 사람처럼 보이게 했다. 상대방에게 무엇이든 말하게 하려고 그렇게 하는 것일지도 모른다는 생각이 들었다.

"……엄마가 이상한 것 같아요."

"엄마가? 어떻게 이상한데?"

소영은 어디서부터 설명해야 할지 고민했다. 엄마를 쉬게 해 줘야 할 것 같다, 검사를 받게 하고 싶다, 치료가 필요한 상태일지도 모른다. 그러나 소영이 어떻게 그런 결론에 도달했는지 표현하게 해줄 단어를 찾기 어려웠다. 엄마의 비정상적인 행동을 다시 곱씹는 것만으로도 괴로운데, 그 경험을 남이 듣기 적당한, 특히 소영보다 나이도 지식도 많은 전문가가 납득할 만큼의 무언가로 포장해야 한다는 것이 자신 없었다. 엄마가 사 준 옷을 입고 병원을 나서면서 느낀 어렴풋한 불안이라든가 집에 와서 그것이 현실이 되었을 때 느낀 공포 같은 모든 감정을 하나도 남김없이 박박 긁어서 말한다면 오히려 소영을 이상하게 볼 것 같았다.

"화를…… 많이 내요."

소영은 자신 없이 말했다. 입 밖으로 나온 말은 스스로 귀로 듣고 나니 더 한심했다.

"그냥 말한 건데…… 말대꾸했다고 화를 내요. 소리도 지르고 막, 혼잣말도 하고요. 제 물건을 버리고요. 제가 무섭다고 하는데도 방에 막 들어오고…… 저보고 이상하다고……."

소영의 목소리는 점점 작아졌다. 김 교수는 소영이 더 이상 아무 말도 하지 않고 입을 다물 때까지 표정을 바꾸지 않고 가만히 있다가 앞으로 기울였던 몸을 곧게 펴고 등받이에 기댔다.

"그래서 혼자 왔구나?"

고개를 든 소영은 마지막 희망이 사라지는 것을 느꼈다. 김 교수는 웃고 있었다.

"엄마랑 싸워서."

그는 하품을 하더니 안경을 벗고 눈을 문질렀다. 눈꺼풀의 주름이 선명해져 그를 한층 더 늙어 보이게 만들었다.

"엄마가 이상할 수 있지. 소영이 나이 때 엄마가 이상해 보이지 않으면 그게 정상이 아닌 거야."

"……."

"우리 막내딸도 마누라랑 매일같이 싸운단다. 사춘기랑 갱년기 여자 둘이 맞붙으면 얼마나 살벌한 줄 아니? 그러다 한쪽이 옛날에 서운했던 거 말하기 시작하면 큰일 나는 거야. 하루 종일도 싸운다니까. 그러다가 갑자기 이건 다 너를 사랑해서 그런 거래. 그러면 우리 딸은 또 아니라고, 지가 엄마를 더 사랑한대. 마지막에는 엉엉 울면서 서로 끌어안고 화해해. 나는 끼어들 틈도 없어."

김 교수는 한숨 섞인 목소리로 말했지만 소영은 그가 이 문제를 굉장히 가볍게 생각한다는 것을 알 수 있었다. 그는 문제가 뭔지 모르기 때문에 답을 줄 수 없다는 것도 알게 되었다. 엄마와 자신의 관계는 그렇지 않은 것 같다고 아무리 말해도 받아들여지지 않을 것이다. 그의 집에서는 엄마와 딸이 서로를 사랑한다고 말하면서 평범하게 화해하는 것으로 모든 갈등이 마무리될 수 있겠지만 소영이 살아야 하는 집에서는 그렇지 않다는 것을 이해하지 못할 것이다. 왜냐하면 두 집은 서로 영원히 왕래하지 않는 세계에 존재하기 때문이다. 의사는 아마 소영이 텔레비전에서 봤던 집 같은 곳에서 살 것이다. 소영이 사는 방을 상상해 볼 일이 없었을 것이다. 의사는 그가 한 번도 느껴보지 못한 음산하고 메마른 공기가 머무는 집을 모를 것이다. 소영이 잠시 거기에서 벗어나 있을 뿐이고, 곧 돌아가야 한다는 것을 모른다.

"……싸운 게 아니라요. 엄마가 갑자기 화를 내셨어요. 그게 이상해서…….."

"그러실 수 있지. 엄마도 사람인데 늘 한결같을 수는 없거든. 힘들 때도 있고, 가끔 소영이한테 짜증 낼 때도 있으실 거고. 거기에 소영이가 짜증이 나는 것도 자연스러운 거야. 차라리 입원해 있을 때가 좋았는데, 라는 생각이 들 수도 있어."

김 교수는 소영의 표정을 보고 내가 맞지? 라고 말하듯이 웃었다.

"그럴 때는, 엄마가 그동안 소영이를 돌보느라 얼마나 힘들었는지 생각해 봐. 지금 화가 난 건 일시적일 뿐이고, 사실은 엄마에게 고마움을 느끼고 있다는 걸 알게 돼."

김 교수는 엄마랑 딸은 다 그렇다며 달을 끝맺었다. 그의 단단한 논리 앞에서 소영은 할 수 있는 것이 없었다. 보호대를 일주일은 차고 있어야 한다는 의사의 당부를 건성으로 흘려듣고 진료실을 나왔다.

사실 의사에게 하고 싶은 말은 더 있었다. 엄마가 꼭, 소영의 과거를 묻어두고 싶은 사람처럼 집 안의 물건을 전부 버렸다는 것. 그 이유가 뭔지 궁금하고, 참을 수 없을 만큼 화가 난다는 것. 그렇게 화가 나는 자신이 잘못된 것인지 아니면 엄마가 잘못된 것인지 궁금하다는 것.

하지만 그런 이야기는 엑스레이 결과를 통해서만 소영을 바라보는 의사에게 물어볼 문제는 아닌 것 같았다. 특히 엄마랑 딸은 늘 싸우기 마련이며 화해의 출발점은 딸이 엄마에게 느끼는 고마움을 되새기는 것이라는 믿음을 가진, 엄마도 딸도 아닌 사람에게라면 더더욱.

복도 한가운데 있는 엘리베이터 앞어 는 사람들이 몰려있었다. 문이 열리자 그들은 소영을 기다려주지 않겠다는 듯이 앞다투어 안으로 빨려 들어갔다. 소영은 일부러 더욱 굼뜨게 걸었다. 늪 같은 자기 비하의 감정 속으로 잠겨드는 것이 지금 할 수 있는 전부였다.

병원에 도착했을 때만 해도 기대감이 있었다. 집이 아닌 다른 공간에서 만난 사람들 중 누군가는 분명히 소영이 맞고 엄마가 틀렸다고 말해줄 것이라고 기대했지만 그렇지 않았다. 다들 소영이 뭔가 잘못 생각하고 있다고 한다. 너는 아직 어리고 뭘 잘 모르고 엄마에게 고마워하지 않으면 안 된다고 한다. 그럴 수밖에 없을지도 모른다. 소영은 작년에 중학교 3학년이었다면 올해는 고등학교 1학년이 된다는 단순한 사실조차 알지 못했으니까.

스스로가 얼마나 한심한지, 소영은 진짜 웃기다고 생각하면서 눈물을 훔쳤다. 그동안 열심히 그려서 기억을 잃지 않으려 했던 교복이 전부 소용없어졌다. 엄마 말대로 그 여자애는 이제 소영이 머릿속에서 만들어낸 상상만큼 의미가 없다. 그 애는 완전히 다른 교복을 입고 있을 것이다.

차라리 엄마가 그 노트를 버려서 다행이라는 생각도 들었다. 그 노트는 소영이 바보라고 말해주는 증거다. 소영이 가지고 있는 기억이라는 것은 자기가 바보 멍청이라는 것뿐이다.

그렇게 꾸물거렸는데도 소영은 다음 엘리베이터를 탈 수 있었다. 문이 열리고 소영은 떠밀리듯 구석에 자리 잡았다. 철판이 들어간 보호대가 무거워 자연스럽게 팔로 몸을 감싼 자세가 되었다. 돌아갈 곳으로 돌아가야 한다는 사실에 마음이 무거웠다. 소영은 엘리베이터가 최대한 늦게 도착하기를 바랐지만

3층에서 닫혔던 문은 생각보다 빨리 열렸다. 쏠려나가는 사람들을 느끼며 고개를 든 소영은 기겁했다.

"소영아!"

문 앞에서 엄마가 기다리고 있었다. 가장 안쪽에 서있는 소영을 어떻게 발견했는지, 엄마는 만면에 환희의 미소를 띠었다. 엄마는 소영이 서둘러 나오기를 재촉하듯 손짓했다. 1층에는 내렸던 사람들보다 더 많은 무리가 있었지만 엄마는 다리를 저는 데다 한쪽 팔에 커다란 보호대를 차고 있는 소영이 걷기 시작하면 늘 그랬던 것처럼 다들 길을 터줄 것이라는 믿음을 갖고 있는 것일까. 소영은 자신도 모르게 고개를 숙였다.

"얘, 소영아! 뭐 해!"

"먼저 들어갈게요."

누군가의 목소리가 들리고 곧이어 발 곁으로 바퀴가 굴러오는 것이 보였다. 덩치가 커서 팔걸이 밖으로 몸이 밀려날 것만 같은 남자를 태운 휠체어가 소영 앞에 섰다. 휠체어를 밀고 있는 간호사 다음으로 들어온 사람들의 등이 퍼즐 조각처럼 하나둘 맞춰지며 소영의 시야를 가렸다. 엄마의 표정이 당황에서 분노로 막 바뀌려고 할 때쯤 엘리베이터 문이 닫혔다.

엘리베이터가 다시 움직이는 소음을 냈을 때 소영은 정신을 차렸다. 다시 3층이었다. 소영은 그래도 움직이지 않았다. 무슨 용기로 엄마의 부름을 무시했는지 모르겠다. 이 안에서 언제까지고 서있을 수 없다는 것은 알지만 적어도 제일 위층까지 갔다가 1층에 도착하는 그 몇 분만이라도 엄마와 떨어져 있고 싶었다. 생각할 시간이 필요했다. 손에 아무것도 남지 않은 지금 뭐라도 쥐고 싶은 간절함이 몸을 붙들고 움직이지 못하게 한 것 같았다.

엘리베이터는 소영의 마음을 읽기라도 한 것처럼 층마다 멈췄다. 입원실이 위치한 4층부터는 움직임이 조금씩 빨라졌다. 소아병동이 있는 5층에서는 아무도 타거나 내리지 않았다. 소영이 입원해 있었던 6층을 지나 옥상으로 이어지는 9층까지 가버리면 이제 남은 것은 내려가는 것뿐이다. 엄마는 어떤 얼굴로 소영을 기다리고 있을까.

숫자가 조금씩 줄어들었다. 8층에서는 공구 상자를 든 남자가 탔다. 남자는 먼지 묻은 작업복이 신경 쓰였는지 구석에 등을 바짝 기댔다. 7층에서 허겁지겁 탄 의사도 휴대폰을 정신없이 두드리면서 소영의 근처로 왔다. 소영의 몸은 자연스럽게 앞으로 밀려났다. 6층의 문이 열렸다 아무도 타지 않고 닫혔다.

"잠시만요!"

문이 닫히기 직전 바깥에서 작은 소리가 들렸다. 소영은 문에 제일 가까이 서있던 남자가 움직이기도 전에 먼저 재빨리 열림 버튼을 눌렀다. 스스로가 놀랄 정도로 신속한 움직임이었다. 1초라도 늦게 내려가고 싶어서 반사적으로 그렇게 된 것 같았다.

"감사합니다."

숨을 헐떡이며 들어온 것은 키가 큰 여자애였다. 짙은 갈색 조끼에 녹색 체크무늬 스커트의 교복은 소영이 병원에서 한 번 본 적 있는 것이었다. 아무 생각 없이 얼굴을 쳐다봤을 때 소영은 비명을 지를 뻔했다.

그 애였다.

소영이 필사적으로 기억하고 있던 교복과 완전히 다른 옷이었다. 그런데도 소영은 한눈에 그 애를 알아볼 수 있었다. 중환자실 바깥에 서있어서, 잘 떠지지 않는 눈으로 보는 바람에 흐릿해져 있었던 이목구비가 완전히 선명해졌다. 화난 것처럼 치켜 올라가 있는 커다란 눈을 보는 순간 1년 전의 과거와 오늘 사이가 마치 책의 페이지를 반으로 접은 것처럼 순식간에 좁아졌다.

소영은 그동안 얼마나 의미 없는 걱정을 하고 있었는지 알게 되었다. 무언가를 잊어버린다는 것이 굉장히 쉽게 일어나는 일인 줄 알았다. 사고로 모든 기억을 한 번에 잊어버렸으니까. 앞으로도 엄청나게 노력하지 않으면 기억이 금방 사라져버리게 될 거라고 믿었다. 멀리서 흐릿하게 본 것이라면 더더욱 그럴 줄 알았다.

하지만 그렇지 않았다. 여자애를 보는 순간 소영은 한눈에 확신할 수 있었다. 그 애다. 소영은 얼어붙은 것처럼 움직이지

못했다. 숨을 고르고 있던 여자애는 소영의 시선을 느낀 듯 고
개를 돌렸다. 곧 그 애의 눈이 크게 떠졌다.

"……강소영!"

엘리베이터 문이 닫혔다.

* * *

××월 ××일

어젯밤에 또 같은 꿈을 꾸었다. 누군가 나를 쳐다보는 꿈. 나
는 그 시선을 분명히 느꼈다. 소리를 지르려고 했지만 몸을 움
직일 수가 없었다. 눈을 뜨고 나서는 아무도 없었다.

나는 어렸을 때부터 꿈을 꾸었다. 꿈의 내용은 항상 똑같다.
방구석에 정체를 알 수 없는 사람이 서있다. 그 사람이 나를 쳐
다보고 있다. 나는 아무것도 할 수 없다. 꿈속에서 그 시선은 엄
청나게 무섭다. 항상 같은 꿈을 꾸는데도 나는 같은 두려움에
시달린다. 그 시선을 떨쳐버릴 수 없다. 울면서 잠에서 깨고 나
서야 내가 꿈을 꾸었음을 알게 된다.

엄마에게 꿈 이야기를 할 때마다 엄마는 화를 냈다. 거짓말을

하지 말라고 했다. 거짓말을 하면 감옥에 간다고 했다. 내가 꾼 꿈을 왜 거짓말이라고 하는지 이해할 수 없었다. 엄마가 직접 볼 수 있는 것도 아닌데 말이다. 그래서 나는 집 밖에서 느껴지기 시작한 시선에 대해 이야기했다. 엄마도 그 시선의 존재를 알게 된다면 나를 믿어줄 것이라고 생각했다. 나는 뺨을 맞았다.

꿈은 계속됐다. 꿈을 꾸고 나면 다른 사람들의 시선이 무서워져 밖에 나갈 수가 없었다. 다시 꿈속으로 들어가는 느낌이 들었다. 나는 자연스럽게 음침한 여자애가 되었다. 학교에 가는 것이 힘들어졌다. 모두가 나를 쳐다보는 것 같았다. 누군가 나를 쳐다볼 때마다 꿈속의 시선이 겹쳐진다. 어느새 집 밖에서도 시선을 느꼈다. 등 뒤에서 누가 나를 계속 따라왔다. 시선이 나를 계속 따라왔다. 어느 날은 발소리도 들었다. 발소리는 집 앞까지 따라왔다. 일부러 다른 길을 택해 걸리 돌아간 날에는 악몽을 꾸었다.

우리 집 2층에서는 담 너머를 훤히 볼 수 있다. 엄마에게 내가 집에 올 때 누군가 쫓아오는지 지켜봐 달라고 했다. 엄마는 아무도 없었다고 단호하게 말했다. 소리도 듣고 기척도 느꼈다고 했지만 엄마는 부정했다. 엄마는 내가 정신병에 걸린 거라고 했다. 엄마의 말을 믿기 싫었다. 나는 꿈기 아니라 실존하는 시선에 대해 느끼고 있었다. 병원에 가서 호소했다. 강박증, 망상 장애, 환청 같은 이야기를 들었다. 약을 받았다. 약을 먹고 나면 하루 종일 잠이 와서 집 밖으로 나갈 수가 없었다. 머리가 무겁고 멍해졌다. 대신 악몽을 꾸지는 않았다. 엄마에게 효과가 있다고 말하지는 않았다. 나는 정신병에 걸린 게 아니니까.

아빠는 나를 이해해 주었다. 아빠와 나는 근본적으로 통하는 부분이 있었다. 아빠는 걸핏하면 자기 비하를 했는데 그것도 나와 비슷했다. 아빠는 어디에도 적응하지 못하고 회사를 전전하다 결국 집에만 있는 신세가 되어 지겨울 정도로 나에게 사과했다. 이 집에 살면 이상해질 수밖에 없어. 아빠는 그렇게 말하면서도 딱히 나를 도와주지는 못했다. 그리고 자기가 도움이 되지 못하는 것을 우울해했다. 그러면서도 상황을 바꾸려는 노력은 하지 않았다. 그래도 나는 아빠가 좋았다. 아빠와는 정상적인 대화가 가능했다. 아빠도 그것을 느꼈을 것이다. 우리는 어느 한 사람의 고함이나 눈물로 끝나지 않는 이야기를 나눌 수 있었다. 아빠와 가까워지고 나서부터 엄마에게 사랑받기를 포기했다. 시간이 아까웠다. 아빠의 끝이 그렇게 될 것임을 무의식적으로 알고 있었을지도 모른다. 내 안에도 비슷한 우울감이 흐르고 있으니까. 우울은 혈액형 같은 것이다. 태어날 때부터 정해져 있고 노력한다고 바꿀 수도 없다. 억지로 바꾸려고 하면 아빠처럼 된다.

엄마는 아빠와 내가 가까이 지내는 것을 싫어했다. 엄마가 아빠와 나 사이를 질투하는 것을 알고 난 다음부터 나는 그것을 이용했다. 내가 엄마에게 대항할 수 있는 유일한 수단이었다. 바꿔 말하면 엄마의 약점이기도 했다. 정확히 말하면 엄마는 나 자체를 질투했다. 내가 이렇게 말하면 사람들이 나를 이상하게 쳐다볼 것이다. 그래서 남들에게는 말할 수 없었다. 하지만 정말이다.

엄마가 나에게 어떤 존재인지 말하기는 어렵다. 엄마는 나를 학대로 양육했다. 먹을 것을 주지 않거나 때리는 것 같은 행위를 말하는 게 아니다. 내가 생각하기에 그건 단순한 폭력이다. 엄마가 딸에게 가하는 학대라는 것은 잠시 동안만 유지되는 몸의 상처나 굶주림보다 훨씬 길게 이어진다. 그래서 곧 한 사람의 인생이 된다. 엄마는 나를 질투하고 모방했다. 어떨 때는 나를 어려워하는 것처럼 보일 때도 있었다. 나를 딸로서 대해주는 시간은 별로 없었다. 내가 어렸을 때부터 엄마는 나를 창녀라고 불렀다. 짧은 치마를 입으면 커서 몸을 달게 된다고 했다. 다섯 살의 나는 엄마가 무슨 말을 하는지 모르고 그냥 소리를 지르는 게 무서워서 울었다. 그 의미를 알고 난 지금은 딸에게 그런 말을 할 수 있었던 엄마가 무섭다. 학대에 익숙해진 나는 교복 치마를 입는 것에도 죄책감을 느꼈다. 내 교복은 항상 더러웠다. 엄마는 일부러 블라우스에 무언가를 묻혀 더럽히거나 내 치마를 입고 집안일을 하기도 했다. 내가 머리를 묶으면 따라 묶었고, 묶지 않으면 똑같이 했다. 내 속옷을 훔쳐 입기도 했다. 이유를 물으면 내가 미쳐서 망상을 하는 것이라고 소리쳤다. 엄마는 내가 방어나 반격을 할 수 없도록 항상 복잡한 방식으로 나를 괴롭혔다.

엄마는 나에게 여러 가지 역할을 강요했다. 나는 건방지게 말대꾸를 하는 어린애임과 동시에 나이를 먹고도 자기 앞가림을 제대로 하지 못하는 철부지였다. 엄마의 소유물이면서도 엄마의 삶에 보탬이 될 수 있는 독립적인 능력을 지녀야 했다. 내가 할 수 있는 것이라고는 엄마의 광기를 부추기는 것뿐이었다. 나는 그것이 복수라고 생각했다. 내 안의 비정상적인 부분을 키운 것은 엄마니까. 엄마는 때로 그걸 원하는 것처럼 보이기도 했다.

13

"너…… 어떻게 된 거야?"

여자애는 놀라움과 당황스러움이 섞인 얼굴로 입을 열었다가 곧 다물었다. 사방이 막힌 엘리베이터 안에서는 작은 목소리도 크게 울려퍼지기 마련이다. 다행히 5층에서 문이 열렸다. 문 앞에는 주사약이나 알코올 솜 박스 같은 것이 들은 카트를 붙잡은 간호사가 서있었다.

"내리자."

여자애는 소영을 붙잡고 간호사가 들어오기 전에 재빨리 밖으로 빠져나갔다. 갑자기 끌려나간 소영의 다리는 중심을 잃고 구부러졌다.

"소영아!"

당황한 여자애가 소영의 팔을 붙들었다.

"미안, 괜찮아? 내가 너무 세게 잡아당겼나 봐."

"괜찮아. 내가 잘 못 걸어서 그런 거야."

"아냐, 내가 지금, 너무 정신이 없었어. 너…… 소영이 맞지? 왜 이렇게 말랐어? 팔은 어떻게 된 거야? 퇴원했다더니……."

"너는?"

소영은 다급하고 간절하게 물었다.

"너는? 이름이 뭐야? 이름을 알려줘. 나 중환자실에 있을 때 왔었지? 중학교 3학년 때. 회색 교복 입고 있었잖아. 맞지?"

여자아이의 표정이 당황스럽게 변했다. 다짜고짜 엘리베이터에서 내리게 하고, 부축을 받았으면서 고맙다는 말도 없이 질문부터 쏟아내니 그럴 만도 했다. 하지만 초조한 소영의 마음은 여유가 없었다. 곧 엄마가 비상계단으로라도 뛰어 올라와 자신을 찾아낼 것 같다는 생각이 들자 인사를 건넬 시간조차 아까웠다.

"중환자실에 있을 때 네가 왔던 게 기억나. 엄마가 쫓아냈던 것도. 너를 찾고 싶어서 엄마한테 계속 물어봤는데, 아니라고 하는 거야. 내가 혼수상태여서 착각한 거래. 아무도 온 적 없다고. 그런데 나는 네가 온 것 같았거든."

"……다른 건?"

여자애가 불쑥 물었다.

"다른 건, 기억 안 나? 그것 말고는 다 잊어버린 거야?"

소영은 아무 말도 하지 못했다. 여자애는 힘없이 웃었다.

"하긴…… 그러니까 내 이름을 물어봤겠지."

풀 죽은 목소리를 끝으로 어색한 침묵이 흘렀다. 여자애는 눈물을 참고 있었고 소영은 자신이 실수했음을 깨달아서 입을 더 열지 못했다.

이 아이는 소영의 이름을 불렀다. 소영의 과거를 알고 있다. 그 과거에는 본인도 있을 것이다. 그러니까 소영을 찾아와 준 것이다. 그런데 소영은 자신이 기억하지 못하는 것을 당연하다는 듯 말했다. 여자애의 이름을 모른다는 게 아무렇지도 않은 것처럼 말했다. 자신의 기억은 그토록 확인받고 싶어했으면서. 소영이 이름을 물어보는 그 순간 여자애는 스스로를 무의미한 존재처럼 느꼈을지도 모른다. 이런 상황에서 너를 잊어버리지 않기 위해서 1년 동안 그림을 그렸다는 이야기는 아무런 위로가 되지 않을 것 같았다.

"나는 민지야, 김민지."

민지라는 아이는 담담하게 말했다.

"네가 기억하는 거, 나 맞아. 담임이 네가 교통사고를 당했다고 알려줬어. 우린 같은 반이었거든. 그런데 내가 왔더니 너네 엄마가 화를 내시더라고. 네가 머리를 심하게 다쳐서 식물인간이 될지도 모른다고……. 속상해하시는 것 같아서 그날은 그냥 갔어. 그때 아는 척했으면 좋았을 텐데. 그다음에 왔을 때는 네가 기억을 다 잃어버려서 아무도 기억 못 한다고, 퇴원할 때까지 몇 년은 걸리니까 올 필요 없다고 하셨어. 어머니께서 내가 싫어서 거짓말하시는 줄 알았는데…….”

“잠깐만.”

소영은 민지의 말을 가로막았다.

“그다음에도 왔었어? 언제?”

“매달 왔었어. 그런데 다 낫기 전까지 아무도 못 만나는 상태니까 와도 소용없다고 하셔서……. 오늘 와보니까 네가 퇴원했다고 해서 집에라도 가보려고 했던 참이야.”

민지의 팔을 붙잡고 있던 소영의 손에 힘이 풀렸다.

“……엄마는 그런 말 안 했어.”

소영에게는 늘 엄마뿐이었다. 엄마는 언제나 소영의 곁을 지켰다. 입원실을 함께 썼던 환자들에게는 가족이나 친구나 회사 사람들이 가끔씩 찾아왔고 간병인이나 보호자가 바뀌기도 했지만 엄마는 소영을 떠나지 않았다. 엄마는 소영을 찾아올 사람은 아무도 없다고 했다. 가족은 아빠뿐이고, 학교 친구들과는 연락이 되지 않는다고 했다. 애초에 소영에게 친구들이 있었는지 잘 모르겠다고 했다. 소영이 말해주지 않았다면서. 그러니까 앞으로는 엄마와 비밀이 없어야 한다고 했다.

“내가 너무 자주 와서 싫으셨나 봐.”

“그런 게 아니야.”

소영은 단호하게 말했다.

“엄마는 네가 왔다고 한 번도 말한 적 없어.”

“……..”

“엄마가 자꾸…… 거짓말을 해. 그리고…….”

더 말하려던 소영은 입을 다물었다. 엄마는 내 물건을 버려. 갑자기 화를 내고 소리를 질러서 무서의. 그런 말을 해봤자 민지도 소영이 만났던 간호사와 의사처럼 반응할지도 모른다. 엄마는 지금까지 소영이를 돌봐준 좋은 분이니까 그런 행동에도 이유가 있을 거라고.

“네가 많이 걱정되셨나 봐.”

민지의 말은 소영이 예상한 대로였다. 그러나 이어지는 말은 전혀 예상치 못했던 이야기였다.

“네가 엄마를 만나러 가다가 사고를 당한 거니까 미안해서 그러셨을지도 몰라.”

“……그게 무슨 말이야?”

민지는 우물쭈물하다가 입을 열었다.

“……사고당하기 전에 네가 그랬거든. 진짜 엄마를 만나러 간다고…….”

14

"너 미쳤니?"

1층에서 내리자마자 소영은 엄마에게 팔을 붙들렸다.

"너, 엄마가 얼마나 걱정했는 줄 알아! 왜 이렇게 늦게 내려왔어!"

걱정했다는 엄마의 얼굴은 분노로 붉게 물들어 있어서 귀신 같았다.

"사람이 많아서……."

"거짓말하지 마. 너 중간에 내렸지? 엄마가 기다리는 거 뻔히 알면서 왜 그랬니? 좀 더 늦었으면 경찰에 신고하려고 했어! 어딜 갔다 온 거야?"

"……화장실에. 빨리 못 걸어서 늦었어."

엄마의 사나운 눈초리가 소영을 응시했다. 소영은 침착하려고 애썼다.

"……진짜야."

"……."

"너무 급해서 그랬어. 이제 안 그럴게."

"그래서 엄마가 따라가려고 했는데."

엄마의 목소리가 약간 누그러졌다.

"응급실에서 바로 김 교수님 진료실로 갔다고 해서 깜짝 놀랐잖아."

"엄마가 번거로울까 봐…… 혼자 갔어."

"그런 말이 어딨니? 소영이 일인데. 소영이를 위한 일이면 엄마는 하나도 번거롭지 않아."

엄마는 사이좋은 친구 사이에 하듯이 소영에게 몸을 바짝 붙이고 걸었다.

"겨우 진료실 따라다니는 게 귀찮았으면 너는 벌써 죽었을 거야."

엄마는 상냥하게 말했다.

"너는 혼자 화장실도 못 갔잖니. 밥도 못 먹고, 씻지도 못하고. 아기 때로 돌아간 것처럼 말이야. 엄마가 일일이 다 해줘야 했지, 그렇지? 양치질도 혼자 못 해서 내가 직접 칫솔질도 해주고, 반찬도 작게 잘라주고. 엄마는 그때 몸이 다 으스러지는 것 같았단다. 휠체어에서 너를 들어올릴 때는 허리가 빠질 뻔했어. 그래도 소영이를 생각해서 참았어. 우리 소영이가 다 나을 수만 있다면 못할 것이 없다고 생각했거든.”

소영은 듣고 있다는 시늉을 하기 위해 고개를 끄덕였다. 뼈와 근육뿐만 아니라 뇌의 기능도 완전히 돌아오지 못했었던 때라서 그런 건지, 입원 초기의 기억은 선명하지 않다. 그러나 선명하지 않을 뿐 엄마의 말이 거짓이 아니라는 것은 안다. 돌이켜보면 모두 실제로 일어났던 일이었다. 민지를 봤던 것처럼.

“소영아, 네가 침대에서 오줌 쌌던 거 기억나니?”

엄마는 병원에 있을 때부터 몇 번이나 한 이야기를 다시 꺼냈다. 그 일은 엄마가 입원 생활 중 기억에 남는 것을 언급할 때면 반드시 하는 이야기이기도 했다.

“그때가 언제였지? 입원하고 한 달 정도 지났었나? 아니야, 중환자실에서 내려온 다음이니까 더 되었겠다. 그렇지? 겨우 휠체어에 앉을 수 있게 되어서 네가 참 좋아했어. 이제 혼자 화장실 갈 수 있겠다고. 나는 말도 안 된다고 했지. 방심했다가 넘어져서 다치기라도 하면 어떡하니. 그런데 네가 엄마 말을 안 들었잖아. 엄마 잘 때 몰래 가보려고 하다가, 침대에서 못 내려왔지? 결국 오줌이 줄줄 새서는, 어휴! 환자복이며 침대며 온통 노랗게 되고 또 썩은 내는 어찌나 나던지!”

엄마는 큰 소리로 깔깔 웃었다. 로비를 지나던 사람들 몇 명이 쳐다볼 정도였다.

"꼭 똥오줌도 못 가리는 아기 같더라. 이런 얘기도 소영이가 다 나았으니까 웃으면서 하는 거 아니니? 우리 소영이는 정말 기특해."

소영은 엄마를 따라 억지로 웃었다. 아무 말도 보태지 않는 게 이 이야기를 가장 빨리 끝낼 수 있는 방법이라는 것을 이제는 알고 있기 때문이다. 엄마에게 말할 권리가 있다는 것은 안다. 남들에게 제발 좀 그만 말하라고 하고 싶을 만큼 잘 알고 있다. 엄마가 자신을 위해 지난 1년간 헌신한 것을 안다. 아무리 화가 나도 자신에게 손 한번 대지 않았다는 것을 안다. 소영이 지난 1년을 견딘 것처럼 엄마도 견뎠으니까.

그러나 무엇을 아는 것만으로는 마음이 편해지지 않는다. 불편할 뿐만 아니라 무거웠다. 마음이 빚의 무게로 짓눌렸다. 운명이 소영의 생명을 시험했던 때 엄마가 지켜냈다는 부채를 언제까지 갚아나가야 하는지 생각하면 숨이 막혔다. 엄마는 그게 좋아서 이야기를 계속 반복하고 있는 것일지도 모른다.

택시에 타면서 소영은 민지를 생각했다. 민지도 택시를 타고 왔다고 했다. 민지는 혼자 택시를 탈 줄 안다. 매달 이곳을 찾아와 엄마에게 소영을 만나게 해달라고 부탁했다. 엄마는 그런 얘기를 한 번도 하지 않았다. 엄마는 하고 싶은 이야기와 하고 싶지 않은 이야기를 마음대로 고른다. 할 수 있는 이야기가 별로 없는 소영은 엄마가 그럴 수 있다는 것을 이제 알았다. 엄마가 부러웠다. 더 이상 엄마를 믿을 수 없다는 생각을 뒤늦게 떠올렸을 만큼.

네가 진짜 엄마를 만나러 간다고 했어.

엄마에게 몇 번이나 쫓겨났던 민지가 그 경험을 최대한 좋게 포장한 데는 이유가 있었다. 민지는 소영이 '진짜 엄마'를 만난 거라고 생각했던 것이다. 진짜 엄마라는 의미가 뭘까? 소영은 '가짜 엄마'와 살고 있었던 걸까? 지금, 소영의 옆자리에서 택시를 타고 콧노래를 흥얼거리고 있는 엄마는 소영이 만나려고 했던 엄마일까, 아닐까?

민지는 소영의 질문 중 어느 것에도 대답하지 못했다. 소영이 사고를 당하기 전에는 소영의 엄마를 만나본 적이 없어서, 자신이 만난 엄마가 어느 쪽인지 모르겠다고 했다.

"아프니?"

엄마가 걱정스럽게 물었다. 자신도 모르게 팔목에 손을 얹고 있던 소영은 흠칫 놀랐다.

"……조금."

"어떡하니. 불편하지?"

"괜찮아. 움직이지 말라고 해놓은 거래. 씻을 때는 풀어도 된대."

소영은 얼른 대답했다. 또 엄마가 혼자 화장실에 가지 못한

다는 등의 이야기를 늘어놓으면서 아까 했던 말을 반복할 것
같아서 미리 방어를 펼쳤다. 엄마는 다행히 별말 없이 고개를
끄덕였다.

"……엄마, 나 사고 났을 때가 언제였어? 아침?"

"그런 얘기는 갑자기 왜 하니?"

소영의 질문에 엄마는 미간을 찡그렸다.

"궁금해서. 어쩌다가 그렇게 됐는지."

"엄마는 말하기 싫어. 그때 얼마나 놀랐는지 생각만 해도 심
장이 막 이상해. 이제 그런 얘기는 하지 마."

엄마는 가슴에 손을 얹고 심호흡을 했다. 소영이 사고 이야
기를 꺼낼 때 으레 보이는 반응이었다. 그러면 소영은 마음이
불편해져서 더 질문을 하지 못했었다. 자신이 엄마를 힘들게
하고 있다는 것에 죄책감을 느꼈고 엄마가 안타깝기도 했다.
꽤 오래전에 그랬다.

하지만 지금은 아무 감정을 느낄 수가 없었다. 엄마가 힘들
다는 게 대수로운 일 같지 않았고 큰 잘못인 줄도 모르겠다. 무
엇보다 엄마가 보여주는 모습이 어색한 연기를 하는 것처럼 보
였다.

"알려주면 안 돼? 어디서 어떻게 사고 났는지는 말해줬잖아.
언제 났는지도 알려줘. 학교에 가다가 그런 거야? 아니면 주말
이었어?"

“물어보지 말라고 했잖아. 왜 떼를 쓰니? 그렇게 엄마를 괴롭히고 싶어?”

“사고 난 건 어떻게 알았어? 모르는 사람이 엄마한테 연락한 거야?”

“몰라! 말하기 싫다니까?”

엄마는 정말 화가 난 듯 목소리를 높였다. 날카로운 소리가 밀폐된 택시 안의 공기를 갈기갈기 찢는 것 같았다.

“너는 기억이 안 나서 모르겠지만 엄마한테는 아주 안 좋은 기억이야. 생각하는 것만으로도 힘들어. 엄마를 이해 못 해주는 거니? 끄집어내 봤자 마음만 아프다고. 나도 너처럼 다 잊어버릴 수 있으면 그러고 싶어.”

“나는 잊어버리고 싶지 않았어.”

소영은 잊어버리고 싶지 않았다. 알고 싶다. 하지만 엄마는 소영이 알고 싶지 않은 이야기만 계속한다. 소영의 머릿속을 엄마의 이야기로 가득 채워서 소영이 다른 곳에 관심을 두지 않게 하려는 것 같았다. 이를테면 **진짜 엄마**에 대한 거라든가.

“나는 알고 싶어. 엄마는 왜 나 이해 못 해줘? 엄마랑 나랑 생각이 다른 걸 수도 있잖아.”

“왜 알고 싶니?”

엄마의 목소리는 차가웠다.

“그걸 알아서 뭘 하려고?”

진짜 엄마를 찾으려고. 차마 입 밖으로 나오지 못한 대답은 다른 질문으로 이어졌다. 1년 전 소영이 진짜 엄마를 찾는 데 성공한 게 아닐까? 소영은 이미 꿈꿨던 미래를 살고 있는 걸까?

소영은 1년 동안 병원에 입원해 있었다. 병원이라는 곳은 무엇이든지 확인을 요구했다. 먹고 배출하는 양을 확인하고 아픈 정도는 1에서 10 사이의 숫자를 골라 말해야 했다. 마취가 필요한 수술을 할 때는 동의서를 받아갔다. 돈이 많이 드는 시술은 돈이 많이 든다고 미리 꼭 알려주었다. 그럴 때마다 엄마가 필요했다. 엄마는 많은 곳에 서명을 했고 '진짜 엄마가 아니시잖아요'라는 이야기를 들은 적은 없었다. 서류상으로 증명된 가족이 아니면 동의를 할 수 없다는 이야기를 어깨너머로 들었었다. 보험 아줌마의 서류에 서명을 할 때도 그랬다. 엄마는 소영의 진짜 엄마였다. 소영이 인정하고 싶지 않더라도 이미 증명된 사실이다.

침대 밑에서 발견한 사진 속 모녀는 분명 엄마와 소영이었다. 사진 속의 소영은 아주 어렸다. 걸음마를 못할 정도는 아니지만 초등학교에 다니는 아이들보다는 어려 보였다. 엄마는 그때부터 소영의 곁에 있었다. 사진 뒤에 남겨져 있던 종잇조각의 섬뜩한 메모도 그것을 증명한다. 과거의 소영이 엄마로부터 벗어나려고 했다는 것은 이해할 수 있었다. 그러나 나머지 질문에 대한 답은 찾을 수 없었다. 그것은 소영의 사라진 기억 속에 있을 것이므로.

소영의 옆에 있는 엄마가 엄마와 똑같은 모습으로 변신한 괴물일지도 모른다. 아니면, 애초에 소영은 민지를 만난 적 없을지도 모른다. 엘리베이터 안에 멍하니 서서 소영은 온갖 상상을 했다. 그냥, 이 모든 건 소영이 못돼먹은 애라서 일어난 일이다. 몸이 아플 때는 의지했지만, 건강해지고 나니까 별나고 대하기 어려운 엄마가 새삼스럽게 거슬려서 스스로 과거에 있지도 않은 비극을 부여하고 있다. 확실한 것은 하나도 없고 혼란스러운데 소영은 서있을 곳이 없었다. 안팎이 텅 빈 채 껍질만 남은 씨앗이 된 기분이었다.

"아무것도 안 해. 그냥 궁금해서 그런 거야."

소영이 원하는 것은 하나뿐이었다. 단지 1년 전에 무슨 일이 있었는지 알고 싶을 뿐이다. 자기 자신을 알고 싶다는 데 다른 이유는 필요 없다. 이유는 그걸 숨기려는 사람에게 있을 것이다.

"나는 이야기를 들려줄 사람이 엄마밖에 없잖아."

주택가로 접어든 택시는 속도를 늦췄다.

"친구도 없고. 병원에 있을 때도 아무도 안 찾아왔고."

소영은 자신의 목소리에 담긴 비아냥을 알아들었는지 궁금해서 엄마를 바라보았지만 창밖을 바라보고 있는 엄마의 표정에는 변화가 없었다.

"여기서 세워요."

가만히 있던 엄마가 불쑥 말했다. 택시는 얕은 반동과 함께 멈췄고 엄마는 혼자 문을 열고 나가버렸다. 기사는 뒤를 흘긋 보더니 소영만 덩그러니 남아있는 것을 보고 당황한 표정을 지었다.

"야, 엄마는?"

기사만큼 당황한 소영은 황급히 창문을 내다보았다. 엄마는 마치 이쪽이 보이지 않는 사람처럼 등을 돌려 택시에서 멀어지고 있었다.

"돈을 내야지."

"잠, 잠시만요……. 엄마를 부를게요."

"어딜 가!"

소영이 택시에서 내리려고 하자 기사가 갑자기 고함을 질렀다. 소영은 자신도 모르게 몸을 움츠렸다. 지금까지 아무렇지도 않게 느껴지던 폐쇄적인 차 안이 갑자기 위협적으로 다가왔다.

"너까지 내려서 도망가면 나는 어쩌라고?"

기사는 험상궂은 얼굴로 말했다. 소영은 재빨리 고개를 저었다.

"안 도망가요. 진짜……예요."

"그걸 내가 어떻게 믿어?"

기사는 그렇게 말하고 창문을 내려 운전석 밖으로 몸을 젖혔다.

"아줌마, 아줌마! 돈 내야죠!"

엄마는 이미 택시에서 꽤 멀리 떨어져 있었다.

"에휴, 씨발. 별 이상한 년들한테 잘못 걸렸네."

기사는 투덜거리면서 차를 급출발시켰다. 거친 반동 때문에
소영의 몸은 운전석에 거의 부딪힐 뻔했다.

"거지 같은 년들. 지들끼리 막 씨부릴 때부터 이상하더라니."

남자는 상스러운 욕설을 섞은 푸념을 계속했다. 소영은 무서
워서 울고 싶은 것을 억눌러 참았다. 만약 그가 속도를 더 냈다
면 소영은 택시에서 뛰어내렸을 것이다. 택시는 다행히 천천히
굴러서 집으로 향하고 있는 엄마에게 가까이 갔다.

"야! 돈을 내란 말이야!"

남자는 경적을 울려가며 말했다. 모른 척 앞을 보고 있던 엄
마가 멈추었다. 엄마는 운전석 쪽으로 카드를 내밀었다. 남자
는 그것을 사납게 낚아챘다.

"바빠 죽겠는데. 야! 너도 빨리 내려. 재수가 없으려니까."

소영은 덫에서 벗어난 짐승처럼 다급한 동작으로 문을 열었
다. 묵직한 보호대를 찬 팔과 잘 움직이지 않는 다리 때문에 구
르듯이 내려서 땅에 주저앉을 수밖에 없었다. 남자는 창밖으로
가래침을 뱉은 다음 매연을 뿜어내며 요란하게 사라졌다.

멀어져 가는 택시를 바라보고 있던 엄마가 소영 쪽으로 고개

를 돌렸다.

"너는 불구야."

소영은 겁에 질린 채 엄마를 올려다보았다.

"엄마가 없으면 아무것도 못 하는 어린애야. 혼자 병원에 갈 줄도 모르면서. 집이 아니면 갈 데도 없고 밥도 해먹을 줄 모르면서, 제대로 걷지도 못하는 주제에 뭐가 잘났다고 엄마한테 그런 소리를 해?"

소영은 아무런 대꾸도 하지 못하고 고개를 숙였다. 엄마의 말이 사실이었기 때문에, 지금 엄마를 쳐다보면 증오가, 공포가 더욱 커질 것 같았다.

"혼자 일어나 봐."

엄마가 시키는 대로 하기는 싫었지만 어쨌든 일어나야 했기에 소영은 다리에 힘을 주었다. 그러나 한쪽 팔에만 의지해 주저앉았던 몸을 추스르는 것은 쉽지 않았다.

"왜 못 일어나니?"

"……."

"그건 네가 엄마 말을 듣지 않았기 때문이야. 너는 마음이 더러워서 몸이 불구가 된 거야. 엄마가 다 낫게 해준 몸을 네 스스로 망친 거야."

엄마의 말을 부정하기 위해서는 혼자 일어서야 했다. 하지만 불가능했다. 바닥에 주저앉아 애를 쓰느라 살갗이 벗겨진 양쪽

무릎이 쓰라리기 시작했지만 소영은 포기하지 않고 계속 꾸물거렸다.

"일어나!"

엄마는 소영의 머리채를 움켜쥔 채 있는 힘껏 끌어올렸다. 갑작스러운 고통에 소영은 비명조차 지르지 못했다. 엄마가 머리채를 잡고 흔들 때마다 뿌드득 하고 머리칼이 끊어지는 소리가 들렸다. 손을 뻗어 엄마를 막고 싶었지만 보호대를 한 팔은 평소보다 무거웠다.

"뭐 하는 거예요!"

조금 멀리서 목소리가 들렸다. 엄마의 손에서 힘이 조금 빠져나갔다. 등 뒤에서 빠른 발소리가 나더니 소영의 몸이 들어올려졌다. 간신히 정신을 차리고 눈물을 훔친 소영은 등을 돌려 자신을 일으켜 준 여자를 보았다. 처음 보는 사람이었다. 엄마보다는 젊고 소영보다는 나이가 많아 보였다. 양볼이 움푹 들어가고 눈은 곧 튀어나올 것처럼 커다랬다. 머리카락은 길고 부스스했다. 소영이 고맙다는 인사를 하기 전에 엄마가 먼저 외쳤다.

"뻔뻔하긴!"

엄마는 여자를 아는 것 같았다.

"당신 남편 때문에 이렇게 된 건데!"

엄마를 노려보고 있던 여자가 움찔했다. 소영이 바라보자 여자는 시선을 피하며 한발 물러섰다. 소영이 아무리 바라봐도 눈을 마주치려 하지 않았다. 소영은 여자가 누군지 알 것 같았다. 이 여자의 남편이 바로 자신을 차로 치어 다치게 만든 것이다. 그것을 깨닫고 나니 조금 위화감이 들었다.

소영은 이 여자를 처음 봤다. 병원에 있을 때는, 교통사고를 일으킨 사람이 누군지 별로 궁금하지 않았다. 그저 몸이 낫는 데 집중하기 바빴다. 엄마도 그게 좋겠다고 했었다. 무엇보다 사고 이야기를 꺼내면 엄마는 그때 일을 생각하고 싶지 않다고 하면서 울부짖었다. 그래서 소영은 얼른 화제를 돌렸고, 결국 사고 당시의 이야기를 암묵적으로 하지 않게 되었다. 소영은 그때의 일을 생각하지 않도록 자연스럽게 교육받아 온 것이나 다름없었다. 그런데 엄마는 이 여자를 몇 번이나 만난 사람처럼 익숙하게 대하고 있다.

"애를 좀 봐요. 이게 사람 꼴인지. 혼자 일어나서 걷지도 못해요. 안쓰러워 죽겠다고. 당신 남편은 사지나 멀쩡하지. 우리 남편은 하루 종일 휠체어에 앉아있어요. 대소변도 내가 전부 받아내야 한다고!"

엄마는 화난 목소리로 푸념을 늘어놓다가 결국 눈물을 글썽였다. 여자는 그 모습을 물끄러미 보기만 할 뿐 아무 말도 하지 않았다. 여자의 표정은 분명 엄마를 경멸하는 것처럼 보였지만 그렇다고 반박하지는 못하고 있었다.

“당신이 말해봐요.”

엄마는 가해자의 아내에게 말했다. 언뜻 의기양양해 보였다.

“우리 애가 아까부터 계속 물어. 사고가 어떻게 났는지 궁금하다고요. 애는 기억상실 진단을 받았어요. 처음에는 지 이름도 기억 못 했다니까. 한참 공부할 나이인데. 병원에 아무리 있어도 소용이 없다고 해서 퇴원한 거예요. 당신이 말해봐. 당신 남편이 우리 애를 어떻게 반병신으로 만들었는지 말해보라고요.”

“……그래서 돈 줬잖아요.”

여자는 쥐어짜 낸 목소리로 말했다.

“우리도 우리 형편에 충분히 해드렸어요. 공무원 월급이 얼마나 적은 줄 아세요?”

“누가 보면 내가 잘못한 줄 알겠네?”

엄마는 비아냥거렸다.

“술 처마시고 운전한 건 당신 남편이잖아! 경찰에 알리지 말아 달라고 사정하던 게 누군데? 내가 합의해 준 덕에 여태 직장 잘 다니고 있는 것 아니야?”

“우리도 힘들었다고요.”

여자는 힘없는 목소리로 말했다.

“남편도 힘들어했어요. 충분히 반성하고 있어요. 쉽게 드린 돈이 아니에요.”

여자는 그렇게 말하면서 봉투를 내밀었다.

“이게 마지막이에요. 저희도 할 만큼 했거든요?”

엄마는 화난 표정으로 봉투를 낚아채고는 내용물을 확인한 뒤 더 화를 냈다.

“이 여자가! 사람을 거지 취급하고 있어!”

“그 돈 마련하느라 거지가 된 건 우리예요.”

“제때 주기나 했어야지! 통 사정을 해야 겨우 보내주고 이제 와서 생색은…….”

“그러니까! 힘들었다고 했잖아요!”

마침내 여자는 폭발했다.

“없는 형편에 집도 팔았어요. 오늘 이거는 친정에서 받아온 거예요. 이제 더 드릴 것도 없어요. 아무리 밤새 전화하고 찾아오고 하셔도 해드릴 게 없다고요! 아시겠어요? 한 푼도 없어요! 정말이에요. 남편이 그냥 줄 거 다 주고 굶어 죽는 게 차라리 낫겠다고 했거든요!”

침을 튀겨가며 울부짖는 동안 여자의 눈은 한 번도 깜빡이지 않았다. 커다란 눈이 충혈되어 가며 두드러지는 실핏줄이 무서워서 소영은 한 발 뒤로 물러났다. 화가 진정된 여자는 호소하듯 말했다.

“저는요, 저는…… 얼마 전에 아이도 유산됐어요.”

“…….”

“이런 얘기까지는 안 하려고 했어요. 같은 아이 엄마라면 제 마음을 아시겠죠.”

“같기는.”

여자의 말을 침착하게 듣고 있던 엄마가 말했다.

“당신은 아니지.”

“……..”

“유산됐다며.”

여자가 허탈하게 웃었다.

“미친년.”

갈라진 목소리를 내뱉은 여자는 돌아서다 말고 소영을 향
했다.

“건강하렴.”

“……..”

“네 엄마 몫까지.”

여자의 얼굴은 가면처럼 아무 감정이 없었다. 죽어있는 것
같기도 했다. 여자가 등을 돌려 멀어질 때까지 소영은 아무런
대꾸도 하지 못했다.

“심보를 저렇게 쓰니까 애가 떨어지지.”

엄마가 투덜거렸다.

“난 너 뱄을 때 얼마나 조심했었는 줄 아니? 말 한마디, 행동
거지 하나도 신경 써서 했어. 저 여자는 남의 딸 다치게 한 업
보를 돌려받은 거야.”

멀어진 여자에게서 등을 돌리니 집 근처였다. 엄마는 아까 그 여자를 보고 걸음을 멈췄던 듯했다. 소영은 아직도 욱신거리는 머리를 만지작거리며 엄마를 따라 걸었다.

"소영아, 아팠니?"

"……."

"엄마가 미안해."

엄마는 소영의 손 위로 손을 얹어 토닥이며 말했다.

"엄마가 순간적으로 화가 나서 그랬나 봐. 앞으로 소영이가 안 그러면 돼. 알겠니?"

소영은 말없이 고개를 끄덕이며 엄다의 '그러지 말아야 하는' 범위가 어디에서부터 어디까지인지 생각했다. 엄마도 모를 것이다. 엄마는 정말 소영의 사고 이야기를 꺼내기 싫었을지도 모른다. 하지만 사고에 대해 말하기 싫은 사람이 가해자의 아내에게 매일같이 연락해서 합의금을 재촉할까? 엄마의 모든 말과 행동이 앞뒤가 안 맞았다. 소영은 지금까지 그런 엄마를 믿은 자기 자신이 실망스러웠다. 그런 엄마에게 의지해야 하는 것도.

"표정이 왜 그러니? 엄마랑 있을 때는 웃어야지."

엄마가 타이르듯 말했다.

"언제까지 퉁명스럽게 있을 거니? 여자애가 그러는 거 아니야. 엄마한테 혼났다고 기분 나쁜 티 내는 것도 잘못하는 거야.

너는 엄마랑 같이 있을 때 행복하지 않니?"

엄마는 먼저 현관으로 향했다. 소영은 자신의 머리채를 잡아채고 흔들던 엄마의 모습을 떠올렸다. 엄마가 왜 그랬는지 조금은 이해할 수 있을 것 같았다. 방금 소영 또한 엄마의 뒤통수를 무언가로 내려쳤으면 좋겠다는 생각을 했으니까.

＊ ＊ ＊

"엄마 은행에 가야 해."

아빠의 상태를 살펴본다며 침실에 들어갔다 나온 엄마의 손에는 방금 전 여자로부터 받은 봉투가 들려있었다.

"빨리 갔다와야 하니까 넌 집에 얌전히 있어."

엄마는 서두르는 듯했다. 가뜩이나 바쁜데, 라며 투덜거렸다. 여자에게 받은 돈을 지금 꼭 은행에 넣어두고 싶은 모양이었다. 소영이 돈을 건드리지 못하게 하려는 것일지도 모른다. 엄마가 손에 힘을 쥐고 있는 탓에 봉투는 흉하게 찌그러져 있었다.

"금방 다녀올게. 10분도 안 걸려."

그러니까 쓸데없는 짓을 하지 말라는 것처럼 들렸다. 침실에는 들어가지 마. 아빠를 방해하면 안 되니까. 엄마가 재차 말했다. 움직이지 못하는 아빠를 방해할 이유가 뭔지 묻는 대신 소

166

영은 건성으로 고개를 끄덕였다. 솔직히 소영 또한 어젯밤에 목격한 일의 충격 때문에 아빠를 직접 보는 것이 좀 꺼려졌다.

현관문이 닫혔다. 소영은 방으로 곧장 들어가지 않고 현관 근처에 가만히 서있었다. 현관문부터 대문까지의 거리는 얼마 되지 않고, 대문은 매번 흠칫할 만큼 크게 삐걱거린다. 엄마가 집 밖으로 나간다면 대문이 열리는 소리가 분명 들릴 것이다. 그러나 시간이 흘러도 아무런 소리가 들리지 않았다.

"······."

소영은 참을성 있게 서있었다. 소영의 예상대로였다. 엄마는 소영의 방 창문에 달라붙어 있을 것이다. 집을 바로 나서는 대신 소영을 얼마간 관찰할 생각이었을 것이다. 이유는 모른다. 자신이 지켜보지 않는 사이에 소영이 엄청나게 나쁜 짓이라도 할 거라고 생각하는 걸까. 아니면 그냥 습관일지도 모른다. 아주 어렸을 때부터 그랬을지도 모른다. 이럴 때는 기억이 사라진 걸 다행으로 여겨야 하는 걸까.

몇 분이 더 흘러서야 대문이 열렸다가 닫히는 소리가 들렸다. 엄마가 단념한 것이다. 정말로 은형에 가야 했겠지. 아마 1초라도 빨리 집에 돌아오기 위해 있는 힘껏 달리고 있을지도 모른다. 열심히 뛰고 있을 엄마를 상상하니까 갑자기 화가 났다. 문을 벌컥 열고 방으로 들어간 소영은 창문을 보고 비명을 질렀다.

“꺄악!”

창문 한가운데에 거미가 붙어있었다. 집으로 돌아온 첫날 보았던 그 거미였다. 커다랗고 흉물스러운 그것은 기억 속의 모습과 똑같았다. 거미는 소음의 원인을 파악하려는 것처럼 다리를 몇 번 까닥이다가 다시 잠잠해졌다. 아무 일도 아니라는 듯, 소영을 전혀 신경 쓰지 않고 있었다. 길게 펼쳐져 있는 징그러운 다리는 당당할 정도였다. 자신은 안전하게 이곳을 계속 차지하고 있겠다는 이기적인 태도다.

뭐가 있었다고 그러니? 아무도 없었어!

소영이 한심하다는 듯 외치는 엄마의 목소리가 들리는 것 같았다. 창문이 아주 조금 열려있는 것이 보였다. 엄마가 일부러 거미를 집어넣은 것일지도 모른다. 소영을 훔쳐보지 못한 것을 복수하려고.

“죽여버릴 거야!”

소영은 있는 힘껏 소리를 질렀다. 열이 머리 끝까지 올랐다. 지금 기분으로는 거미를 맨손으로 잡아서 죽일 수도 있을 것 같았다. 창문으로 달려간 소영은 팔을 올렸다가 멈칫했다. 팔꿈치 아래까지 감싸고 있는 보호대가 눈에 들어왔다.

이걸로 거미를 내려치면. 운 좋게 묵직한 보호대에 거미의 몸통이 짓이겨지면. 거미의 다리와 내장의 점액이 보호대에 묻어 지워지지 않을 것이다. 운 나쁘게 부딪히기만 하면 거미는 재빨리 소영의 팔목 위로 기어오를지도 모른다. 방금 전까지의 용기가 순식간에 사라지고 목덜미에 소름이 돋았다.

거미는 여전히 제자리에 묵묵히 있었다. 주변을 둘러보던 소영의 눈에 사진이 없는 액자 틀이 들어왔다. 소영은 액자를 쥐고 창문 가까이 다가갔다. 무서워서 떨기만 하고 있으면 거미는 영원히 소영의 방을 점령하고 있을 것이다. 거미가 머리카락으로 파고들거나 입안으로 들어올 수도 있을 거라는 각오 정도는 해야 이길 수 있다. 극단적인 상상을 펼치고 있는 소영의 손에 점점 힘이 들어갔다. 그리고 예상치 못한 상황이 벌어졌다. 위협을 감지라도 한 건지, 거미가 먼저 재빠르게 움직여 창문을 벗어난 것이다.

"히익!"

소영은 자신도 모르게 액자를 집어던졌다. 제대로 명중시키려고 했던 계획과 다르게 액자는 창틀에 부딪혀 맥없이 부서졌다. 거미는 소영을 비웃듯이 빠르게 벽으로 기어갔다. 흰 벽지 위로 여덟 개의 다리가 재빠르게 이동했다. 방향을 가늠하듯 중간중간 멈추던 거미는 책상 뒤로 숨어 사라졌다. 바라지 않았던 일만 계속 일어나고 있었다. 소영은 마음을 다잡고 책상에 붙어있는 의자의 등받이를 붙들었다. 거미가 밖으로 기어 나온 순간 의자의 다리로 몸통을 찍어버릴 각오를 했다.

하지만 아무리 기다려도 거미는 다시 나오지 않았다. 거미의 모습을 볼 때보다 보지 못할 때가 더 무서웠다. 소영은 책상 아래를 뚫어지게 응시했다. 이따금 스슥 하고 손바닥을 비비는 거 같은 건조한 마찰음이 났다. 거미가 이렇게 큰 소리를 냈었던가? 마치 책의 페이지를 넘길 때 같은 소리가 났다. 거미를 발견하기 위해 필사적으로 집중하고 있던 소영의 시선을 아주 작은 세모꼴의 무언가가 사로잡았다. 그것이 소영의 눈에 띈 것은 조금씩 움직이고 있었기 때문이다. 하얀 삼각형이 처음보다 조금 커졌을 때 소영은 그것이 종이의 끄트머리임을 알게 되었다. 책상 사이로 숨은 거미가 그 위를 움직이고 있었던 것이다.

소영은 바닥에 쪼그려 앉아 종이의 모서리를 조심스럽게 잡아당겼다. 종이는 총 두 장이었다. 종이의 왼쪽 부분이 깔끔한 걸로 보아 노트에서 일부러 찢은 게 아니라 너무 낡은 노트의 접착제가 말라서 떨어져 나온 것처럼 보였다. 두 페이지 모두 글자가 빽빽했다. 맨 윗줄에는 날짜가 쓰여있었다. 그중 한 페이지는 아랫부분이 찢어져 있었다. 사진 뒤에 붙어있었던 쪽지의 크기와 같았다. 나머지 부분에 쓰여있는 글씨체도 똑같았다. 혹시나 찢어질까 봐 조심스레 종이를 든 소영은 그것을 읽기 시작했다. '일기도 재판 같은 데 증거가 될 수 있다고 했다.' 소영은 책상 아래 쪼그려 앉았다. 그리고 찢어진 일기를 읽어나갔다. 너무 집중해서 읽느라 거미가 조금 열린 창문 틈으로 빠져나가는 것도 눈치채지 못했다.

* * *

××월 ××일

우리 집은 돈이 부족한 적이 없었다. 풍족하지는 않았지만 그렇다고 쪼들리지도 않았다. 엄마도, 아빠도 일을 하지 않는데 먹고살 수 있었다. 아빠 말로는 외할머니가 일수로 크게 돈을 벌었다고 했다. 엄마는 그런 얘기를 해주지 않았다. 엄마는 나에게 과거 이야기를 한 적 없다. 내가 알고 있는 모든 것은 아빠로부터 나왔다.

엄마는 외할머니의 능력을 물려받지 못한 것 같았다. 엄마 자신도 그것을 알았을 것이다. 대신 외할머니의 절약 정신을 물려받았다고 자랑했다. 내가 보기에 엄마가 외할머니로부터 유일하게 모방할 수 있었던 게 그것뿐일지도 모른다. 안타깝게도 엄마의 '절약 정신'은 다른 것과 마찬가지로 왜곡돼 있었다. 엄마는 쓸데없는 것을 아꼈다. 나는 내 속옷을 가져본 적이 없다. 엄마의 것을 같이 써야 했다. 엄마는 꼭 자신이 입고 난 것을 입게 했다. 엄마는 칫솔도 같이 쓰자고 했다. 나는 그게 너무 싫어서 내 칫솔을 따로 사서 몰래 이를 닦았다. 학교에서 양치를 한 다음 집으로 돌아와 아무것도 먹지 않은 적도 있다. 하지만 엄마는 정작 돈 계산에는 서툴렀다. 유통기한이 다 되어 싸게 파는 식재료를 잔뜩 사와서 버리고 새로 사거나, 싸구려 사은품에 낚여서 비싼 물건을 덜컥 사오고는 했다.

엄마는 물건을 보는 감각도 없었다. 우리 집이 넉넉한 형편에도 항상 어딘가 낡아 보이는 것은 그 때문이다. 살림을 하는 재주도 없었다. 엄마는 하루 종일 청소를 하고 집 안을 돌보는 것이 가정주부의 미덕이라고 생각하는 것 같았지만 결과는 항상 손을 대기 전이 더 나은 것 같은 정도로 망가졌다. 그것은 어린 나이의 내 눈으로도 알 수 있었다. 하지만 엄마는 마치 그러지 않으면 안 되는 사람처럼 필사적으로 청소와 살림의 규칙을 지켰다. 엄마에게는 어떤 이상향이 있고 엄마는 그것을 광적으로 추구하며 살아야만 안심이 되는 사람이었던 것 같다. 지금 생각해 보면…….

엄마는 하루 종일 집안일을 했다. 그러니까 화가 날 수밖에 없었다. 나는 엄마가 왜 스스로를 고문하는지 궁금했다. 엄마는 일종의 강박에 사로잡혀 있는 것 같았다.

하지만 이런 말을 엄마 앞에서 할 수는 없었다. 엄마는 사실을 이야기하면 받아들인 적이 없었다. 울거나 화를 냈다. 엄마의 잘못을 지적하면 낳고 키워준 은혜도 모르는 년이 되었다.

내가 화를 내면 엄마는 더 화를 냈다. 광분해서 가위로 옷을 자르고 책을 찢었다. 엄마는 화가 나면 더 감정적으로 변했다. 얼굴이 새빨개져서 목이 쉴 때까지 나를 향해 소리를 질렀다. 나는 벽의 모서리에 쭈그려 앉아 떨면서 폭풍이 빨리 지나가기를 기다리는 짐승처럼 버텼다.

엄마는 시력이 매우 나쁜데도 안경을 쓰기 싫어했다. 그래서 숫자를 종종 잘못 읽었다. 한 번은 1시 30분으로 되어있는 벽시계를 보고 2시 30분이라고 해서 잘못 본 거 아니냐고 했더니 화를 냈다. 엄마를 상대하기에 지쳐있던 나는 무시를 택했다. 엄마가 계속해서 소리를 지르고 발을 굴러도 반응하지 않았다. 그랬더니 엄마는 주방에서 칼을 가져와 자기 팔을 그었다. 엄마는 팔에서 피를 뚝뚝 흘리면서 울었다. 하나뿐인 딸에게 무시당하느니 죽겠다고 했다. 나는 결국 그날도 엄마가 원하는 대로 해야 했다. 무릎을 꿇고 용서해 달라고 애원하며 눈물을 흘리는 것이다. 엄마는 내가 울다가 지쳐서 기절할 때까지 빌어야 화를 풀었다.

눈물 또한 허용되는 경우에만 흘려야 했다. 나의 눈물은 용서를 빌 때만 허락되었다. 내가 힘든 이야기를 하면서 울면 엄마는 더 크게 울었다. 엄마는 내가 태어났을 때 이야기를 하는 것을 가장 좋아했다. 임신 기간 내내 입덧을 한 엄마는 나를 낳을 때 힘을 제대로 주지 못했다. 내가 잘 나오지 않아서 간호사가 엄마의 위에 올라타 배를 눌렀다. 엄마는 곧 죽을 거라고 생각했다. 나는 무사히 나왔지만 그 대신 자궁이 같이 튀어나와 집어넣는 수술을 해야 했다. 엄마는 자궁이 튀어나왔다는 이야기를 울면서 몇 번이나 반복했다.

처음 이야기를 들었을 때 나는 공포에 질린 채 엄마와 같이 울었다. 그렇게 고생하며 너를 낳고 길렀으니 나에게 잘해야 한다는 엄마의 이야기에 공감하고 엄마가 말하는 나의 잘못을 깊이 뉘우쳤다. 두 번째, 세 번째, 열 번째도 마찬가지였다. 10년 이상 반복된 이야기 앞에서 어떤 논리도 이길 수가 없었다. 엄마가 나에게 가하는 모든 학대가 정당화되었다.

나는 엄마가 좋아하는 딸이 될 수 있도록 행동해야 했다. 엄마를 화나게 만들지 않는 것은 매우 어려웠다. 엄마는 나의 아주 사소한 부분까지 마음에 들어하지 않았기 때문이다. 엄마는 내가 초록색을 좋아하는 것을 싫어했고 밥을 먹는 모습이 징그럽다고 했다. 엄마가 특히 싫어한 것은 내가 흘러내리는 머리카락을 귀 뒤로 정리할 때였다. 엄마는 어린 게 벌써부터 남자에게 꼬리칠 준비를 한다며 따귀를 때렸다. 그 뒤로 나는 한동안 머리에 손을 대지 않았다. 웬만하면 간섭하지 않는 아빠가 그때는 드물게 내 편을 들어주었다.

지금은 아빠를 이해하지만 한때 아빠를 원망한 적도 있었다. 아니, 그 반대일지도 모른다. 엄마에 대한 나의 감정이 부패했다면 아빠에 대한 나의 감정은 엉켜있다. 아빠는 내 편을 들면 엄마가 나를 더 괴롭힐 거라는 사실을 알고 있었다. 그리고 그것을 핑계로 엄마와 나 사이에 끼어들지 않았다.

아빠가 내 앞에서 엄마에게 화를 낸 것은 그때가 처음이었다. 아빠는 제발 그만 좀 하라고 했다. 정확히 뭘 그만하라고 하는지 나는 몰랐지만 엄마는 한 번에 알아들은 것 같았다. 엄마는 모든 게 그 여자 때문이라고 했다. 그 여자 때문에 본인이 영원히 행복한 가정을 갖지 못하는 거라고 외치면서 울었다. 아빠의 체념한 듯한 표정으로 보아 엄마는 이미 예전부터 그 말을 여러 번 한 듯했다. 아직 어렸던 나는 그 여자가 누군지 몰랐다. 아빠가 엄마와 결혼하기 전 다른 아내가 있었다는 것을 나중에 알았다. 내가 그 여자를 닮았기 때문에 엄마가 나를 증오함과 동시에 두려워하게 되었다는 것도.

엄마가 원하는 게 뭔지 모르겠다. 엄마는 스스로가 세상에서 가장 불쌍한 사람인 것처럼 이야기한다. 내가 엄마를 안타깝게 생각하지 않으면 안 되는 것처럼 만든다. 하지만 엄마는 다른 선택을 할 수도 있었다. 그렇게 말하면 엄마는 화를 내거나 발작에 가까운 울음을 터트린다. 나는 엄마와 제대로 된 이야기를 해본 적이 없는 것 같다.

엄마에게는 이해할 수 없는 점이 있지만 그것만으로 엄마를 미워해서는 안 된다고 생각했다. 그래도 엄마니까. 내 안에도 엄마의 닮은 모습이 있다. 그것이 괴롭다. 나를 점점 더 고통스럽게 한다. 나는 죽어가고 있다. 집이 나를 죽이고 있다. 이 집에 살면서 깨달은 것은 나는 엄마로부터 벗어날 수 없다는 것이다. 아마 유일한 방법은 죽음뿐이겠지. 이런 말을 하면 엄마는 또 나를 미쳤다고 할 것이다. 어떻게 그런 생각을 할 수 있냐고, 내가 무섭다고 할 것이다. 하지만 정말로 그렇게 느낀다. 마음의 문제가 아니다. 엄마가 화가 나서 칼을 들이댈 때마다 언젠가는 나를 찌를 것 같은 기분이 든다. 이 집에서는 누군가 죽어도 아무도 몰라줄 것이다.

내가 죽으면 엄마 때문이다.

15

엄마는 항상 아침에 눈을 뜬 다음부터 계속 바빴다. 일어나서 소영에게 아침을 챙겨준 다음 아빠이게 밥을 먹이고 설거지를 한 뒤 온 집 안을 청소했다. 엄마는 쉬지 않고 계속 움직였다. 소영이 뭔가를 돕는다고 나서도 자기가 해야 한다며 거절했다. 열심히 계속해서 무언가를 하는 엄마는 그다지 즐거워 보이지 않았다. 그렇다고 집안일을 억지로 하는 것 같지도 않았다. 바쁘게 집 안을 돌아다녀야 한다는 의무감을 갖고 있는 사람 같았다.

가짜 엄마. 그 말이 딱 어울렸다.

아무것도 할 수 없는 소영은 자신의 방 안에 틀어박혀 있었다. 엄마가 집 안 곳곳으로 움직였기 때문에 어디에 있어도 엄마의 감시망 안이라는 느낌을 받았다. 실제로 뭘 할 때마다 등 뒤에서 엄마의 시선이 느껴졌다. 엄마는 소영을 감시하고 있다는 것을 숨기지 않았고, 소영은 그것을 의식하고 있다는 것을 숨겨야 했다. 불편한 티를 내면 너는 기분이 좋아야 한다고 혼낼 것이고 불편하다고 말하면 화를 낼 게 분명했다. 소영이 할 수 있는 것은 그냥 방 안에서 보이지 않는 엄마의 눈치를 보며 숨을 죽이고 있는 것이 전부였다.

"소영아, 방에 있을 거지?"

반쯤 열어둔 문밖에서 엄마의 목소리가 들렸다. 거실 쪽을 내다보자 아빠의 휠체어를 밀면서 욕실로 들어가는 엄마가 보였다.

"응."

"엄마는 아빠 목욕시켜야 돼."

"도와줄 거 없어?"

"없어. 네가 뭘 어떻게 도와주니?"

소영에게 핀잔을 준 엄마는 아빠를 욕실로 밀어 넣었다. 문이 닫히고 곧 물소리가 들렸다. 소영은 엄마가 아빠를 어떻게 씻긴다는 건지 궁금해졌다. 아빠가 아무리 말랐다고 해도 체구 자체는 엄마보다 훨씬 커보이는데. 엄마는 휠체어에 앉아있는 소영의 몸을 물티슈로 닦아주는 것도 힘들어했었다. 정말 목욕을 한다면 두어 시간은 걸릴 것이다.

소영은 얼른 방으로 들어가 문을 닫았다. 손잡이를 아무리 다시 봐도 잠금장치는 없었다. 애초에 잠글 수 없도록 만들어진 것 같았다. 침대 구석에 쪼그려 앉아 책상 아래에서 발견한 일기를 다시 읽어보았다. 어젯밤부터 몇 번이나 읽어서 그 내용을 모두 외울 수 있을 정도였다.

과거의 소영이 일기를 쓰던 시점에서는 곧 모든 기억을 잃어버리게 될 것이라고 예상했을 리가 없었다. 그런데도 소영은 일기를 읽을수록 자신을 위해서 이 일기가 쓰인 것 같은 기분이 들었다. 네가 느낀 건 거짓이 아니다. 너는 틀리지 않았다. 그렇게 말해주는 것처럼 느껴졌다. 어쩌면 그걸 위해서 소영이 일기를 남겼을지도 모른다. 위로를 받으려고.

엄마는 한결같았다. 그 사실은 소영에게 안도감을 주었다. 과거의 자신은 엄마를 객관적으로 보려고 노력하고 있었다. 엄마의 비정상적인 행동을 여러 번 보고 그것이 어떤 의미인지 생각한 끝에 나름의 결론을 내렸다. 그렇게라도 하지 않으면 이 집에서 살아남을 수 없었을 것이다.

엄마는 아빠를 사랑하고 소영을 사랑한다. 그리고 그 사랑이 어긋나 있음을 인정하지 못한다. 다른 사람이 자신을 이해하지 못하는 것을 보면 몹시 화를 낸다. 엄마에게 쉽게 저항할 수 없는 소영에게 그 화는 특히 잔인해진다. 가장 큰 문제는 엄마가 그것이 사람을 사랑하는 방식이라고 굳게 믿고 있다는 것이다.

과거의 소영은 엄마를 이해하려고 노력했다. 아마 외로웠기 때문일 것이다. 하지만 이해할 수는 없었다. 지금도 그렇다.

액자 뒤에 쪽지를 숨긴 것도 과거의 소영이 한 일이다. 엄마의 위협에 시달리며 생겨난 두려움 때문에, 진실을 알리고 싶은 마음에 그렇게 한 것이다. 실제로 그 예상은 틀리지 않았다. 엄마는 교통사고를 통해 과거의 흔적을 없앨 기회를 얻었다. 엄마는 소영의 일기를 발견하고 버렸을 것이다. 이 페이지가 우연히 떨어져 나왔는지, 과거의 소영이 숨겼는지는 모른다. 어쨌든 나머지 부분은 엄마의 머릿속에 들어있다. 엄마는 소영의 일기를 읽고 어떤 생각을 했을까. 엄마의 마음에는 얼마나 깊은 구덩이가 있을까.

다시 하자. 나는 좋은 엄마야.

소영이 교통사고를 당했을 때 엄마는 얼마나 기뻤을까? 기억이 돌아오지 않는다는 말을 듣고 더더욱 기뻤을 것이다. 새로 시작할 수 있다고 믿었을 것이다. 자기 자신은 하나도 변하지 않았는데 말이다. 모든 흔적을 지우고 태워버린다고 해도 결국 원점으로 돌아오게 된다는 것을 엄마는 모른다.

소영은 일기를 잘 접어 보호대 안쪽에 끼워 넣었다. 팔을 끌어안자 자기 자신을 안은 것 같은 모양새가 되었다. 아무도 자신을 이해할 수 없을 거라는 외로운 체념이 일기 전체에 있었다. 훗날의 소영이 이토록 위로를 받을 거라는 생각을 하지 못했을 것이다. 기억이 남아있었다면 과거의 자신에게도 같은 위로를 전했을 텐데.

바깥에서 덜컹거리는 소리가 났지만 생각에 잠겨있던 소영은 눈치채지 못했다. 창문에 사람 형체가 붙어있는 것을 눈치채고 나서야 상체를 벌떡 일으켰다.

"쉿!"

소영은 비명을 지를 뻔한 입을 손으로 가렸다. 민지가 창틀에 몸을 바짝 붙인 채로 서있었다. 소영은 서둘러 창문을 열었다.

"집에 아무도 없어?"

창문이 열리자 민지가 다짜고짜 물었다. 오늘은 교복이 아니라 후드가 붙은 점퍼에 청바지를 입고 있었다. 민지는 담이 꽤 높았다면서 허벅지 쪽에 붙은 먼지를 털었다.

"……엄마랑 아빠…… 욕실에 있어."

"그럼 잠깐 같이 얘기할 시간 있겠다."

민지는 고개를 끄덕였다. 부연 설명을 덧붙이려고 했던 소영이 어리둥절한 표정을 짓자 민지는 쓴웃음을 지었다.

"너희 아빠 아프신 거 알아. 네가 얘기해 줬었어."

"……."

"나랑 했던 얘기도 다 잊어버렸나 보네."

"미안……."

"아니야. 당연한 건데……. 괜찮아. 내가 기억하고 있으니까."

기억에 대해 이야기할 때마다 둘 사이에는 어색한 침묵이 흘렀다. 민지는 침묵을 지우려는 것처럼 등에 메고 있던 가방을 서둘러 내려놓고 지퍼를 열었다. 민지가 꺼낸 것은 조금 두꺼운 책 같은 것이었다. 카펫 같은 천으로 되어있는 겉면에는 금박으로 '윤명여자중학교'라는 글자가 새겨져 있었다.

"우리 중학교 때 졸업앨범이야."

민지는 소영이 창틀 사이로 볼 수 있게 책을 펼치면서 말했다. 수많은 사진이 거기에 있었다. 한 반의 아이들이 모두 모인 사진, 두세 명의 사진, 한 명의 사진. 구도와 자세는 조금씩 달랐지만 앨범 안의 모든 여자아이들은 소영이 기억하고 있는 교복을 입고 있었다. 회색 카디건, 같은 색의 스커트, 붉은 넥타이. 민지는 '3-2'에서 페이지를 멈췄다.

"이게 우리 반 사진."

교사로 보이는 정장 차림의 남성을 중심으로 스무 명 정도의 여자애들이 웃는 얼굴을 한 채 서있었다. 키가 큰 민지는 뒷줄 구석에 자리 잡고 있었다. 소영은 없었다. 단체 사진에도, 개인 사진에도 당연히 없었다.

"너도 있어."

앨범을 살펴보던 소영의 마음을 읽은 듯이 민지가 말했다.

"내가 어제 찾아봤어."

민지는 몇 페이지를 손가락으로 잡아 훌쩍 넘겼다. 사진의 느낌이 완전히 다른 페이지가 펼쳐졌다. 똑같은 옷을 입고 비슷한 포즈를 취한 앞부분과 달리 사진마다 나오는 사람과 분위기가 들쭉날쭉했다. 사복을 입고 찍은 단체 사진이라든가 체육복 차림으로 달리기를 하는 장면, 뭔가를 먹고 있는 모습 등 다양한 순간들이 이어졌다. 민지의 손가락이 그중 하나를 가리켰다. 나란히 서서 웃고 있는 세 명을 찍은 사진이었다.

"이건 우리 반 현장체험 갔을 때."

모두 소영이 방금 본 3학년 2반 단체 사진에도 나와있었던 사람들이라, 숨은그림찾기를 거꾸로 하는 느낌이었다. 가운데 서있는 교사는 단체 사진에서보다 훨씬 나이가 들어 보였다. 양쪽에서 웃고 있는 아이들은 민지 근처에 서있었던 것 같아서 알아보기 쉬웠다.

"여기, 보여?"

민지가 가리키는 곳은 뒤쪽의 배경이었다. 작게 나온 민지와 소영의 옆모습이었다. 두 사람은 크게 웃고 있었다. 뭐가 그렇게 웃긴지 물어봐도 대답해 주지 않을 것처럼 보였다. 아무리 쳐다보고 있어봤자 이쪽은 신경도 쓰지 않을 것 같았다.

"너랑 내가 찍혔더라고."

"……"

"생각해 봤는데…… 만약에 기억을 잃으면 난, 내가 세상에 존재하지 않는 사람처럼 느껴질 것 같아."

민지는 혼잣말처럼 중얼거렸다.

"소영이 너는 아닐지도 모르지만, 남이 나를 기억해 줘야 내가 나를 기억할 수 있을 거 같은…… 그런 거? 네가 내 이름을 물어봤었잖아. 그때 약간 그런 기분이 들었어. 그래서 앨범을 찾아봤어. 혹시 우리가 친구였던 게 내가 맘대로 상상했던 건가? 내가 너랑 친해지고 싶어서 꿈을 꿨던 건가, 하고. 근데 이 사진을 찾았어. 너는 기억을 못 하겠지만 보여주고 싶어서……."

소영은 창틀을 넘어 사진의 테두리에 조심스럽게 손가락을 갖다 댔다. 차갑고 매끄러운 종이의 결이 만져졌다.

"고마워."

정말 그랬다. 사진 속에서 영원히 웃고 있는 과거의 자신, 대화에 빠져 아무것도 신경 쓰고 있지 않은 과거의 소영이 이야기하고 있었다. 너는 살아있었다고. 순간의 기록이 모든 것을 설명해 주었다. 소영에게도 삶이 있었다. 다른 아이들처럼 태어났고, 자랐고, 학교에 갔고, 친구와 떠들기도 하면서 평범한 하루를, 어떤 날은 자고 일어나면 흐릿하게 잊힐 만큼 무료하기도 한 하루하루를 보내며 여기까지 왔다는 것이 증명되었다. 믿기로 결심하는 것은 스스로 할 수밖에 없는데 다른 사람의 도움이 절실하게 필요하기도 했다. 민지는 그런 복잡하고 초라해 보이는 소영의 마음을 이해해 준 것이다.

"내 방에…… 일기가 있었어."

소영은 자연스럽게 일기에 대한 이야기를 꺼낼 수 있었다. 엄마가 어떤 사람이고 소영이 얼마나 괴로워했는지, 민지도 이미 어느 정도 알고 있을지도 모른다. 딸랑 두 장 남은 소영의 일기에 대한 설명을 듣는 표정을 보면 짐작이 갔다.

"우린 중학교 때부터 친구였어. 넌, 어렸을 때 여기로 이사 왔다고 했거든? 정확히 몇 살 때인지, 전에 어디서 살았는지는 모르겠다고 했었어."

민지는 뜸을 들이다가 말했다.

"혹시…… 아빠가 재혼하신 게 아닐까?"

"……."

"입양……일 수도 있고……. 그냥, 그럴 수도 있을 거 같아서……."

민지는 자신 없이 말했다. 자신이 없다기보다는 친구의 집안 이야기를 하는 것이 어색하기도 하고 미안하기도 한 것 같았다. 소영의 기분은 나쁘지 않았다. 오히려 소영이 어떤 이야기를 꺼내고 싶은지 알고 있는 듯한 민지가 고마웠다.

사실 소영도 그런 생각을 하고 있었다.

"네가 보기에도 이상하지?"

"뭐가?"

"우리 엄마."

민지는 아무 말도 하지 않았지만 소영은 민지가 동요하는 것을 느꼈다.

"나는, 얼마 전부터 이상하다고 느꼈어. 내가 퇴원하고 기억을 찾고 싶다고 해서 그런 거 같아. 아니면 원래 정상이 아니었는데 내가 몰랐을 수도 있고. 그런데 다들 내가 틀렸다고 해. 엄마가 그동안 잘해줬으니까 내가 그렇게 생각하면 안 되는 것처럼."

소영은 민지가 공감해 주길 바라면서 말했다. 민지에게는 하고 싶은 이야기를 마음껏 해도 될 것 같다는 생각이 들었다. 민지에게는 다른 사람과 대화를 할 때 생각해야 하는 이런저런 사소한 것들이 필요 없었다. 기억을 잃기 전의 소영도 분명 이런 느낌을 받았을 것이다. 소영은 어느새 민지도 자신을 그렇게 생각해 주기를 바라고 있었다.

"근데…… 엄마가 이상하면 어떻게 할 건데?"

가만히 있던 민지가 불쑥 말했다.

"아줌마는, 나한테 잘 대해주지는 않으셨어. 네 말을 들어보면 거짓말을 하신 것 같기도 하고. 내가 모르는 나쁜 점이 있을 수도 있겠지."

"……."

"소영이 네가 진짜 엄마를 찾은 걸지도 모르겠다고 했잖아. 만약에 정말 진짜 엄마를 찾게 되면, 엄마가 이상하니까 떠날 거야? 지금의 엄마는 가짜 엄마에다가 이상하기까지 하니까?"

소영은 머릿속이 혼란스러워져서 선뜻 대답하지 못했다. 민지는 소영의 얼굴을 보고 고개를 약간 숙였다.

"미안……. 내가 무슨 말을 하는지 모르겠지?"

"……."

"사실 아까 그거, 내 얘기야. 우리 엄마가 새엄마거든."

민지는 작게 말했다.

"아빠가 재혼하고 얼마 있다가 돌아가셨는데도, 엄마는 날 버리지 않고 계속 키워주셨어. 그래서 네가 진짜 엄마를 만나러 간다고 할 때 솔직히 충격이었어. 내가 가짜 엄마랑 살고 있다고 말하는 것처럼 느껴졌어."

소영은 민지가 무슨 말을 하고 싶었던 것인지 어렴풋이 이해했다. 민지의 마음속에서는 진짜 엄마, 가짜 엄마 같은 건 없다. 엄마는 엄마다. 엄마는 존재 자체만으로도 소중하다. 민지 또한 소영과는 다른 세계에 살고 있었다. 엄마가 안전하게 느껴지는 세계. 엄마를 벗어나야겠다는 생각을 하지 못하는 세계.

"나한테도 엄마는 엄마야."

인정하고 싶지 않았지만 사실이었다. **진짜 엄마**라는 존재는 잘 와닿지 않았다. 아직도 소영에게 엄마는 그냥 엄마였다. 어떤 엄마인지 이전의 문제였다.

"난 엄마를 바꾸고 싶은 게 아니라 나에 대해 알고 싶어."

소영은 자기 자신이 궁금했다. 진짜 엄마 자체가 아니라, 과거의 자신이 그걸 찾아서 어떻게 하려고 했는지가 알고 싶었다. 엄마에 대한 마음을 정하기 위해서는 1년 전의 소영에게 질문하는 것이 먼저다.

"네가 어떻게 알게 됐을까……."

혼자 중얼거리던 민지는 뜬금없는 말을 했다.

"사고 났을 때, 엄마를 만나러 가는 길이었잖아. 가방에 뭐가 없었을까?"

"어떤 거?"

"그러니까…… 서류 같은 거. 입양됐을 때 기록 같은 거 말이야."

민지는 등본이나 가족관계증명서 같은, 입양 기록이 적혀있는 서류가 있다고 했다. 거기에는 집 주소를 옮겼을 때의 정보도 들어있어서 소영이 그것을 확인한 후에 가지고 있었을 가능성이 높다는 것이다.

"있었어도…… 엄마가 버렸을 텐데."

"담임한테 물어봤어?"

"담임?"

갑작스러운 질문에 소영은 눈을 깜빡였다.

"응, 우리 3학년 때 담임 선생님."

민지는 덮었던 앨범을 다시 펼쳤다. 3학년 2반의 단체 사진

위에는 동그랗게 오린 것 같은 교사의 사진이 따로 붙어있었다. 테가 두꺼운 안경을 빼면 어디에서나 볼 수 있는 평범한 아저씨였다. 다른 아이들의 개인 사진처럼 담임의 사진 옆에도 '김종훈'이라는 이름이 쓰여있었다.

"네가 사고 난 걸 처음 목격한 게 담임이야. 출근하면서 봤대. 신고도 했다고 했어."

"……."

"학교에도 경찰이 왔었거든. 그래서 우리도 다 알게 된 거고……. 담임이 병원에 한 번도 안 갔어?"

소영이 고개를 끄덕이자 민지의 표정이 이상해졌다.

"이상하네. 응급실까지 따라갔다고 했는데."

소영의 가슴이 두근거렸다. 민지의 말대로 이상했다. 소영의 반을 맡은 교사라고 해서 병원에 꼭 와야 할 필요는 없지만, 사고를 목격하고 병원까지 따라와 줬던 사람이 여태껏 소식이 없는 것은 자연스럽지 않았다. 엄마가 이번에도 중간에서 거부했을지도 모른다. 지금까지 소영이 알게 된 모든 사람에게 했듯이.

"담임이 뭔가 알고 있지 않을까?"

소영도 그렇게 생각했다.

＊ ＊ ＊

내가 이런 상황에 처하게 된 원인이 모두 엄마에게 있다고 말하고 싶지는 않다. 아빠의 우울증을 물려받은 나의 정신 상태도 아주 건강하다고는 할 수 없었다. 시선에 대한 공포는 나를 시선으로부터 벗어나지 못하게 했다. 집을 떠나고 나서도, 돌아오고 나서도 시선은 계속 나를 쫓아왔다. 담임이 내 이야기를 믿어주지 않았다면 나는 학교를 그만두었을지도 모른다. 그는 울면서 횡설수설하는 내 말을 진지하게 듣고 그래도 학교에는 나와야 한다고 나를 설득했다. 대학에 가면 더 넓은 세상을 경험할 수 있고 어른이 되어 직업을 갖게 되면 더 많은 자유가 주어질 수 있다고 말했다. 담임은 우리 집이 어떤 사정인지 대충 알고 그런 조언을 했을 것이다. 그래서 나는 엄마에게서 벗어날 수 있다는 헛된 희망을 갖게 되었다.

미대를 간다는 목표를 진지하게 세웠던 때가 엄청나게 오래된 것처럼 느껴진다. 엄마는 나의 성장을 혐오했고 나는 하루라도 빨리 집을 벗어나고 싶었다. 집은 감옥이었다. 내 방은 잠금장치가 없었고 엄마는 매일 소지품 검사를 했다. 엄마는 하교 시간 때문에 집에 늦게 온다는 사실조차 받아들이지 않을 정도로 엄격했다. 머리를 만지거나 옷에 신경을 쓰면 천박하게 굴지 말라고 했다. 같은 반 남자애한테 연락이 오면 대뜸 몸을 팔러 다니는 거냐고 물어봤다. 나는 그런 말을 들을 때마다 내가 정말로 몸 파는 여자가 되면 엄마가 나를 질투하게 될지도 모른다는 생각을 했다. 엄마가 나를 경쟁자처럼 여기고 있다는 것이 나를 가장 소름 돋게 했다.

남이 가진 것을 빌리고 모방하며 살아갈 수밖에 없는 엄마에게 나는 딸이 아니라 괴물이었다. 자신이 가장 모방하고 싶었던 이상적인 부부를 발견하고 아내의 자리를 뺏었는데, 그렇게 해서 낳은 딸이 남편의 전 부인을 닮은 것이다. 나를 향한 엄마의 증오는 거기에서부터 왔다.

아빠는 내 생김새보다는 취향이나 말투, 행동 같은 것이 닮았다고 했다. 내가 녹색을 좋아하는 것도, 그림을 잘 그리는 것도 비슷하다고 했다. 내가 어떤 반찬을 잘 먹으면 다음 날부터 절대로 해주지 않는 것도, 무심코 머리를 귀 뒤로 넘길 때마다 따귀를 맞은 것도 그 때문이었다. 엄마는 나에게서 그런 모습을 발견할 때마다 미칠 지경이었을 것이다. 무서웠을지도 모른다. 아무도 말해주지 않았지만 아빠는 전 부인과 정상적인 방법으로 헤어지지는 않았을 것이다. 나는 아빠가 때로 병을 핑계로 비겁하게 굴었다는 것을 안다. 엄마는 그 여자를 죽였을지도 모른다. 집 어딘가에 시체를 묻어둔 건 아닐까?

나는 엄마의 결혼 생활이 서서히 어그러지고 있음을 보여주는 결과물이었다. 나는 엄마가 가장 닮고 싶었던 여자의 특성을 가지고 태어났다. 엄마는 나를 모방해야 할지 부정해야 할지 혼란스러웠을 것이다. 내가 성장할수록 엄마의 인생은 퇴색해 간다고 느낀 거 같다. 엄마는 내 존재 자체와 경쟁해야만 했다.

엄마의 광기에 마비되어 있었던 나는 처음에는 스스로를 탓했다. 모든 이유를 나에게서 찾았다. 내가 이렇게 태어난 바람에 엄마가 나를 사랑하지 못하는 거라고 생각했다. 엄마가 저주를 받았다고는 생각하지 못했다. 엄마와 아빠가 정상적인 가정을 꾸릴만한 능력이 없는 사람이며 부모로서 나를 키우는 책임을 지지 않은 것임을 몰랐다. 부모가 인정하지 않는 진실은 자식에게도 알려주지 않는 법이다. 내가 어떤 형태로 태어났더라도 엄마는 나를 혐오했을 것이다.

담임이 나에게 잘해주는 것이 단순한 동정심이 아니었다는 것을 뒤늦게 알았다. 나는 교사가 학생을 이성적인 대상으로 보는 것이 이상하고 잘못되었다는 것을 몰랐다. 그냥 그때까지 나에게 꾸준히 조언을 해주었던 사람의 제안을 거절하는 것에 죄책감을 느꼈다. 담임이 순순히 물러나서 더 그런 마음이 들었다. 그가 늘 학교에서 나를 지켜보고 있다는 사실을 깨달은 뒤에야 벗어나야겠다는 결심을 했다.

엄마는 일을 하지 않고 대학에 갈 거면 지금까지 나를 키우는데 들어간 비용을 보상하라고 했다. 엄마가 내민 종이에는 학비를 비롯해 전기세와 수도세, 식비 등 여러 가지 항목과 금액이 적혀있었다. 협박이 아니라 진심이었다. 삶의 모든 부분에서 엄마는 나의 빚이었다. 엄마는 자신의 말을 듣지 않을 거면 돈을 내라고 했다. 그렇지 않으면 대학에 갈 수 없다고 했다. 그래도 나는 어떻게든 방법을 찾았을 것이다. 그랬어야만 했다.

16

민지가 떠난 뒤 소영은 방에만 틀어박혀 있었다. 방문은 늘 열어두었다. 엄마가 거실을 오가며 소영을 훔쳐보는 것을 알고 있었지만 신경 쓰지 않았다. 책상 앞에 앉아 몇 권 되지 않는 동화책을 읽거나 색종이를 접었다 폈다 하면서 노는 척했다. 앞으로 어떻게 해야 할지 고민하는 것으로 머릿속이 꽉 차서 복잡한 일을 할 수가 없었다.

아무것도 걸려있지 않은 벽을 보면서 1년 전 교통사고를 당했던 자신의 모습을 그려본다. 엄마가 알려주었던 교차로를 떠올린다. 소영은 민지의 말대로 '진짜 엄마'를 찾으러 간다. 학교에 가는 척 교복을 입고, 가방 속에는 진짜 엄마를 알려주는 서류들을 넣는다. 길을 건너고 있는데 속도를 내던 승용차가 소영을 미처 피하지 못하고 그대로 치어버린다. 공중으로 떠오른 소영의 몸이 머리부터 떨어진다. 근처에 또 다른 승용차가 멈춘다. 담임 선생님의 차다. 그는 소영의 교복을 보고 자신이 근무하는 학교의 학생임을 알고 놀라고, 소영의 얼굴을 확인하고 또 놀란다. 술에 취해 상황 파악을 하지 못하는 가해자 대신 선생님이 신고 전화를 한다. 구급차가 오고 소영의 몸이 들것에 실려간다.

그동안 소영의 가방은 누구에게 있었을까? 최악의 상황에는 길에 버려졌거나 안의 내용물이 사방팔방으로 흩어졌을 수도 있다. 그러나 등에 메고 지퍼를 채운 가방이 그렇게 쉽게 몸에서 빠지지는 않았을 것이다. 담임 선생님이 가방을 민지에게 전달했으면 좋았겠지만 그렇게까지 운이 좋지는 못했다. 담임 선생님의 손을 거쳤든, 구급대원의 손을 거쳤든 가방은 아마 연락을 받고 병원으로 달려온 엄마에게 갔을 것이다. 그렇다면 가방 안의 내용물이 어디에 있는지는 뻔했다. 어디에도 없을 것이다. 엄마가 받은 그날 버렸을 테니까.

하지만 이대로 단념할 수는 없었다. 소영은 방에서 어렸을 때의 사진도 찾았고, 뜯어진 일기장도 찾아냈다. 이 집에는 소영이 아직 뒤져보지 못한 곳이 많다. 과거의 소영이 어딘가에 증거를 숨겨놨을지도 모른다. 혹시 일기장이 이 집 여기저기에 흩어져 있는 것은 아닐까? 나무 밑이라든가 벽 사이라든가, 엄마가 절대로 가지 못하게 하는 위층의 어느 곳인가에.

"소영아."

생각에 잠겨있던 소영은 엄마의 부름이 근처에서 들리는 것을 뒤늦게 눈치챘다. 엄마는 어느새 방 안으로 들어와 있었다.

"시장 갈래?"

"시장?"

"응. 소영이 시장 가본 적 없지? 같이 장 보러 가자. 엄마가 맛있는 거 사줄게."

엄마는 기분이 좋아 보였다. 자신이 무척 관대한 제안을 했다는 듯한 말투에 소영의 심사가 뒤틀렸다.

"나는 집에 있을게. 엄마처럼 빨리 걷지 못하니까 방해만 될 거야."

"그래? 답답하지 않니?"

"괜찮아."

함께 외출했다가 소영이 또 모르는 사이에 엄마의 심기를 건드리면 이번에는 시장 바닥에 내팽개쳐질지도 모른다. 무엇보다 엄마가 없는 사이 집에서 단서를 찾아볼 수 있는 기회를 놓치고 싶지 않았다.

"알겠어. 그럼 엄마 금방 갔다 올게."

"응……. 빨리 와."

소영은 억지로 웃으며 말했다. 천천히 다녀오라고 하면 엄마가 소영의 목적을 눈치챌지도 모른다는 생각이 들었다. 엄마는 별 의심 없이 소영의 방을 나갔다. 곧이어 현관문이 열리는 소리가 들렸다. 소영은 창문을 통해 엄마가 대문을 열고 집을 나가 사라지는 모습을 확인했다.

거실은 여느 때처럼 정적만 존재했다. 소영은 목 밑에서 튀어오를 것 같은 심장의 고동을 진정시키기 위해 침을 꿀꺽 삼키고 주방으로 향했다. 비린 냄새가 코를 찔렀다.

조리대 위에는 채반과 가위가 있었다. 채반은 조금씩 흔들렸고 안에서는 파닥거리는 소리가 났다. 붉은 물이 조금씩 배어 나왔다. 가윗날에 붉은 물방울이 튀어있었다. 소영은 확인할 필요가 없다는 것을 알면서도 식탁을 지나 안으로 걸어 들어갔다.

채반 안에는 머리와 몸통이 분리된 미꾸라지가 가득 들어있었다. 절반은 움직임이 없었다. 남은 절반의 몸통이 제각기 움직일 때마다 피가 꿀럭이며 나왔다. 아직 살아있는 것과 살아있지 않은 것들이 꾸물거리며 만드는 파도 위로 잘린 생선의 머리가 둥둥 떠다녔다. 탁해진 물고기의 눈이 소영을 바라보았을 때 소영은 더 견디지 못하고 거실로 빠져나왔다.

안방의 문도 소영의 방처럼 반쯤 열려있었다. 휠체어에 앉은 아빠가 보였다. 앙상한 몸이 휠체어에 바느질된 것처럼 달라붙어 있었다.

소영은 머뭇머뭇 아빠에게 다가갔다. 아빠를 제대로 마주하는 것은 거의 처음이었다. 엄마는 이상할 정도로 소영과 아빠를 함께 두고 싶어하지 않았다. 소영이 아빠에 대해 뭔가 물어보면 못 들은 척 딴청을 피웠다.

소영과 눈이 마주친 아빠는 놀란 듯했다. 치켜올린 눈썹 끝이 부르르 떨렸다.

"아빠……."

소영은 용기를 내서 아빠를 불러보았다. 아무런 반응을 해줄 수 없는 아빠는 눈동자만 굴릴 뿐이었다. 민지는 아빠가 재혼한 것 아니냐는 추측을 했다. 정말 그랬다고 하면 아마 사고가 나서 이런 몸이 되기 전일 것이다. 순간 무서운 생각이 소영의 머릿속을 스쳤다. 아빠는 엄마와 결혼하고 나서 다치게 됐을지도 모른다. 아니면 다친 원인이 엄마 때문일지도 몰라.

"있잖아, 아빠……."

소영은 막막한 기분에 사로잡혔다. 할 말이 없는 것은 아니었다. 오히려 물어볼 것이 너무 많았다. 아빠는 정말 재혼했어? 나를 입양한 거야? 진짜 엄마는 어디에 있어? 하지만 어떤 질문을 해야 아빠에게 대답을 들을 수 있을지를 몰랐다. 유일하게 반응을 얻을 수 있는 신체 부위는 눈뿐이었다. 소영은 아빠와 시선을 교환했다. 아빠도 하고 싶은 말이 있을 텐데. 소영은 아빠의 팔을 흔들었다.

"아빠, 엄마는 어디 있어?"

"……."

"응? 우리 엄마."

아빠가 시원한 대답을 해주지 못하는 것은 알고 있었지만 물어보지 않고는 견딜 수 없었다. 소영은 이리저리 움직이는 아빠의 눈동자를 보며 다시 물었다.

"진짜 엄마 말이야."

"……."

"나 이제 다 알아. 엄마는 새엄마지? 아빠가 재혼한 거지?"

"……."

"아니면 나 입양한 거야? 서류 같은 것도 있어? 입양할 때 쓰는 거……. 이 집에 있는 거야? 응?"

소영의 말을 들은 아빠의 입술이 브들부들 떨렸다. 화를 내는 것 같기도 했다. 소영은 거기에서 의미 있는 어떤 말이라도 나오기를 기다렸지만 아빠는 우는 것 같은 신음소리만 흘릴 뿐이었다.

"아빠, 나 여기 있기 싫어……."

소영은 간절하게 말했다.

"아빠도 엄마가 싫지? 답답하지 않아? 나, 여기서 나가고 싶어. 이 집에서…… 나갈래. 아빠도 가자. 응?"

아빠의 입이 벌어졌다. 이가 맞물려 딱딱 부딪치는 소리가 났다. 소영이 잡고 있는 마른 팔 아래 근육이 꿈틀거리는 것이 느껴졌다. 소영은 손을 떼고 아빠를 살폈다. 아빠의 몸은 여전히 휠체어에 꿰매어진 것처럼 붙어있었다. 팔걸이 위에 올려진 손가락만이 움찔거릴 뿐이었다.

"아빠! 뭐라고 말 좀 해봐! 왜 아무 말도 안 해주는 거야!"

실망한 소영은 아빠의 어깨를 잡고 흔들었다. 아빠는 꿈쩍하지 않았다. 얼굴 근육이 경련하듯 움직이는 것을 본 소영은 아빠도 움직이고 싶어서 애를 쓰고 있다는 것을 깨달았다.

"……아빠."

"…….."

"미안. 아빠도 힘들지."

소영은 죄책감을 느끼며 아빠의 자세를 바로잡아 주었다. 아빠의 손가락이 소영의 팔을 건드렸다. 그때 소영은 손가락의 방향이 계속 일정하게 움직이고 있는 것을 눈치챘다. 단순한 반사작용이 아닌 어떤 의지를 갖고 움직이는 것이었다.

아빠는 손가락으로 글씨를 쓰고 있었다. 소영은 얼른 쪼그려 앉아 손바닥으로 아빠의 손가락을 받쳐 보았다. 손가락은 계속 한 방향으로 움직였다. 움직임은 죽어가는 개미처럼 느렸다. 기역 자 같은 것 다음으로 대각선 방향을 그렸다. 기역 자 다음 대각선. 소영은 참을성 있게 다음 글자를 기다렸다. 그러나 그게 끝이었다. 기역 자 다음 대각선. 기역 자 다음 대각선. 손가락은 몇 번이고 같은 모양을 그릴 뿐이었다.

열 번쯤 같은 동작이 반복되었다. 결국 소영은 포기하고 자리에서 일어섰다. 아빠의 눈동자가 슬퍼 보였다. 거기에 비친 소영의 얼굴이 일그러져서 그렇게 느낀 것일 수도 있었다.

소영은 안방을 한 번 찬찬히 둘러보았다. 방 안에 있는 가구는 벽 한 면을 채운 옷장과 침대, 화장대뿐이었다. 휠체어가 움직일 수 있도록 공간을 비운 것 같았다. 소영은 옷장의 문을 열었다. 소영의 것과 달리 침구나 옷가지로 빈틈없이 가득했다.

"아빠, 여기 아무것도 없어? 옛날에 내가 뭐 안 숨겨놨어?"

"……."

"여기는?"

눈빛으로라도 메시지를 보내주지 않을까 기대하며 물었지만 아빠는 반응이 없었다. 끙끙대며 쪼그려 앉아 들여다본 침대 아래의 공간에도 먼지 한 톨 없었다. 화장대의 서랍을 열자 반으로 접혀있는 만 원짜리 지폐 몇 장이 있었다. 집어가기 딱 좋은 위치였다. 소영은 모양이 흐트러지지 않게 조심하며 서랍을 닫았다. 엄마를 향한 소영의 의심은 그것이 함정이라는 것을 생각하고 피해갈 만큼 충분히 팽창해 있었다.

집 안에는 시계가 없기 때문에 소영은 엄마가 몇 시에 나갔는지, 시간이 얼마나 흘렀는지 알 수 없었다. 다만 녹슨 대문을 여는 소리는 집 안의 어디에서도 들을 수 있을 만큼 크니까 엄마가 들어오면 모른 척 방으로 빠르게 향하면 될 것 같았다.

소영은 거실의 가구처럼 숨을 죽이고 2층의 계단을 바라보았다. 군데군데 썩어있는 나무계단은 중간에서 직각으로 한 번 꺾여 위층으로 올라간다. 소영은 계단에 오른발을 올려놓고 힘을 주었다. 계단은 보기보다 폭이 좁고 높았다. 평지에서 걸을 때도 잘 말을 듣지 않았던 왼쪽 다리가 짐처럼 느껴진다. 소영은 난간에 몸을 붙이다시피 하면서 위층으로 향했다. 계단의 방향이 달라지는 지점까지 오자 비로소 2층의 모습이 보였다.

2층은 생각보다 좁았다. 텅 빈 거실 같은 공간 벽 좌우에 방문 두 개가 붙어있어 1층의 구조를 절반쯤 축소해 놓은 것 같은 모양새다. 소영은 정상에 도달한 등산가마냥 무릎에 손을 대고 턱까지 차오른 숨을 토해냈다.

좁은 2층에는 앉을만한 의자조차 없었다. 음침한 정적 속에 소영은 두려움을 느꼈다. 뭐라도 찾을 수 있을 것 같아서 올라왔지만 막상 꼼꼼하게 닫혀있는 방문을 열면 생각지도 못한 게 튀어나올 것 같아서 무서웠다.

마음은 이미 등을 돌려 내려가고 있었는데 몸은 반대로 움직였다. 소영은 잔뜩 긴장한 상태에서 왼쪽 문으로 조심스럽게 다가갔다. 귀를 대봤지만 아무 소리도 들리지 않았다. 엄마가 언제 올지도 모르는데 시간을 낭비하고 있을 수 없다는 마음의 소리가 소영을 재촉해 문을 열게 만들었다.

아무것도 없었다.

소영의 방 크기 정도 되는 공간은 어둡고 습할 뿐이었다. 천장에 매달려 있는 전등은 깨져있었다. 회색 먼지 위에 죽은 날파리가 쌓여있었다. 다른 방도 마찬가지였다. 벽보다 조금 연한 색깔의 바닥은 고무 재질 같은 장판으로 되어있었는데 군데군데 색이 달랐다. 커다란 사각형의 테두리 같은 얼룩을 들여다보던 소영은 그것이 어떤 가구를 놓았다가 치웠던 흔적임을 깨달았다. 엄마는 집의 다른 공간과 마찬가지로 이곳에 있던 물건들도 모두 버린 것이다.

2층의 거실에도 창문이 하나 있었다. 소영은 커튼이 쳐져있지 않은 창문을 통해 밖을 내다봤다. 담장으로 시야가 가려져 있던 2층과는 다르게 여기에서는 동네의 모습이 잘 보였다. 주택가는 아래에서 봤을 때보다 훨씬 규칙적인 모양을 하고 있었다.

쭉 뻗은 도로 끝에서 엄마가 달려오는 모습이 보였다. 양손에 비닐봉지를 가득 든 엄마는 아주 급한 일이 있는 사람처럼 험상궂은 표정으로 마구 달리는 중이었다.

하얗게 질린 소영은 다급하게 기다시피 해서 계단으로 달려갔다. 계단은 올라갈 때보다 내려가는 것이 더 어려웠다. 감각이 없는 왼쪽 발을 내디뎠다가는 굴러떨어질 것 같았다. 소영은 주저앉아 엉덩이를 밀면서 서둘러 계단을 내려왔다. 두세

개를 남겼을 때 온 신경을 긁으려는 듯 삐걱거리며 대문이 열리는 소리가 났다.

"소영아! 엄마 왔어!"

엄마가 현관으로 들어서는 것은 소영의 예상보다 훨씬 더 시간이 걸렸다. 덕분에 소영은 방 안에 있다가 모르는 척 밖으로 나와서 엄마를 맞이하는 연기를 할 수 있었다.

"엄마, 왜 이렇게 오래 걸렸어?"

소영은 일부러 눈을 동그랗게 뜨며 말했다.

"기다렸잖아."

"그랬니? 시장에 오랜만에 가서 살 게 많았어. 소영이도 같이 갔으면 좋았을 텐데."

엄마는 미안한 표정으로 말하며 주방으로 향했다. 호흡도, 얼굴빛도 침착했지만 이마에는 땀이 흐르고 있었고 묶은 머리는 산발인 채. 소영이 집이라도 나갔을까 봐 조급해져서 달려온 것을 숨기려는 걸까. 소영은 속으로 엄마를 비웃었다. 엄마만큼 가짜 딸을 연기하고 있는 자신에 대한 비웃음도 어느 정도 담겨있었다.

"엄마."

"배고프지? 금방 밥 해줄게."

엄마는 커다란 냄비에 물을 붓고 채반에 있던 토막 난 미꾸라지를 넣었다. 시장에서 가져온 꾸러미를 풀고 냉장고나 선반을 여닫으며 분주하게 움직였다. 그 모습을 빤히 지켜보는 소영을 경계하는 기색도 없었다.

"엄마, 나 예전에는 어디서 살았어?"

도마 위에 파를 올려놓고 썰던 엄마가 멈칫했다.

"예전에?"

"태어날 때부터 여기 살았어? 아니면 어렸을 때 다른 데서 이사 왔어?"

"그런 건 쓸데없이 왜 물어보니?"

엄마는 심드렁하게 말하면서 하던 일을 계속했다. 엄마의 기준에서 소영이 하는 질문 가운데 중요한 것은 없었다. 소영은 무심코 말을 지어냈다.

"기억이 돌아오려고 하나 봐."

"……."

"이 집이 말고 다른 집에 살았던 것 같은 느낌이 들어."

소영이 말을 마치기도 전에 요란한 소리가 났다. 엄마가 떨어뜨린 칼이 개수대 안을 구르면서 낸 소리였다. 자신의 거짓말을 엄마가 믿을 거라고 기대하지 않았던 소영은 깜짝 놀랐다.

"……."

엄마는 당황한 표정으로 소영을 한번 보고는 아무 말 없이 도마 위의 야채를 냄비 안에 털듯이 집어넣었다. 손이 미세하게 떨리는 것이 보였다.

“그렇구나.”

엄마는 작게 말했다.

“기억이 돌아왔어?”

“……다는 아닌데……. 옛날에 살던 집만 어렴풋이. 어딘지
는 모르겠어.”

민지의 말 한마디에 의존해 거짓말을 지어내는 소영의 발밑
에 붙어있는 모든 신경이 가파른 절벽 위에 서있는 것처럼 바
짝 쪼그라들었다. 그래도 소영은 엄마와 눈을 마주치는 것을
피하지 않았다. 둘 사이에 흐르는 긴장이 단순히 소영의 두려
움 때문만은 아니라는 것을 느끼고 있었기 때문이다. 엄마도
긴장하고 있었다. 엄마가 동요하고 있었다. 그리고 자신의 동
요를 소영에게 들켰다는 것을 알고 있었다.

“궁금하니?”

“…….”

“옛날에 어디 살았는지?”

“응……. 그게 기억이 안 나서 물어본 거잖아?”

엄마는 소영이 거짓말을 하고 있다는 것을 알고 있을까? 알
면서 떠보는 것일까? 아니면 소영의 말에 너무나 놀라서 그것
이 얼마나 엉성한 허풍인지 눈치채지 못한 것일까? 엄마는 왜
그렇게 놀란 것일까?

“그럼 가볼래?”

이번에는 소영이 놀랐다. 엄마가 전혀 예상하지 못한 말을 꺼낸 것이다.

"예전에 살던 동네."

"……어딘데?"

"서울로 가야 돼. 소영이 서울 안 가봤지?"

소영은 고개를 끄덕였다. 흥분을 억누르고 아무렇지 않은 척 하려고 애썼다. 조금이라도 기뻐하는 티를 내면 엄마가 말을 얼버무릴 것 같았다.

"거긴 길이 복잡해서 혼자 못 가. 택시도 못 들어가는 골목에 있어서 지하철도 타고 버스도 타야 돼. 사람도 얼마나 많은데. 엄마랑 같이 가자."

"언제?"

"오늘은 늦었고, 내일 가자. 그러려면 오늘 저녁 먹고 일찍 자야 해. 알겠지? 병원 다녀오는 것보다 훨씬 오래 걸리거든."

"진짜야?"

"그래. 그러니까 이제 그만 물어봐. 엄마 바빠."

엄마는 심드렁하게 말하고 요리를 계속했다. 냄비 안의 내용물이 부글거리는 소리가 났다. 소영은 티린내를 풍기는 흰 연기 속에서 아무렇지 않게 움직이고 있는 엄마를 뒤로하고 거실을 나왔다.

분명 믿을 수 없는 행운이었지만 소영은 이 행운을 믿지 않왔다. 엄마에게 분명히 다른 의도가 있을 것이라고 생각했다. 그토록 과거를 숨기는 데 필사적이었던 엄마가 갑자기 소영에게 모든 것을 보여줄 리 없다. 엄마는 소영의 기억이 돌아오는 것을 막을 수 없다면 차라리 마음대로 의미를 조작할 수 있는 기회를 얻어내려고 하는 것일지도 모른다. 실제로 진짜 엄마는 나쁜 사람이었고, 그래서 엄마가 소영을 데려왔고, 그러니까 과거는 잊고 행복하게 살자고 소영을 설득하려는 것일 수도 있다. 내일 약속된 외출은 찰나에 불과할지도 모른다. 어쨌든 소영도 기회를 얻었다. 집을 빠져나갈 수 있는 기회.

소영은 안방으로 향했다. 아빠는 아까 그 자세 그대로 아무것도 없는 벽을 본 채 멍한 표정으로 앉아있었다. 누군가 휠체어를 밀어주지 않으면 아빠는 하루 종일 이곳에 갇혀있어야 했다. 소영은 슬프다는 생각을 하지 않기 위해 애썼다.

"아빠."

"……."

"아빠, 나 이제 안 올지도 몰라."

일단 집 밖을 나가면 소영은 어떻게 해서는 엄마를 벗어날 것이다. 그리고 다시 이곳에 돌아오지 않을 것이다. 진짜 소영을 찾을 때까지.

"엄마가 내일 서울 간대. 아침에 일어나서 말 바꾸면, 혼자서라도 나갈 거야. 나, 엄마 찾으러 갈게. 그런 다음에 아빠도 데

리러 올게."

"……."

"진짜야, 아빠. 나는 거짓말 안 해. 엄마 같은 사람 되기 싫거든."

좀 전에 소영에게 시달렸던 탓인지 아빠의 얼굴은 지쳐 보였다. 소영은 아빠의 손을 잡았다. 나무젓가락 여러 개를 모아서 쥐는 것 같은 느낌이 들었다. 아빠의 손가락이 움찔거렸다. 가만히 있으니까 아빠는 또 다시 아까 했던 의미를 알 수 없는 기호를 반복해서 그렸다. 아빠가 유일하게 할 수 있는 표현은 그것뿐이었다.

"소영아, 밥 먹어."

엄마가 조금 크게 부르는 소리가 들렸다. 소영은 아빠의 손을 놓고 방을 나왔다. 엄마가 준비한 국에는 목이 잘린 미꾸라지가 둥둥 떠있었다. 소영은 양념 맛이 지나치게 진한 국물을 남기지 않고 먹었다. 엄마의 비위를 맞춰야 하니까. 엄마 또한 서울로 가는 버스 번호라든가 지하철역 같은 것을 얘기하면서 소영의 비위를 맞추느라 애쓰는 것처럼 보였다. 소영은 다른 날보다 빨리 잠에 들었다.

그리고 병원에서 눈을 떴다.

17

꿈속에서 눈을 뜬 기분이었다. 얼굴 위로 쏟아지는 조명이 눈을 따갑게 한다는 것을 느끼고 있는데도 눈꺼풀이 마비된 것처럼 움직이지 않았다. 주변은 여전히 소란스러웠다. 커다란 확성기가 만든 메아리 같은 음파의 진동이 귀를 괴롭혔다. 정확히 무슨 소리인지 알아들을 수가 없었다.

침을 삼키려고 하자 목이 타는 것처럼 고통스러웠다. 감기약을 많이 먹었을 때처럼 머리가 아프다. 기억이 조금씩 돌아왔다. 본 지 오래된 드라마 화면 같았다. 바닥에 흩뿌려져 있던 토사물, 엄마의 울음소리, 모르는 사람들의 냄새, 목에 쑤셔 넣어진 관. 소영은 그동안 한 번도 잠들어 있지 않았지만, 아무것도 할 수 없었다. 다른 사람이 된 것처럼 자신의 모습을 내려다

보고 있을 뿐이었다.

"……어떻게……."

"모르겠어요……."

벌처럼 웅얼거리던 목소리가 조금씩 형태를 갖추기 시작했다. 주변에서 몇 명이 대화를 나누고 있는 것 같았다. 머리가 그렇게 이해하자 커다랗게 울려퍼지던 것 같던 소음은 점차 알아들을 수 있을만한 크기와 모양으로 교정되었다. 그중에는 엄마의 목소리도 들렸다. 몸을 일으키려던 소영은 자신도 모르게 숨을 죽이고 다시 눈을 감았다.

"얼마 전에도 왔잖아요."

"그때 정신과 얘기를 하더라고……."

김 교수의 목소리가 들렸다. 실눈을 뜨자 침대 주변에 얇은 레몬색 커튼이 둘러있는 것이 보였다. 얼마 전에 왔던 응급실의 것과 같았다.

"어쩌면 좋아. 다 내 잘못이에요……."

엄마가 울음 섞인 목소리로 말했다. 커튼 밖으로 그림자가 어른거리는 것이 보였다.

"수면제가…… 그렇게 많이 남아있는 줄 몰랐어요. 좀 더 잘 지켜봐야 하는 건데. 다 컸다고, 방에만 틀어박혀 있으려고 하니까……."

"그래도 어머님이 바로 발견해서 다행이죠. 의식이 없는 상태로 계속 토했으면 기도가 막혀서 큰일날 뻔했어.”

김 교수가 엄마를 위로했다.

“위세척도 했으니까 깨어나면 입원실로 옮길게요.”

“또 입원을 해야 돼요?”

“며칠은 지켜봐야죠. 정신건강의학과 진료도 보고.”

커튼이 걷히는 소리가 들림과 동시에 소영은 눈을 감았다. 누군가 가까이 다가와서 얼굴을 들여다봤다. 내려앉는 호흡이 얼굴을 간질였다. 소영은 눈썹 한 가닥도 움직이지 않도록 빌면서 꼼짝하지 않고 버텼다. 머리가 아직도 몽롱해서 조금만 긴장을 풀면 잠들어버릴 것 같아 이 사이에 혀를 넣고 아플 정도로 깨물었다. 절대로 잠들면 안 돼. 죽을지도 몰라.

“아직도 못 일어나네…….”

“약 기운이 아직 남아있어서 좀 기다려야 돼요.”

슬리퍼를 끌면서 멀어지는 소리가 났다. 바퀴를 끌어당겨 가까이 앉는 사람은 엄마인 것 같았다. 엄마는 훌쩍이며 소영의 얼굴에 손을 올려놓았다. 소영은 움찔거릴 뻔한 것을 겨우 넘겼다.

“엄마가 잘못했어. 눈 좀 떠봐, 소영아.”

엄마의 목소리는 떨리고 있었다. 정말로 놀랐는지, 숨을 헐떡이며 말을 이어갔다.

“엄마는 그냥 푹 재우려고 한 건데……. 그렇게 많이 먹이면 안 되는 건 줄 몰랐어. 정말이야. 엄마 잘못이야."

몸 위로 무게가 느껴졌다. 소영은 숨도 쉬지 않았다. 침대 위에 엎드려 흐느끼는 엄마의 모습이 눈꺼풀 안으로 그려졌다. 엄마의 모습도 스쳐 지나갔다. 소영이 아빠를 보러 간 사이 약봉지를 서둘러 뜯는 엄마. 수면제를 골라내서 양념 맛이 지나치게 강한 국에 모조리 타는 엄마. 소영이 식사를 남기지 않도록 유도하며 즐거운 이야기를 하는 엄마. 기절하듯 잠든 소영을 보고 안심하는 엄마. 의식이 없는 상태에서 약을 토해내다 호흡곤란을 겪는 소영을 발견하고 놀라는 엄마…….

"강소영 님."

기계적인 목소리가 들렸다.

"동의서 서명 좀 해주세요."

"무슨 동의서요?"

소영을 누르고 있던 엄마의 체중이 사라졌다.

"여기 입원한 적 있다니까요. 얼마 전에도 왔었어요."

"그래도 다시 하셔야 해요. 보호자세요?"

"아닌데 이러고 있겠어요?"

"신분증 좀 보여주세요."

간호사는 엄마의 짜증에도 아랑곳하지 않았다.

"아, 진짜. 아까부터 정신없게……. 어거, 내 휴대폰이 어디 갔지?"

투덜대던 엄마의 목소리가 변했다.

"잠깐만요. 구급차에 놓고 왔나 봐!"

발소리가 멀어지고 걷혔던 커튼이 다시 펼쳐졌다. 소영은 그 뒤에도 움직이지 않은 채 눈을 감고 있었다. 속으로 열까지 센 다음 아주 조심스럽게 눈을 떴다.

침대 주변에 쳐진 커튼 안쪽 공간에는 아무도 없었다. 몸을 벌떡 일으키자 현기증이 덮쳐왔다. 누가 갑자기 목을 조르는 것처럼 구역질이 났다. 옷은 어느새 환자복으로 갈아입혀져 있었다. 소영은 애벌레처럼 꾸물거리면서 힘겹게 침대를 벗어났다.

도망쳐야 한다.

엄마는 애초에 소영을 서울에 데려갈 생각이 없었다. 거기까지는 소영도 예상했었다. 하지만 몰래 수면제를 먹일 줄은 몰랐다.

죽일 생각은 없었을 것이다. 소영이 하루 넘게 푹 잠들 만큼만…… 위험하지 않을 정도만……. 그렇게 알약이 하나둘 늘어 갔겠지. 어쩌면 소영을 자포자기하게 만들 만큼…… 혹은 뇌 손상을 일으켜서 다시 모든 기억을 잃어버릴 정도로만. 그렇게 넣은 알약은 엄마의 정신 상태처럼 한계를 넘었다. 엄마를 두렵게 만들었으니까 이겼다고 생각한 것은 엄청난 착각이었다. 수면제가 부작용을 일으키지 않았다면 어떻게 되었을지 모른다.

도망쳐야 한다. 엄마에게 기회가 또 주어지면, 다음번에 소영은 정말로 죽는다. 소영을 지금 움직이게 만드는 것은 생명에 대한 위협이었다.

소영은 침대 주변을 둘러보았다. 바닥에는 아무것도 없었다. 구급차를 탈 때 제 발로 걸어 들어간 것이 아니니 신발이 있을 리가 없었다. 자포자기한 심정으로 침대 아래를 내려다봤을 때 케이스가 젖혀진 채 널브러진 엄마의 휴대폰이 보였다. 케이스에는 신용카드 두어 장도 꽂혀있었다. 소영은 휴대폰을 손에 들고 커튼을 젖혔다. 민지가 자신의 전화번호를 가르쳐줬던 것이 생각났다.

응급실은 어수선했고 엄마는 보이지 않았다. 환자복을 입고 주춤거리는 소영을 신경 쓰는 사람은 아무도 없었다. 응급실 입구로 나가면 택시가 있을 것이다. 그러나 소영의 침대 위치는 가장 안쪽이었다. 응급실을 가로지르다가 엄마를 마주치게 될지도 모른다. 입구에는 엄마가 휴대폰을 찾고 있을 구급차도 있었다. 소영은 조심스럽게 병원 로비로 이어지는 안쪽 문을 향해 나아갔다.

엄마는 어디 있을까? 들키면 안 되는 사람의 모습이 보이지 않는다는 게 이렇게 초조한 것일 줄 몰랐다. 엄마가 금방이라도 달려와서 머리채를 낚아챌 것만 같다. 사람들은 환자복을 입은 채 맨발로 허둥대는 여자애보다 우리 딸이 자살시도를 했다고 거짓으로 울부짖는 엄마를 믿어줄 것이다. 마음이 급해진 소영은 절뚝거리면서 인파를 헤쳤다.

응급실 입구와 가까운 정문으로 나갈 수는 없었다. 소영은 로비를 가로질러 후문으로 향했다. 맨발로 걷는 것은 다리에 훨씬 더 많은 힘을 요구했다. 머리카락이 땀에 젖어 달라붙는 것이 느껴졌다. 소영은 있는 힘껏 달렸다. 달린다고 말하기에 는 초라한 몸부림이었다. 수면제를 미처 다 해독하지 못한 머릿속은 흐리멍덩했고 지나가는 사람들과 살짝 부딪치기만 해도 몸이 풍선처럼 흐늘거렸다. 그러나 소영에게는 최선의 도주였다.

후문으로 통하는 유리문이 열리자 수십 대의 차가 보였다. 소영이 멍하니 서있는 동안 차들 역시 조금도 움직이지 않았다. 그제야 소영은 이곳이 주차장임을 깨달았다. 정문처럼 길가에도 사람들이 서있었지만 다들 일행으로 보이는 사람들의 승용차에 올라탈 뿐 택시를 기다리고 있는 사람은 없는 것 같았다. 택시는 정문에서만 타고 내리게 되어있는 것 같았다. 하지만 다시 정문으로 돌아갈 시간은 없다. 더 이상 병원 근처를 어슬렁거렸다가는 심장이 터져버릴지도 모른다.

사람들은 좌절하는 소영을 비웃듯 지나쳐 길가로 자꾸만 나아갔다. 나란히 줄을 서있는 사람들 중 한 명이 어딘가를 쳐다봤다. 그러더니 모두 약속이나 한 듯 맨 앞에 서있는 사람 쪽으로 간격을 좁혔다.

때가 낀 듯한 우유 색깔의 커다란 차가 천천히 다가오다 멈추었다. 차는 버스만큼 컸는데 번호는 붙어있지 않았다. 번호 대신 달려있는 작은 전광판에는 '순환 셔틀버스'라는 글자가 천천히 흘러가고 있었다.

"지하철역 가요?!"

할아버지의 손을 붙들고 맨 앞에 서있던 할머니가 버스 안쪽을 향해 고함을 지르듯 물었다. 흰 장갑을 낀 기사가 말없이 손짓하는 것이 소영의 눈에도 보였다. 소영의 맨발이 망설임 없이 아스팔트 위를 달렸다.

"……안녕하세요."

버스를 타는 사람마다 습관적으로 인사를 건네던 기사는 환자복을 입은 소영을 보고 고개를 갸웃했다. 엄마와 비슷한 나이로 보이는 여자의 눈빛에 가슴이 철렁해진 소영은 고개를 숙이는 둥 마는 둥 하면서 얼른 버스 안으로 들어갔다. 맨발인 것까지 보였다가는 버스에서 쫓겨날지도 모르겠다는 생각이 들었다. 구석진 자리를 찾아 앉았지만 기사의 미심쩍은 시선이 쉽게 떠나지 않는 것이 느껴졌다.

환자복을 입은 채로 병원 안팎을 들락거리는 것은 보통 허용되지 않는다. 그렇기 때문에 병원에서 운영하는 셔틀버스를 당당하게 타는 환자들도 드물 것이다. 기사는 소영이 입원실을 무단으로 빠져나온 환자와 피치 못할 사정 때문에 황급히 버스에 올라탄 환자 사이에서 어떤 위치에 놓여있는지 고민을 하고 있을 것이다. 조금이라도 어색한 태도를 보이면 다가와서 질문을 할지도 모른다. 소영은 다른 사람들과 똑같이 행동했다. 엄마의 휴대폰 케이스를 펼치고 뭔가를 보는 척 고개를 숙였다. 휴대폰 화면이 갑자기 밝아졌다. 오전 9시 30분. 소영이 응급실에 실려와 위세척을 하는 동안 날짜가 바뀌어 있었다.

소영이 물끄러미 휴대폰을 들여다보는 동안 방금 전과 같은 화면이 뜨고, 또 꺼졌다. 어두운 화면 위로 소영의 얼굴이 반사된다. 잠시 후 휴대폰 화면은 소영을 조롱하듯 다시 밝아진다. '잠금 해제를 위해 패턴을 입력하세요'라는 글자가 깜빡였다.

버스의 시동이 켜지는 요란한 소리가 나고 소영의 몸이 기우뚱했다. 창밖의 풍경이 움직이고 있었다. 버스는 택시보다 훨씬 느렸다. 병원 전경을 다 보여주겠다는 듯이 여유가 넘쳤다. 이대로 건물을 돌아 정문으로 나가도록 되어있는 것 같았다. 맞은편에서 텅 빈 버스가 다가왔다.

소영은 신경질적으로 화면을 문질렀다. 의미를 잘 모르겠는 흰 점들이 다시 떠올랐다. 직사각형 모양으로 배치된 열두 개의 점을 누르는 동안 휴대폰은 몇 번 진동하기도 하고, 소영을 재촉하듯 화면을 흔들기도 했다. 그러나 그것뿐이었다. 나중에는 30초 뒤에 다시 시도하라는 통보까지 했다. 답답해진 소영은 깊이 한숨을 내쉬고 등받이에 몸을 파묻었다.

창밖으로 고개를 돌렸을 때 엄마가 보였다. 엄마는 정문 근처에 서있는 보안 요원의 옷을 붙들고 무언가를 소리치고 있었다. 주변을 둘러싸고 있는 사람들은 난감한 표정으로 엄마를 떼어내려고 했다. 소영이 탄 버스가 천천히 정문 앞 도로를 벗어나고 있는데 눈길조차 주지 않았다. 엄마의 시선이 이쪽으로 향하는 것 같은 느낌에 소영은 얼른 고개를 돌렸다. 자연스럽게 옆자리에 앉은 사람에게 눈길이 갔다. 뚱뚱한 짐가방을 끌어안고 있는 여자는 피로에 찌든 얼굴로 커다랗게 하품을 한 뒤 손에 든 휴대폰 위로 손가락을 슥슥 문질러 무슨 모양을 만들었다.

기역 자 다음 대각선.

소영은 엄마의 휴대폰 화면을 다시 밝혔다. 열두 개의 점이 보인다. 점을 차례대로 누르는 것은 오답이었다. 점과 점을 이어보자 선이 만들어졌다. 기역 자 다음 대각선. 아빠는 잘 움직이지 않는 손가락으로 느리지만 끈질기게 같은 동작을 했다. 기역 자 다음 대각선. 소영이 순서와 방향을 외울 수 있을 만큼 여러 번이었다. 소영은 아빠처럼 느리고 조심스럽게 점과 점 사이를 손가락으로 이었다. 기역 자 다음 대각선. 패턴을 입력하라고 몇 번씩이나 요구하던 휴대폰은 그제야 사각형의 아이콘이 다닥다닥 붙은 화면을 보여주었다. 소영이 뭘 누를지 헤매는 사이 휴대폰은 어두워졌지만, 같은 패턴을 입력하니까 다시 화면이 전환됐다.

아빠는 소영의 말을 이해하지 못한 것이 아니었다. 누구보다 잘 이해하고 있었다. 소영에게 가장 필요한 것을 알려주었다. 기역 자 다음 대각선. 그것은 필사적인 메시지였다.

아빠는 지옥에서 스스로 도망치라고 말하고 있었던 것이다.

18

소영이 휴대폰의 화면 이곳저곳을 조심스럽게 만지면서 뭐가 어디에 있는지 파악하고 있을 때 셔틀버스의 속도가 느려졌다. 숨을 죽이고 앉아있던 사람들이 일제히 부스럭거렸다. 소영의 옆자리에 앉아있던 여자도 가방을 챙겨 자리에서 일어났다.

"여기 지하철역이에요?"

"네. 여기밖에 안 서니까 도착하면 내리세요."

버스를 제일 먼저 탔던 할머니가 큰 소리로 묻자 기사는 그것보다 더 큰 소리로 대답했다. 버스에 탄 모든 사람들에게 알려주는 듯한 목소리였다. 요란하게 바람 빠지는 소리를 내며 버스 문이 열렸다. 의자 사이의 좁은 복도로 사람들이 줄지어

섰다. 소영도 사람들을 따라 줄을 섰다. 환자복을 입은 사람은 소영 한 명뿐이었고 여전히 튀었다. 바짝 줄아든 마음만큼 소영의 어깨도 움츠러들었다. 운전석에 붙어있는 거울은 아주 작았는데도 거기에 비친 버스기사의 눈동자가 소영을 관찰하고 있는 것이 뚜렷하게 보였다. 내리는 사람들을 신경 쓰느라 소영에게 향하는 시선의 횟수는 적었지만 의혹은 한층 짙어진 것도 같았다. 줄은 점차 줄어들고, 소영의 몸은 빠르게 앞으로 나아갔다. 거울에 비친 기사의 얼굴은 점차 커져 이제 코밑까지 보였다.

“아이고, 다리야.”

옆에서 난 한숨 소리가 소영의 집중력을 흩트렸다. 내리고 싶어 안절부절못하는 사람들과 달리 의자에 비스듬히 앉아있는 할머니는 걸을 의욕을 상실한 것 같았다. 지하철역까지 가느냐고 큰 소리로 물어보던 그 할머니였다. 무릎 위를 툭툭 두드리고 있는 할머니의 다른 손은 여전히 할아버지의 손을 꼭 붙들고 있었다.

“……내리실 거예요?”

소영은 더 참지 못하고 말을 걸었다. 단 몇 걸음만 가면 출입문인데, 기사의 눈에 띄지 않으려면 최대한 조용히 내려야 하는데. 속으로 그렇게 외쳤지만 어쩔 수 없었다. 다리를 절며 엘리베이터를 기다리면 늘 양보를 해주던 사람들의 호의를 받아온 소영에게는 그냥 지나치기 어려운 모습이었다.

"도와드릴게요."

"안 돼! 다리가 아파서 빨리 못 가!"

할머니는 고개를 저으며 손사래를 쳤다. 쩌렁쩌렁한 목소리에 주변의 시선이 모아졌다. 거절당할 것을 생각하지 못한 소영은 당황해서 우물쭈물했다.

"학생!"

버스기사가 큰소리로 외쳤다.

"할머니는 내가 도와드릴 테니까, 걱정 말고 내려."

기사는 출입문을 가리켰다. 궁금한 듯 안쪽으로 고개를 기울이는 사람들의 얼굴이 보였다. 순환이라고 했으니까 이 버스는 다시 병원으로 돌아갈 것이다. 기사의 입장에서는 차라리 소영이 빨리 내려주는 것이 마음 편할지도 모른다.

"학생이나 조심해."

기사는 허둥지둥 내리는 소영의 등에 대고 말했다. 소영은 서둘러 버스 계단을 내려가 차가운 보도블록 위에 맨발을 내디뎠다. 자신이 더 이상 다리를 절뚝이지 않는다는 것을 그때 자각했다.

줄 서있는 사람들을 지나치다 보니 어느덧 버스에서 꽤 멀리 떨어져 있었다. 소영과 함께 내린 사람들은 이미 각자의 길로 흩어졌다. 운전기사는 정말로 버스에서 내리는 할머니를 부축

하고 있었다.

소영은 셔틀버스를 배웅하는 사람처럼 잠시 서있었다. 모두가 소영을 두고 떠났다. 혼자가 되는 데 성공한 것이 믿기지 않았다. 비록 헐렁한 환자복을 걸치고 한 팔에 보호대를 차고 새까만 발바닥을 한 채로 인도 한가운데 서있었지만 당당해도 될 것 같은 기분이 들었다. 문제는 이제 어디로 가야 하느냐는 것이었다.

셔틀버스가 떠난 자리 근처에 택시가 멈추고 뒷좌석의 문이 열렸다. 택시에서 내린 남자는 트렁크에서 캐리어를 꺼내느라 꾸물거리고 있었다. 생각하기 전에 몸이 먼저 움직였다. 양쪽 다리가 자유롭다는 게 이렇게 편리한 것인 줄 몰랐다. 소영은 막 닫히려는 문 사이로 파고들어 얼른 택시 안으로 몸을 집어넣었다. 택시기사는 당황한 표정으로 소영을 훑어보았다. 창문 바깥의 남자도 비슷한 표정으로 소영을 바라보다 멀어졌다.

"……저 돈 있어요."

소영은 휴대폰 케이스에서 신용카드 한 장을 꺼내 보여주었다. 기사는 고개를 돌려 차를 출발시켰다.

"어디로 가는데?"

소영은 숨을 고르며 창밖을 보았다. 알고 있는 장소의 이름은 한 군데밖에 없었다.

"윤명여자중학교요."

학교에 가서 뭘 어떻게 해야겠다는 계획이 있는 것은 아니었다. 집이 아니면 어디라도 좋았다. 민지가 졸업앨범을 가져와서 보여준 덕분에 이름을 외울 수 있었다. 소영은 민지가 알려준 전화번호도 기억하고 있었다.

민지의 번호를 누르고 아무리 기다려도 민지는 전화를 받지 않았다. 수업 중일지도 모르겠다는 생각이 뒤늦게 들어 소영이 전화를 끊고 나서 얼마 지나지 않아 민지의 번호가 화면에 띄워졌다. 휴대폰에서 나는 진동이 소영의 손을 간지럽혔다.

"여보세요?"

— 소영아!

민지는 놀라움이 섞인 목소리로 크게 외쳤다.

— 미안해. 모르는 번호라 안 받았어. 그런데 갑자기 왠지 너일 것 같더라고! 다행이야!

"응. 나 지금 엄마 휴대폰으로 거는 거야."

소영은 담담하게 말했다. 엄마가 수면제를 먹였고, 소영이 그걸 토해낸 덕분에 병원에 와서 간신히 살아났고, 엄마는 소영이 자살 시도를 한 거라고 거짓말을 했고, 집에 가면 또 같은 일이 일어날 것 같아서 도망쳤다는 것.

— 경찰에 신고하자.

소영의 말을 들은 뒤에도 한참이나 침묵하고 있던 민지가 말했다.

― 우리 엄마, 경찰이야. 네 얘기를 하면 아동학대로 조사해 줄 거야. 그리고 친엄마도 찾아달라고 하자. 나도 같이 가줄게.

민지는 조퇴 허락을 받을 테니 학교 앞에서 기다려 달라고 했다.

― 윤명여중이랑 여고랑 붙어있거든. 내가 나갈게. 택시비 걱정은 하지 마.

"괜찮아. 엄마 신용카드가 있어."

― 그거, 쓰면 안 돼!

갑자기 민지가 크게 외쳤다. 휴대폰을 귀에 붙이고 있던 소영은 움찔했다.

― 신용카드는, 분실신고를 하면 어디서 썼는지 알 수 있어. 네가 카드를 쓰면 학교에 온 게 알려질 거야. 우리가 경찰에 말하기 전에 널 엄마한테 보낼 거라고!

민지는 휴대폰도 위치 추적을 할 수 있다고 했다. 택시에 들고 탄 건 어쩔 수 없지만 내리기 전에 버리라며 몇 번이나 거듭 말하고 전화를 끊었다.

소영은 아쉬운 마음으로 휴대폰을 보았다. 엄마의 것인데도 병원을 탈출할 때 함께한 물건이라 그런지 버리면 안 될 것 같은 느낌이 들었다. 앞으로 나아갈 곳도, 돌아갈 곳도 없는 자신이 쥐고 있는 유일한 물건이라서 그럴지도 모른다. 도착하기 전까지 이걸로 뭘 더 할 수 있을까? 민지의 번호 외에 연락할

만한 곳은 없었다. 화면 오른쪽 위에 작게 표시된 '배터리 부족'이라는 글자가 이것저것 눌러보고 싶어하는 소영을 경계하는 것처럼 느껴졌다.

다이얼 패드를 띄워주는 '전화' 그림 옆에는 '메시지' 그림이 있었다. 병원 셔틀버스에서 보았을 때는 숫자가 너무 많아서 뭐가 뭔지 몰랐다. 자세히 보니 모두 전화번호인 것 같았다. 통화를 하는 대신 문자를 입력해서 연락을 주고받을 수도 있는 것이다. 보험, 은행, 병원이라는 제목이 붙은 대화창도 있었다. 소영은 그 가운데서 익숙한 이름을 발견했다.

김종훈.

낯설지 않은 이름이었다. 민지가 보여주었던 윤명여자중학교 졸업앨범. 소영과 민지의 반이었던 3학년 2반, 두꺼운 안경을 쓴 담임교사의 사진 옆에 붙어있던 이름이었다. 소영은 자기가 교수가 아니라 선생님이라며 웃던, 소영과 이름이 같았던 정신건강의학과 의사를 떠올렸다. 세상에는 같은 이름을 가진 사람이 여러 명 있는 법이다. 김종훈이라는 사람이 그 사람이 아닐지도 모른다. 전혀 다른 사람일지도 모른다. 소영은 그렇게 생각하면서도 메시지의 내용을 살폈다.

— 모릅니다.

— 이제 연락하지 마세요.

메시지는 일방적이었다. 김종훈이라는 사람이 보낸 것 같은 내용이 대부분이었다. 모른다. 연락하지 말라. 김종훈이라는 사람은 그런 내용의 문자를 며칠 전에도 보냈다. 엄마는 최근까지 그 사람에게 뭔가를 재촉했다. 내용을 더 보기 위해 화면을 누르고 있던 소영의 손가락에 힘이 들어갔다. 갑자기 '김종훈'이라는 이름이 크게 뜨고 신호음이 들렸다. 실수로 전화를 걸어버린 것 같았다. 당황한 소영이 끊는 방법을 찾고 있는 동안 휴대폰 밖으로 목소리가 새어나왔다.

— 연락하지 말라고 했잖아요!

소영은 택시기사의 눈치를 보며 휴대폰을 얼른 귀에 갖다 댔다.

"저……."

— 소영이가 찾아온 적 없다고요!

화난 남자의 목소리가 들렸다.

— 몇 번이나 말해야 알아듣겠어요! 질리지도 않아요? 걔가 오면 알려주겠다고요. 바로 전화할 테니까 걱정하지 말라고요! 제발 좀 그만하라고요!

"……."

— 당신은…… 더 이상 엄마도 아니잖아!

전화는 일방적으로 끊겼다.

19

학교 건물이 보일 때쯤부터 택시는 아주 느리게 움직였다. 덕분에 소영은 그토록 오고 싶었던 학교를 실컷 볼 수 있었다. 수업을 듣고 있는 아이들로 가득 차있는 회색 건물은 딱딱하게 각져있고 색이 바래있어 소영이 기대하던 것보다 초라했다. 운동장에는 열댓 명의 아이들이 띄엄띄엄 서서 공 같은 것을 주고받는 중이었다.

세상의 모든 것이 이런 식이면 어떻게 해야 할까? 그토록 알기 원했던 것을 알게 되고도 채워지는 느낌이 들지 않는다면. 혹은 너무 늦어서 이미 알아봤자 소용없다는 것만을 알게 된다면. 소영이 정말로 알고 싶었던 것은 저 무생물의 공간 안에서 똑같은 옷을 입은 아이들이 어떻게 하루를 보내는지였다.

그러나 환자복을 입은 열일곱 살의 소영을 환영해 줄 것 같지는 않았다.

학교로 이어지는 진입로는 하나였지만 민지의 말대로 중학교와 고등학교 표지판이 각각 붙어있었다. 멀리서 진입로의 경사를 아랑곳하지 않은 채 뛰어 내려오는 민지가 보였다.

"안으로 들어갈 거니?"

"아니요."

택시는 진입로를 조금 지나쳐 멈추었다. 소영은 잠시 망설이다가 케이스에 들어있던 신용카드를 꺼냈다.

"……여기요."

카드는 소영의 우려와 달리 시원스럽게 돈을 지불했다. 소영을 발견하고 다가오던 민지는 택시가 출발하는 것을 보고 눈을 동그랗게 떴다.

"소영아! 너 설마 돈 냈어?"

"응……."

"왜? 내가 엄마 카드 쓰면 안 된다고 했잖아!"

달려오느라 숨을 헐떡이던 민지가 화난 표정을 지었다. 소영의 손에 휴대폰이 들려있는 것을 보고 더 화가 난 것 같았다.

"이제 난 몰라! 너네 엄마 오면…… 발은 왜 그래?"

소영의 맨발을 발견한 민지는 깜짝 놀란 표정을 지었다. 발은 소영의 생각보다 새카맣게 되어있었고 언제 다쳤는지 새끼 발톱에서 피가 흐르는 중이었다.

"잠깐만. 우선 이거 입고 있어봐."

가방을 바닥에 던지듯이 내려놓은 긴지는 횡단보도를 건너서 어디론가 달려갔다. 지퍼가 미처 닫히지 않은 가방 안에는 짙은 녹색의 체육복이 들어있었다. 소영은 주변을 두리번거리며 환자복 위로 민지의 체육복을 입었다. 담벼락에 붙어 팔의 보호대를 풀고 체육복의 지퍼를 잠그고 지나치게 긴 옷소매와 바지 밑단을 접어올리는 동안 다행히 아무도 지나가지 않았다.

"바지도 입은 거야? 빠르다."

민지는 비닐봉투 안에서 슬리퍼를 꺼내며 웃었다.

"말하지. 화장실이라도 데려갔을 텐데. 난 네가 윗옷만 걸칠 줄 알았어."

민지는 슬리퍼에다 양말 한 켤레까지 사왔다. 모두 소영의 발에 잘 맞았다. 몇 시간 만에 느껴보는 고무 밑창의 감촉이 어색했다.

"학교 안에 들어가려면 환자복을 입으면 안 될 거 같아서."

"학교에? 왜?"

민지는 의아한 얼굴을 했다.

"나…… 김종훈이라는 사람 만나봐야 할 거 같아."

"……김종훈? 담임?"

"응. 그 사람, 우리 엄마랑 아는 사이더라고. 얼마 전에 문자도 하고, 방금 내가 뭘 잘못 눌러서 전화가 됐는데 이상한 말도 했어."

민지는 소영의 손에 있던 휴대폰을 가져가 케이스를 열어보더니 고개를 갸웃했다.

"안 켜지는데."

소영이 이것저것 누르고 흔들어 봐도 마찬가지였다.

"배터리가 다 됐나 봐."

"그럼 다시 못 켜? 메시지를 보여주려고 했는데."

"담임이 뭐라고 했는데?"

소영은 종훈이 전화 너머 일방적으로 떠들었던 내용을 최대한 되새겨서 민지에게 들려주었다. 민지의 표정은 이야기를 들을수록 점점 당혹스러워져 갔다. 소영은 방금 전 자신의 표정도 비슷했을 것 같다는 생각을 했다.

"연락하지 말라고 한 건 그동안 연락을 했다는 말이네?"

민지는 소영이 처음 생각해 낸 것과 같은 추리를 했다.

"엄마 얘기랑 관련이 있다고 생각할 수밖에 없어. 직접 가서 물어봐야 돼."

"내가 가서 물어볼게. 네가 가면 아줌마한테 연락하겠다고 했다며."

민지는 걱정스러운 얼굴을 했다. 소영은 고개를 저었다.

“아니. 내가 직접 들어야 돼.”

“…….”

“그러려고 온 거니까. 엄마가 와도 어쩔 수 없어.”

살기 위해 엄마로부터 도망쳤는데, 진실을 알고 싶으면 다시 엄마에게 돌아가는 길을 택해야 한다. 소영은 그걸 받아들이기로 했다.

“엄마는 내가 기억을 되찾는 걸 엄청 싫어해. 무서워하는 거 같기도 하고.”

소영은 민지를 따라 학교 안으로 들어가며 말했다.

“기억을 되찾으면 자기를 떠날 거라고 생각하는 거야. 뭘 잘못했는지는 몰라도.”

“……잘못하신 건 맞잖아.”

소영의 필사적인 모습을 봤기 때문인지, 엄마에 대한 민지의 태도는 얼마 전과 달라져 있었다.

“수면제까지 먹인 건 너무해. 병원에서 그랬다며. 죽을 뻔했다고.”

“응……. 엄마가 미안하다고 울었어.’

소영은 민지의 얼굴을 보면서 쓰게 웃었다.

“나도 엄마가 왜 그러는지 모르겠어. 엄마가 나 때문에 희생한 것도 많거든? 나를 싫어하는 거 같지는 않아. 너무 좋아해서 그런 거 같기도 해. 아니면 엄마는 그냥 …… 그냥 엄마인 게 좋은 걸지도 몰라."

　엄마는 자기 자신을 괴롭히는 사람처럼 살고 있다. 좋은 엄마가 되어야 한다고 스스로 끊임없이 세뇌한다. 많은 수고를 들여서 아빠와 소영을 돌보면서도 함부로 대한다. 엄마는 그냥 스스로가 엄마로서 존재하기를 바라는 것일지도 모른다. 엄마라는 이유로 소영에게 마음대로 할 수 있으니까. 엄마는 자기가 마음대로 통제할 사람이 사라지는 게 무서워서 소영이 기억을 되찾는 것을 두려워한다. 소영이 스스로 힘으로 살아가는 것을 원하지 않는다.

　둘은 잠시 동안 말없이 걸었다. 운동장을 가로질러 본관에 다다랐을 때 커다란 벨소리가 울려퍼졌다. 그것을 신호로 멀리서부터 웅성거림이 들리더니 건물 밖으로 아이들이 하나둘씩 나오기 시작했다.

　"점심 시간인가 봐."

　민지는 중학교와 고등학교 건물 각각에 급식실이 딸려있다고 설명해 주었다. 소영이 기억을 잃었다는 것을 어느새 자연스럽게 받아들였는지, 학년마다 먹는 시간이 정해져 있다는 둥 사소한 학교 생활 이야기도 덧붙였다. 소영이 함께 점심을 먹으러 다닌 기억을 다 잊었다는 것에 대한 섭섭함이 분명 있을 텐데 내색하지 않았다.

　"……미안. 기억이 전혀 안 나네……."

"미안할 거 없어."

민지는 소영의 표정이 어두워지는 것을 눈치챈 것 같았다.

"솔직히 말하면……. 네가 기억을 잊어버려서 나한테는 좋은 점도 있거든……."

"뭔데?"

"우리…… 싸웠었어. 너 사고 나기 전날에."

지나가던 아이들이 민지와 소영을 힐끔거렸다. 똑같은 회색 교복을 입고 있는 중학생들 속에서 고등학교 교복을 입은 민지와 헐렁한 체육복을 걸치고 있는 소영은 눈에 띌 수밖에 없었다. 민지는 그것을 눈치채지 못하고 말을 이었다.

"네가 사고 전에 몇 번, 담임을 만나러 갔었어. 상담을 한다고 했는데, 무슨 내용인지 나한테는 말을 안 해주는 거야. 나 너무 서운해서 일부러 너한테 시비도 걸고 막 그랬어. 사고 전날에도, 싸웠다기보다는 내가 일방적으로 화낸 거지만……."

민지의 눈가가 붉어져 있었다.

"지금 말해서 미안해. 싸웠었다는 말을 언제 해야 할지 몰라서……."

"……괜찮아."

"아니야. 안 괜찮아. 네가 이렇게 된 건 나 때문이야."

민지는 몇 번이나 고개를 저었다.

"네가 담임이랑 상담했었다는 사실이 아줌마 일이랑 관계가 있는 줄 몰랐어. 미리 알았으면, 널 우리 집에 데려다 놓는 건데. 그랬으면…… 위험해질 일도 없었을 거야.”

“모를 수밖에…… 없는 일이었어.”

민지가 찾아오지 않았다면 소영에게는 아무런 실마리가 없었을 것이다. 회색 교복을 보지 않았다면 기억을 되찾아야겠다는 의지조차 갖지 못했을 것이다. 민지가 엄마와 종훈과의 관계를 추측할 수 있었을 거라는 바람은 여러 단계를 훌쩍 건너뛴 지금에 와서야 할 수 있는 것이므로 의미가 없다.

“이제 다 알 수 있게 될 거야.”

민지의 말은 사실이었다. 기억이 나지 않아서 좋은 점도 있었다. 민지가 크게 화내는 모습이나 그걸 보고 느낀 서운함이 일말도 남지 않은 것은 다행이었다. 몇 번이라도 진심으로 아무렇지 않다고 말할 수 있다.

“다음 학기부터는 같이 학교도 다니자. 나 네가 없어서 성적이 많이 떨어졌어. 엄마한테도 엄청 혼나고. 그러니까 밥도 같이 먹고 공부도 같이 하면서 나 도와줘야 돼.”

나란히 걷는 민지의 이야기를 들으며 소영은 그렇게 되면 정말 좋겠다고 생각했다. 자신에게 일상이라는 행운이 주어지면 정말 좋겠다고.

20

"내년에 교장 같은 거 하게 될지도 모른대."

민지는 학교로 들어가기 전에 먼저 종훈에 대한 정보를 설명했다. 종훈은 국어를 가르친다, 수업이 재미있어서 애들에게 인기가 좋았다. 그리고 작년에 소영의 칸 담임을 맡았던 것을 마지막으로 교감이 됐고, 내년에 윤명여고로 와서 교장이 될지도 모른다고. 민지는 그 외에도 여러 가지 시시콜콜한 이야기를 했지만 소영의 관심을 끄는 정보는 없었다.

"내가 그런 사람이랑 무슨 얘기를 했을까?"

"모르겠어……. 처음에는 나도 신경 안 썼는데, 물어봐도 네가 대답을 안 해주더라. 그것 때문에 너한테 심술을 부렸나 봐."

담임이니까 성적이니 진로니 하는 상담은 충분히 할 수 있었지만 소영이 물은 것은 그런 내용으로 보이지 않았다. 민지가 여러 차례 캐물었지만 소영은 아무 대답도 해주지 않았다는 것이다. 이야기를 들을수록 추측이 확신으로 기울고 있었다.

"……분명 너희 엄마에 대한 이야기일 거야. 담임이라면 학생들 집안 사정을 잘 아니까. 담임은 우리 엄마가 새엄마인 것도 알고 있었어."

그 사람이라면 소영의 진짜 엄마가 누구고 어디 있는지 알고 있을 것이다. 소영은 초조함을 억누르며 발을 옮겼다. 담임 선생님이 학교를 놔두고 다른 곳으로 갈 리 없는데, 자꾸 도망칠 것 같은 느낌이 들었다.

"전화를 왜 안 받지?"

민지는 휴대폰을 들여다보며 투덜거렸다. 담임에게 몇 번 전화를 걸었지만 받지 않는다고 했다.

"우리 엄마가 계속 전화할까 봐 꺼버린 거 아닐까?"

"그러면 전원이 꺼져있다고 나올 텐데, 신호음만 들려. 교감이니까 수업을 하는 것도 아니고……."

민지는 아이들을 피해 건물 뒤쪽으로 걷다가 가장자리에 위치한 유리문을 열고 들어갔다. 맞은편 벽이 보일 정도로 똑바른 일자 형태 복도가 나타났다. 오가는 사람은 아무도 없었다. 한쪽 벽에는 미닫이문이 줄지어 있었다. 서늘한 공기와 정적이 이곳을 바깥과 다른 세계처럼 만들어주었다.

"교감실에 직접 가보자."

"거기에 있을까?"

"아마 있을 거야."

안에 들어와서 본 학교는 생각보다 넓었다. 불안한 소영과 달리 민지는 확신에 차서 말했다.

"담임은 국어라서 그런가, 맨날 뭘 열심히 읽었거든. 점심 시간에 교무실에 가보면 항상 있었어. 지금은 교감실을 혼자 쓰니까 없을 리 없어."

민지는 복도를 더 나아가서 계단에 올라섰다. 손에 인쇄용지 묶음을 들고 내려오던 여자애가 자신을 힐끔거리는 것이 느껴져서 소영은 서둘러 민지의 뒤를 따랐다. 발을 계단에 올릴 때마다 심장도 같이 뛰어오르는 것 같았다.

"……나 교감실은 처음 와봐."

2층 구석에 있는 교감실 팻말을 한번에 찾아낸 민지는 막상 문 앞에 서니까 긴장이 되는 것 같았다. 얄팍한 미닫이문으로 되어있던 1층의 교무실과 달리 교감실의 문은 안쪽이 보이지 않는 두툼한 나무문 같은 것으로 되어있었다. 잠깐 긴장한 표정을 짓던 민지는 곧 결심한 듯이 그 문을 두드렸다. 안에서 네, 하고 대답하는 소리가 작고 먹먹하게 들렸다. 소영이 휴대폰 너머로 들었던 사나운 목소리와 전혀 달랐다. 민지는 결심을 마친 듯한, 의기양양한 표정으로 문을 열었다.

“쌤!”

“어, 너 민지 아니니?”

“안녕하세요!”

“점심시간 끝나지 않았어? 수업은?”

소영은 문 안으로 조심스럽게 들어갔다.

종훈은 커다란 책상을 등지고 서있었다. 사진에서 보던 것보다 체구가 왜소했고 두꺼운 뿔테 안경은 더 컸다. 볼에 살이 없어 약간 처져있는 입매가 고집스러워 보였다. 민지를 보고 반가운 듯 눈을 크게 떴던 종훈은 소영을 보자 순식간에 표정을 바꾸었다.

“선생님, 소영이 퇴원했어요!”

민지의 말에 종훈은 대답 없이 등을 돌렸다.

“나가라.”

“……네?”

“우리 엄마랑 연락했죠?”

소영이 불쑥 물었다.

“아까 우리 엄마가 전화했잖아요.”

“…….”

“제 진짜 엄마를 못 찾게 하려는 거죠?”

그 말에 당황한 것인지 종훈은 휙 돌아서서 소영을 보았다.

“뭐라고?”

"알려주세요."

소영은 한 발 앞으로 다가서며 호소했다.

"진짜 제 엄마는 누구예요? 선생님은 알고 있었죠?"

"……장난하지 마라."

종훈이 표정이 점점 더 굳어졌다.

"민지 너는 여기 어떻게 온 거니? 수업을 빠지면 벌점이야. 담임 선생님이 누구셔?"

"쌤, 저 조퇴 허락받고 왔어요!"

민지가 큰소리로 외쳤다.

"그리고…… 소영이는 교통사고 때문에 기억을 잃었대요. 그래서 그런 거예요. 선생님은 사고 나기 전에 소영이랑 상담도 하셨죠? 친엄마가 어디 있는지 알려즈신 거죠?"

"그래서 나가라고 하는 거야."

종훈은 엄한 목소리로 말했다.

"집으로 돌아가. 그게 너에게 더 나은 길이야."

"집에 가면 소영이는 죽을지도 몰라요!"

민지가 외쳤다. 종훈은 인상을 쓴 채로 아무 말도 하지 않았다.

"혹시…… 사고 전에 제가 선생님한테 뭘 물어봤어요?"

"……."

"사고 났을 때도 선생님이 신고하신 거죠?"

소영은 종훈에게 가까이 다가갔다. 종훈은 소영에게 불쾌한 냄새라도 나는 것처럼 뒤로 물러섰다.

"저 진짜 아무것도 기억이 안 나요. 제발…… 알려주세요. 그것 때문에 여기까지 온 거예요. 저는 이제 선생님 말고 물어볼 데가 없거든요. 선생님이 알려주지 않으시면 저는 진짜 엄마가 누군지 모르고 평생 살아야 한단 말이에요!"

"그럼 그렇게 살아!"

종훈이 목소리를 높였다. 소영이 휴대폰 너머로 들었던 고함과 비슷했다.

"평생 모르고 살아. 그게 널 위한 거야. 아무것도 모르는 어린 녀석들이 어디서 소리를 질러!"

종훈은 책상으로 다가가 서랍을 열고 휴대폰을 꺼냈다.

"이러지 않으려고 했는데…… 안 되겠다. 너희 어머님께 연락해야겠어."

종훈은 소영이 아니라 민지를 보고 말했다. 민지의 얼굴이 창백해졌다.

"아, 안 돼요!"

"어머니께 허락받았다고 거짓말을 하고 조퇴한 거지? 넌, 어머니가 경찰이니까 거짓말을 할 리 없다는 선생님들의 호의를 악용한 거야. 그게 바로 어머니 얼굴에 똥칠을 하는 행동인 걸 알고 있니? 성적이 나빠도 그런 건 알아야지?"

종훈의 말 자체는 틀리지 않았지만 나이에 맞지 않게 비꼬는 듯한 말투가 거슬렸다. 일부러 비아냥거리는 것 같은 기색도 있었다. 그런데도 민지는 아무 말도 하지 못하고 울먹거렸다. 엄마를 정말 좋아하는 민지가 소영 때문에 비난을 듣고만 있는 것이다. 더 견딜 수 없었던 소영은 종훈이 들고 있는 휴대전화라도 빼앗아볼 생각으로 성큼 다가갔다

"선생님……!"

널찍한 책상 위에는 모든 물건이 깔끔하게 정리돼 있었다. 키보드나 마우스조차 줄을 선 것처럼 바른 자세로 놓여있었고 책은 책상 모서리 귀퉁이에 맞춰 쌓여있었다. 그 가운데 열린 책상 서랍 안으로 보이는 낡은 노트만 혼자 튀었다. 베이지색 커버에는 검붉은 얼룩이 묻어있었다. 얼룩 아래 쓰인 흐린 글씨체가 낯익었다.

소영이에게.

소영은 더 생각해 볼 겨를도 없이 노트를 집어 들고 그대로 등을 돌려 도망쳤다.

"뭐 하는 거야!"

종훈이 고함을 질렀다. 무언가 넘어지는 둔탁한 소리. 놀란 민지의 비명 소리. 뒤통수까지 바짝 다가오는 발 소리를 뒤로 하고 소영은 미친듯이 달렸다. 1층으로 내려가서 복도를 내달리자 미닫이문이 하나둘씩 열리고 학생들이 의아한 표정으로

얼굴을 내밀었다. 소영은 유리문을 열고 건물 바깥으로 나가 사람이 없는 곳을 찾다가 철제 쓰레기통이 기대어 있는 담벼락 아래에 쭈그려 앉았다.

소영은 떨리는 손으로 노트를 살펴보았다. 소영이에게. 방에서 찾았던 종이에 쓰여있던 글씨체와 똑같았다. 노트에 묻어있는 것은…… 핏자국이었다. **자신의 일기다.** 과거의 자신이 미래의 자신에게 주는 일기를 찾아낸 것이다. 그 사실에 흥분한 소영은 이것을 왜 종훈이 간직하고 있었는지에 대해서는 생각하지 못한 채 노트를 펼쳤다.

끼워져 있었던 종이가 소영의 무릎 위로 떨어졌다. 절반으로 접혀있는 인쇄용지는 총 두 장이었다. 한 장은 주민등록등본, 다른 한 장은 가족관계증명서라고 쓰여있었다. 소영은 그게 뭔지 들어봤다. 병원에서 동의서를 받아가거나 보험 아줌마가 가져온 서류에 서명을 할 때 엄마가 그런 걸 갖다줘야 한다고 투덜거렸었다.

주민등록등본 제일 위에는 소영의 이름이 있었다. 본인, 강소영. 소영이 이 서류를 직접 뽑았다는 것 같았다. 가족 구성원 중 세대주는 '김선자'였다. '강지형'은 김선자의 사위. '강소영'은 강지형의 자녀로 등록돼 있었다. 아빠의 이름을 소영은 처음 알게 되었다.

강소영은 나, 강지형은 아빠, 김선자는 분명 엄마의 이름인데…….

소영이 바라보고 있는 종이를 중심으로 주변 시야가 점점 하얗게 변했다. 이마에서 땀이 흐른다. 보아서는 안 될 걸 보는 것 같은 느낌이 든다. 그럴 리가 없는데. 단순한 서류일 뿐인데. 땀에 젖은 종이가 잘 펼쳐지지 않는다. 소영은 다른 종이를 펼쳐 가족관계증명서를 보았다. '가족사항' 아래에는 단 두 줄 뿐이었다. '부' 옆에는 '강지형'이라는 이름이 적혀있었다. '모' 옆의 글자는 '이미희'였다. 작은 사각형 안에 '사망'이라는 반듯한 글자가 적혀있었다.

"사망……."

소영이 중얼거렸다. 이미희, 사망. 소영은 다섯 글자를 손으로 짚었다.

모, 이미희, 사망. 엄마, 이미희, 죽음.

"내 거야!"

소영의 몸이 강제로 끌어 올려졌다. 종훈이 소영의 멱살을 잡고 있었다. 소영은 몸을 비틀어 빠져나오려고 했지만 종훈은 곧 목을 조를 것만 같은 무시무시한 힘으로 소영을 움직이지 못하게 했다.

"내 거야. 뺏어가지 마!"

종훈은 소영이 끌어안고 있던 일기장을 거칠게 빼냈다. 이번에는 소영이 종훈을 붙잡았지만 그는 한 손으로 쉽게 소영의 가슴팍을 밀쳐 밀어냈다. 소영은 등을 벽에 부딪치고 맥없이 무너졌다.

"이건 미희가 남긴 유일한 물건이야. 네가 가지고 있을 자격은 없어!"

"……미희요?"

"…….."

"그게 누군데요?"

소영은 바닥에 엎드린 채 힘없이 물었다.

"이미희가 우리 엄마예요?"

종훈은 소영을 경멸의 눈길로 내려다보고 있었다.

"……그럼, 김선자는요?"

엄마의 이름은, 김선자인데…….

"그건 네 외할머니야."

종훈은 차갑게 말했다.

"기억이 아직도 안 돌아온 거냐?"

소영이 아는 모든 것이 떠올랐다. 소영의 휠체어를 밀어주던 엄마. *언니네 엄마는 이상해.* 거울을 자주 들여다보던 엄마. 회백색 머리카락을 한 엄마. *남을 따라하잖아.* 다른 사람보다 나이가 들어 보이던 엄마. 입원실에 오늘 여자들을 끊임없이 모방하던 엄마. 화장을 진하게 한 엄마. 힐끔거리던 사람들. *언니네 엄마가 무섭대.* 엄마로서 존재하는 것 자체가 기뻤던 엄마.

소영의 기억이 돌아왔다는 한마디에 소스라치게 놀란 엄마. 공
허한 눈으로, 좋은 엄마가 될 거라고 끊임없이 중얼거리던 엄
마. 소영의 모든 물건을 버린 엄마. 소영이 어떤 기억도 떠올리
지 못하게 하겠다는 듯이. *너희 엄마는 이상해. 좀 이상해······.*

＊ ＊ ＊

××월 ××일

나는 어렸고 엄마의 저주받은 소유물이 되어 살아가는 데 지
쳐있었다. 어린 나는 다른 사람에게 의지하지 않으면 살아갈 수
없었다. 의지해야 하는 사람을 구별하는 눈조차도 낮았다. 오빠
를 만나 미래를 약속했을 때는 몰랐다. 부모에게 버림받고 보육
원에서 지내던 오빠는 내 이야기에 공감해 주는 유일한 사람이
었다. 오빠가 했던 약속이 기억난다. 오빠는 보육원을 나오게
되면 갖고 있는 몇백만 원으로 함께 살자고 했다. 나는 그런 섣
부른 친절에도 나를 다 바칠 수 있을 만큼 나약했다. 소영이를
임신하게 된 것을 알고 나서부터 더 약해진 것 같다. 내가 더 나
은 삶을 살 수 있다는 것을 스스로 믿지 못했다. 우리는 고등학
교를 졸업하면 이 동네를 벗어나기로 결심했다.

집을 떠난 뒤 한동안은 행복했다. 나는 행복해질 수 있을 거라는 기대를 하지 않았기 때문에, 평범하기만 해도 좋았기 때문에, 그 행복이 엄청난 행운처럼 느껴졌다. 실제로도 그랬다는 것을 얼마 지나지 않아 알게 되었다. 오빠가 성인이 되고 나자 죽었다고 생각했던 부모가 갑자기 나타나서 생활비를 요구했다. 말도 안 되는 이야기였지만 오빠는 나와 반대로 부모를 다시 갖게 된 것을 기쁘게 생각하며 스스로 족쇄를 찼다. 오빠는 너는 이해하지 못할 거라고 했다. 나는 오빠의 반대쪽 족쇄였기 때문에 아니라고 하지 못했다.

집을 떠난 뒤에도 나는 시선에 시달렸다. 밤마다 엄마가 나를 추적하고 찾아와 죽이는 꿈을 꾸었다. 집 밖으로 나가면 등 뒤에서 누군가가 쫓아오는 것을 느꼈다. 일을 할 때도 항상 주변을 두리번거리느라 실수가 잦아서 자주 잘렸다. 결국 정신과 약을 끊겠다는 목표는 점점 희미해졌다. 오빠는 늘 필사적으로 일했지만 일용직 수입으로 뒤늦게 나타난 오빠의 부모에다 나와 소영이까지 먹여살리기는 벅찼다.

생활이 어려워지자 불화가 늘었다. 나는 작은 불행에도 곧 죽을 것처럼 반응했다. 화를 낼 때면 나는 나 자신을 제어할 수가 없어졌다. 오빠가 내 말을 조금만 부정해도 내 존재 자체가 부정당하는 느낌이 들어서 참을 수가 없었다. 내가 울부짖는 것은 공포에 질려있었기 때문이었다. 내가 엄마처럼 되어버리고 있는 것 같아서 무서웠다. 엄마가 나를 찾아오지 않는다는 것이 점차 두려워졌다. 아빠와 단둘이 그 집에서 틀어박힌 채 나를 저주하고 있는 것만 같았다.

그래도 나는 돌아가지 않기 위해 버텼다. 결국 오빠의 부모가 보증을 떠넘긴 채 잠적했을 때도, 단칸방 전세에서 반지하 월세로 밀려났을 때도 버텼다. 안전 장비도 주지 않고 무리하게 일을 시키던 곳에서 오빠가 사고를 당했을 때도 이를 악물고 절대로 돌아가지 않겠다고 생각했다. 굶어 죽는 한이 있어도 그럴 수는 없었다. 엄마에게 먼저 연락이 왔을 때도 버티려고 했다. 엄마를 다시 볼 생각은 없었다. 그러나 어쩔 수가 없었다. 엄마는 마치 이런 날이 올 줄 알았다는 사람처럼 말했다. 그래서 나를 찾지 않았던 것이다.

아빠의 자살은 불행이 아니라 예정된 미래였는지도 모른다. 아빠가 나보다 먼저 엄마를 떠나는 데 성공한 것이다. 아빠의 죽음은 나를 집으로 돌아오게 했다. 어리석게도 나는 상실을 겪은 엄마가 달라질 거라는 터무니없는 기대를 했던 것 같다. 달라졌다고 생각한 것은 잠시뿐이었다. 집으로 돌아온 뒤 잠잠했던 담임은 나를 다시 쫓아다니기 시작했다. 내 사정 때문에 본인을 받아줄 거라고 생각한 것 같았다. 그를 피하느라고 내 생활 반경은 점차 좁아졌다. 집과 직장을 왕복하는 생활밖에 할 수 없었다. 바깥에 나가지 못하는 소영이의 짜증이 늘었고 오빠도 병원에 갈 수 없어 몸 상태가 더 안 좋아져 갔다.

집 밖을 나가면 항상 얼마 지나지 않아 그를 마주쳤고, 아무리 늦은 시간에 집에 도착해도 나를 기다리고 있었다. 담임은 나와 우리 가정에 도움이 되고 싶다고 했다. 그는 어느 날에는 과거에 나를 도와주지 못한 것 같아 죄책감을 느낀다고도 했다가 또 어떤 날에는 이제 둘 다 성인이 되었으니 자신을 받아들여 달라고도 했다. 자신을 거절하는 이유를 알려달라고 화를 내다가 다음 날에는 사과하기도 했다. 나는 그가 점점 무서워졌다. 그는 우리 집 상황을 생각보다 자세히 알고 있었다. 나는 내가 원해서 다시 집으로 돌아온 것이 아니라고 했지만 말이 통하지 않았다.

내가 경찰서에 가려고 할 때마다 엄마는 나를 만류했다. 증거가 없으니 안 좋은 소문만 날 거라고 했다. 우리는 아무와도 교류하지 않으니 신경 쓸 필요 없는 주장이었는데 그때의 나는 엄마의 말을 심각하게 받아들였다. 나는 뇌의 절반이 고장 난 사람처럼 살았다. 더 견디지 못하고 경찰어 게 말했을 때 엄마는 내가 헛소리를 하는 거라고 했다. 자신은 집 주변에서 아무도 보지 못했다고. 얘는 남편이 불구인 데다 아이까지 딸린 몸이라 제정신이 아니라고 했다. 경찰은 결국 할 수 있는 게 없다고 했다.

엄마가 나를 믿어주지 않는다는 것이 나를 더 미치게 했다. 현실에 분명 존재하는 것인데도 엄마는 부정했다. 증명해 보라고 했다. 증명할 방법이 없을 때 나는 나 자신을 의심할 수밖에 없었다. 나는 어느 순간 항의를 포기했다. 집에서 쫓겨나면 우리 식구가 갈 수 있는 곳이 없었기 때문이다.

집으로 돌아왔을 때 엄마가 약속했던 모든 것은 하나도 지켜지지 않았다. 생활비를 주겠다고 한 엄마는 반대로 돈을 요구했다. 나와 소영이의 밥값이라든가 오빠를 간호하는 데 드는 비용, 수도세와 전기세 같은 것까지 세세하게 계산해서 지불하라고 했다. 공장에서 교대 근무를 하며 버는 돈으로는 도저히 충당할 수 없는 돈이었다. 내가 따지면 엄마는 소영이의 밥을 주지 않았다. 소영이가 배가 고프다고 울건 나 때문에 밥을 먹지 못하는 것이라고 했다. 엄마는 소영이 앞에서 일부러 맛있는 것을 먹거나 소영이에게 좋은 옷을 입히고 다시 벗겨버리기도 했다. 모든 것은 나의 잘못이 되었다. 도저히 낼 수 없다고 포기하면 엄마는 그제야 나를 위로하는 척 비용을 깎아주었다. 나는 내가 번 돈을 한 푼도 손에 쥐어보지 못했다.

　내가 마음대로 할 수 있는 것은 없었다. 엄마는 소영이에게 자꾸 내가 어렸을 때 입던 옷을 입혔다. 그리고 자기를 엄마라고 부르게 했다. 엄마는 오빠에게도 지나치게 친근하게 대했다. 엄마가 오빠를 보는 눈을 보면 소름이 끼쳤다. 특히 내가 집에 있을 때 그렇게 했다. 나는 뒤늦게 깨달았다. 엄마는 나를 밀어내고 싶은 것이었다. 자신의 곁을 떠난 남편과 딸을 지우고 새로운 식구와 함께 살고 싶은 것이다. 엄마는 남의 것에 기생해 살지 않으면 죽는 벌레 같은 존재니까.

　소영이는 엄마를 점점 더 따랐다. 말도 듣지 않고 제멋대로였다. 예민하긴 했지만 그래도 고집이 센 편은 아니었는데 통제가 힘들어졌다. 나도 처음부터 때리지는 않았던 것 같다. 붙잡고 무슨 말을 하려고 하기만 해도 소영이는 악을 썼다. 내가 싫다, 죽었으면 좋겠다. 그 나이대 아이가 할 수 없는 말을 했다. 엄마가 가르친 것이다. 그런 말을 할 때마다 엄마의 얼굴이 소영이와 겹쳐 보였다. 정신을 차리면 소영이는 방구석에 쪼그려 앉아 울고 있다. 머리카락이 뜯겨나가고 뺨이 빨갛게 부은 채로 소리 높여 운다. 내 손바닥도 부어있다. 엄마는 나에게 엄마 자격도 없다고 비난한다. 나는 엄마를 때리고 싶은 충동을 억누른다. 그렇게 한 번 했을 때 오빠와 소영이에게 어떤 학대가 가해졌는지 기억하고 있다.

오빠의 팔다리는 감각을 잃어갔다. 우리 가족은 점차 폭력에 익숙해졌다. 내가 그렇게 믿고 싶었는지도 모른다. 소영이도 익숙해져 갔다. 한 대 맞는 것으로는 울지 않았다. 뺨을 아무리 때려도 꼿꼿이 서서 나를 똑바로 보았다. 나는 소영이가 쓰러질 때까지 때렸다. 발로 걷어차기도 했다. 소영이는 나에게 입에 담을 수 없는 욕설을 퍼붓는다. 나는 그 모습을 바라보며 비로소 안심한다. 마음이 물과 같이 안정되는 것을 느낀다. 나는 이렇게 살아야 하는 여자다. 학대로 양육되어 학대를 낳는 여자. 그동안 발버둥 친 것은 아무 의미가 없었다. 나는 계속 제자리에 있었다. 어디론가 가려고 노력할 필요가 없다.

나는 내가 사라지면 엄마가 나를 대처 할 것이라고 확신했다. 그래서 버티려고 발버둥 쳤다. 그럴수록 엄마는 잔인해져 갔다. 엄마는 그 여자를 닮은 나를 괴롭히는 게 즐거웠을 것이다. 아무것도 아닌 날이었는데, 여느 때처럼 소영이를 때렸을 뿐이었는데 엄마는 신고를 했다. 내가 한계를 넘었다고 했다. 내가 도움이 필요하다고 했다. 나도 동의했다. 엄마로부터 벗어나는 데는 도움이 필요했으니까.

　결국 모든 게 엄마가 원하는 대로 됐다. 엄마는 나를 대체했고 나는 엄마를 벗어나지 못했다. 내 일기는 처음부터 끝까지 엄마의 이야기다. 엄마에 대한 원망으로 가득 차있다. 죽일 수 없는 악마가 마음속의 증오를 먹고 자라난다. 나는 왜 엄마를 용서할 수 없을까? 왜 좀 더 관대하고 착한 딸이 될 수 없었을까? 엄마에게 사랑을 갈구하지도 않고 미워하지도 않았다면 더 잘 살 수 있을 거라는 엄마의 말이 맞는 걸까?

　나는 죄를 지었다. 엄마를 사랑할 수 없는 죄. 이 세상에 태어난 모든 사람들은 엄마를 사랑한다. 나는 엄마를 미워하는 죄를 저질렀다. 나는 엄마를 용서할 수 없는 사람이다. 그 죄를 인정할 때까지 나에게는 엄마가 될 자격이 주어져서는 안 됐다. 나는 영원히 참회해야 한다. 왜냐하면 이기적이게도, 소영이가 나를 미워한다면 마음이 아플 것 같다. 이런 엄마라도 사랑해 달라고 부탁할 자격을 얻을 때까지 나는 여기에서 죄를 뉘우칠 생각이다.

　만약에 내가 여기서 죽는다면 이 일기는 소영이에게 전해졌으면 한다.

21
일기의 주인

눈을 뜨면 지옥이 시작되었다. 집에 돌아온 첫날부터 미희는 하루도 빠짐없이 자신의 결정을 후회했다. 살기 위해서 어쩔 수 없는 선택이었다고 스스로를 다독이려 해봤지만 엄마를 도저히 견디기 힘들어지는 날이면 후회가 파도처럼 밀려와 빠져 죽을 것처럼 느껴졌다.

휠체어에 앉아있는 지형은 늘 그렇듯 초점 없는 눈을 하고 있었다. 미희는 지형이 창밖을 볼 수 있도록 휠체어를 돌려주었다. 몸에서 자신의 의지대로 움직일 수 있는 부분은 눈뿐인 지형이 안쓰러웠다. 지형은 자신과 비슷한 데가 많았다. 그 또한 가족으로부터 벗어나기 위해 발버둥 쳤다. 그러면서도 가족에 대한 죄책감에서 벗어나지 못했다. 미희가 엄마로부터 독립

하기 위해 결혼을 택했다는 것을 알아준 사람이었다. 그런 지형을 데리고 다시 이 집으로 돌아온 자신의 결정이 과연 최선이었는지를 미희는 하루에도 수백 번씩 생각하고 또 생각했다.

"엄마, 엄마……."

지형이 최근에 부쩍 나이가 들어 보인다는 생각을 하고 있던 미희의 옷을 소영이 잡아당기며 보채기 시작했다. 미희는 한숨을 쉬며 소영이 쥐고 있던 티셔츠를 잡아챘다. 얇은 싸구려 옷감은 작은 주먹이 꼭 잡고 있던 모양대로 휴지처럼 구겨져 있었다.

"왜 그래! 옷 늘어나게."

미희의 짜증에 소영은 또 울먹거리기 시작했다. 이제 다섯 살이 됐는데도 소영의 몸은 또래에 비해 훨씬 작았고 그만큼 예민했다. 엄마가 젊을수록 아이가 건강하다던데, 그렇다면 미희가 고등학교를 중퇴하고 낳은 소영은 훨씬 튼튼해야 했다. 아마 엄마를 닮아 타고난 신경질적인 성격 때문에 그럴 것이다.

"배고파……."

"조금 전에 아침 먹었잖아."

미희가 퉁명스럽게 내뱉었다.

"그래도…… 배고파."

소영은 포기하지 않고 고집스럽게 말했다. 미희는 짜증이 치밀어 오르는 것을 견디지 못하고 목소리를 높였다.

256

"줄 때 다 안 먹고 남기니까 그렇지! 자꾸 뭐 사달라고 하기나 하고!"

소영은 누가 건드린 자라처럼 목을 움츠렸다. 곧이어 소리 내서 울기 시작했다. 눈에 고인 눈물은 이미 다 말랐다. 미희의 마음속에 권태가 치밀었다. 소영은 배가 고픈 것이 아니다. 관심을 얻고 싶을 뿐이었다. 미희가 화를 내고 소리를 질러도 소영은 그것이 자신에게 향하는 관심이라고 받아들이는 것 같았다. 그럴 때마다 미희는 딸에게 점점 더 잔인해졌다.

"엄마아!"

소영은 악을 쓰듯이 울었다. 두 눈은 똑바로 미희를 바라보고 있었다. 좁은 방에 귀가 찢어질 것 같은 소리가 울려 퍼졌다. 미희는 더 참지 못하고 소영의 머리를 쥐어박아 버렸다.

"조용히 해!"

작은 소영의 몸이 바닥으로 넘어졌다.

"엄마는 바쁘다고 몇 번이나 말했잖아! 아침에는 너랑 아빠 밥도 주고 출근도 해야 해! 엄마 힘들게 하지 말라고 했지!"

미희가 씩씩대는 동안 소영은 이제 막 태어난 쥐새끼처럼 웅크린 채 잠잠하게 있었다. 아이는 한참이 지나서야 고개를 들었다. 눈물이 가득 고인 눈이 제 엄마를 바라본다. 거기에 반사된 자신의 모습은 괴물 같았다. 미희는 태어날 때부터 시작됐던 자기혐오와 소영에 대한 연민을 동시에 느꼈다. 우리는 왜 이런 과정을 반복해야 하는 걸까? 나는 엄마랑 다를 수 있을 줄 알았는데. 평범하게 딸을 사랑할 수 있을 줄 알았는데.

"무슨 일이니?"

엄마가 문을 벌컥 열었다. 엄마는 항상 저랬다. 미희가 어렸을 때, 이 방에 살았을 때부터 아무 말도 없이 문을 열어젖혔다. 문에는 잠금쇠가 없었다. 엄마는 문이 낡아서 그런 거라는 핑계로 고쳐주지 않았다. 미희가 새로 달아달라고 했을 때는 발작적으로 화를 내며 미희의 배를 발로 찼다. 이 집 곳곳에는 그런 기억만이 가득했다. 기억은 늪처럼 미희를 끌어당겨 질식시켰다.

"엄마!"

소영은 그렇게 말하면서 엄마에게 팔을 벌렸다. 엄마는 짐짓 다정하게 소영을 안아주었다. 소영은 이 집으로 이사 오고 나서 미희가 엄마를 부르는 것을 보더니 가끔 응석을 부리고 싶을 때 자신도 할머니에게 '엄마'라는 호칭을 쓰기 시작했다. 미희는 처음에는 그것을 귀엽다고 생각했다. 소영에게 외할머니가 없다고 알려줬었기 때문에 적응이 잘 안 되는 것일지도 모른다고 가볍게 여겼다. 그러나 그 이후에 몇 번이나 '외할머니'라고 부르라며 가르쳐줘도 소영은 여전히 미희의 엄마를 부를 때 '외할머니'와 '엄마'라는 말을 섞어서 사용했다. 엄마도 딱히 그것을 고치려고 들지 않았다. 미희는 자신이 보지 않을 때 엄마가 소영에게 '엄마'라는 호칭을 세뇌시키는 것은 아닌지 의심하고 있었다.

"왜 마음대로 들어와."

"딸 방에 들어오겠다는데 안 되니?"

미희가 차갑게 말했지만 소영을 꼭 끌어안고 있는 엄마는 전혀 신경 쓰지 않았다. 소영은 엄마에게 착 달라붙어 미희를 물끄러미 보고 있었다. 미희가 전혀 모르는 사람이라는 듯한 얼굴이다. 소영의 그런 눈빛을 볼 때마다 미희는 미쳐가고 있는 듯한 기분이었다.

"너 출근할 시간 안 됐니? 얼른 가."

엄마는 그러면서 발로 미희를 툭툭 건드렸다.

"강 서방이랑 소영이는 내가 돌볼 테니까."

묘하게 소름이 돋는 말투였다. 미희는 벌떡 일어나서 신경질을 냈다.

"엄마가 저 사람을 왜 돌봐? 내가 알아서 한다니까!"

"아침부터 저녁까지 공장에 있는 애가 뭘 알아서 한대?"

엄마는 어처구니없다는 듯 받아쳤다.

"니가 알아서 하는 게 뭐가 있니? 강 서방 다쳐서 생활비도 없다고 울면서 기어들어 와서는. 소영이 앞에서 소리나 지르고!"

엄마는 소영을 내려놓고 삿대질을 시작했다.

"없는 살림에 너네까지 먹이느라 엄마가 얼마나 힘든지 아

니? 고맙다는 말은 못할 망정 뭐 하는 거니? 아무리 못 배워 먹
었어도 사람 도리는 해야지!”

엄마의 손가락이 곧 미희의 눈알을 찌를 것처럼 가까이 다
가왔다. 미희는 그 위협에 굴복하지 않으려고 꼿꼿이 선 채 엄
마를 노려보았다. 지형이 건설 현장에서 받은 보상금을 가로챈
것은 엄마다. 미희네 식구를 이 좁은 방에 닭들처럼 몰아넣고
있는 것도 엄마다. 엄마 때문에 소영은 지형의 소변통을 자주
엎질렀다. 엄마 때문에 미희는 소영에게 자주 화를 낸다. 엄마
에게 키워진 대로 미희는 소영을 자주 때릴 수밖에 없었다.

“나도 힘들어!”

미희는 목소리를 높였다.

“나도 힘들다고! 엄마가 뭐 대단하게 해주는 줄 알아? 집은
쓰레기장이고 생활비도 내라고 하고. 그렇다고 내 말을 들어주
는 것도 없잖아! 엄마가 제대로 하는 게 있기나 해?”

“네가 미쳤구나.”

“이것 봐!”

엄마의 냉정한 말투에 미희는 더욱 화가 치밀었다.

“내가 무슨 말만 하면 정신 나갔다고 하고, 미쳤다고 하질
않나. 그렇게 내가 미쳐버렸으면 좋겠어? 엄마는 엄마 딸이 정
신병자인 게 좋아?”

“하지 마!”

고래고래 외치던 미희의 발치에 소영이 매달렸다.

"엄마!"

소영은 미희를 올려다보며 말했다.

"엄마한테 그러지 마."

소영이 미희의 다리를 꼭 움켜쥐었다. 그것이 쇠스랑처럼 미희의 마음을 긁어 깊게 묻혀있던 잔인함을 끌어냈다.

"똑바로 좀 불러!"

미희는 소영을 걷어차듯 다리를 털었다.

"누가 엄마라는 거야! 저 여자는 네 엄마가 아니야! 할머니야! 외할머니라고 했잖아!"

소영의 작은 몸은 공처럼 굴러서 구석으로 나뒹굴었다. 벽의 모서리에 등을 부딪친 소영이 비명을 지르듯 울기 시작했다. 그렇게 세게 차지 않았다고 생각한 미희는 순간 당황했다. 몸을 웅크리고 서럽게 우는 소영을 먼저 끌어안은 것은 엄마였다.

"네 꼬라지를 좀 봐라. 미친 여자가 아니고 뭐니?"

엄마는 그렇게 말하고 소영을 안은 채 방 밖으로 나갔다. 밖에서 소영이 계속 우는 소리가 들렸다. 엄마는 짐짓 다정한 척하며 소영을 달래고 있었다. *엄마 복이 없는 소영이가 참으렴. 이 할미가 엄마가 되어주마.* 방 한가운데 우두커니 서있던 미희는 귀를 틀어막고 눈을 감았다. 차라리 모든 감각을 잃어버리고 싶었다. 이곳에서 사라질 수 있다면 좋을 텐데. 미희는 결국 스스로 생을 마감하는 것을 택한 아빠를 마음 깊이 이해했다.

미희는 소란한 방을 뒤로하고 적막해진 거실로 나왔다. 쓰레기가 가득한 바닥을 지나 현관으로 가서 신발을 신었다.

"엄마……."

등 뒤에서 소영의 목소리가 들렸다. 미희는 고개를 돌렸다. 소영이 서있었다. 길지 않은 소영의 머리는 오래되어 다 늘어난 머리끈으로 묶여있었다. 미희가 어렸을 때 자주 쓰던 것이었다. 원피스 또한 어렸을 때 미희가 자주 입었던 옷이었다. 여기저기 곰팡이가 슬어있었다. 소영은 그것을 아무렇지 않은 듯 입고 있었다. 과거의 자신을 보는 것 같았다. 소름이 끼쳤다.

"나 할머니한테 엄마라고 부를 거야."

"……."

"있잖아. 그렇게 하면 할머니가……."

미희는 소영에게 달려들어 머리채를 잡았다. 머리끈은 얼마나 꽉 묶여있는지 잘 풀리지 않았다. 머리가 잡아당겨지자 소영은 인상을 찌푸리며 소리를 질렀다.

"악! 아파!"

"소영아! 정신 차려."

미희는 소영의 머리카락이 뜯기는 것도 신경 쓰지 않고 머리끈을 억지로 잡아뺀 뒤 소영의 어깨를 잡아 흔들었다.

"저 사람은 네 엄마가 아니야. 김순자! 외할머니야!"

"아파! 아파!"

"내가 네 엄마야. 이미희! 네 엄마라고!"

미희는 정신 나간 사람처럼 외쳤다. 엄마의 의도를 눈치챘다. 엄마는 이상적인 가족에 집착했다. 그러나 그걸 유지할 능력이 없는 사람이었다. 그래서 엄마는 이미 한 번 실패했다. 남편은 자살했고, 딸은 혼전임신으로 고등학교도 마치지 않은 채 도망쳤다. 엄마는 딸이 가정을 꾸려 이 집으로 돌아온 것을 기회로 삼으려 하고 있다. 딸을 가족으로부터 빼내고 그 자리에 자기가 들어가려는 속셈이었다. 모든 것이 이해가 되었다.

"정신 차려! 강소영!"

미희의 몸을 흔들던 소영은 손을 놓고 신발을 신은 채 방으로 뛰어 들어갔다. 사진이 어디 갔지? 그 사진을 없애야 해. 엄마와 소영이가 찍은 사진. 미희가 없을 때 일부러 둘만 찍은 사진. 미희는 거기에도 메모를 붙여놓았다. 언젠가 자신이 죽는다면 진실을 알리려고. 내가 죽으면 엄마 때문이라는 진실. 메모는 집 안 곳곳에 숨겨져 있었다. 사진…… 사진이 어디 갔지.

그때 문이 벌컥 열렸다. 눈앞에 흰옷을 입은 남자 두 명이 서 있었다. 둘은 말도 없이 미희를 양쪽에서 붙든 채 방 밖으로 이끌었다. 갑작스러운 일에 당황한 미희가 몸부림을 쳤지만 소용

없었다.

"누, 누구세요! 뭐 하는 거예요!"

"가시죠."

그들은 막무가내로 미희를 잡아끌었다. 저항할수록 구속은 단단해졌다. 미희는 목이 잘린 미꾸라지처럼 펄떡거렸다. 소영은 어느새 엄마에게 안겨있었다. 겁에 질린 얼굴로 자신을 보고 있었다.

"이거 놔! 소영아!"

대문 밖으로 정신병원의 이름이 적힌 구급차가 보였다. 미희는 순식간에 상황을 이해했다. 방 안은 난장판이고, 거실에서는 산발이 된 머리를 한 아이가 울고 있다. 아무리 저항을 하고 비명을 질러도 미희는 정신병원에 끌려가고 싶지 않아 하는 미친 여자처럼 보일 뿐이었다.

집 밖으로 끌려나가던 미희는 엄마와 눈이 마주쳤다. 엄마는 고요한 눈빛으로 자신을 보고 있었다. 마치 길에 굴러다니는 돌을 보듯이 아무런 감정이 없는 눈빛이었다. 소영을 안고 있는 손에 휴대폰이 들려있었다. 엄마는 처음부터, 내가 이곳에 돌아오기로 결정했을 때부터 오늘을 기다렸을지도 모른다.

"소영아! 소영아!"

끌려가는 것은 무섭지 않았다. 어쩌면 자신이 없는 편이 소영에게 더 좋을 수도 있다. 한 번도 좋은 엄마였던 적이 없다.

그러나 소영이 이 집에 홀로 남는다는 생각을 하니 그것이 너무 무서웠다. 미희는 차에 태워지는 순간까지 소영의 이름을 간절하게 불렀다.

네가 나를 기억하기를. 너만은 나처럼 자라지 않기를.

22

"……기억이 안 나요. 아무것도……."

"나는 나쁜 짓을 한 게 아니야."

종훈은 소영의 희미한 목소리를 듣지 못한 것 같았다.

"너는 1년 전에도 같은 질문을 했어. 나는 미희를 위해 너에게 진실을 알려준 거야. 그런데 너는 내 말을 듣고 차에 뛰어들었어! 그래서 내가 막은 거야. 내가 잘못한 게 아니야. 나쁜 건 네 할머니야!"

"엄마는…… 언제 죽었어요?"

"10년 전에. 너는 그때부터 김선자를 엄마라고 불렀어."

"왜요……?"

"너는 엄마를 기억하지 못하는 나쁜 딸이니까."

소영을 바라보는 종훈의 눈은 악의에 가득 차있었다. 그는 소영에게 절대 보여주지 않겠다는 듯이 일기장을 꼭 끌어안았다.

"네가 좀 더 참았으면 미희는 정신병원에 가지 않았을 거야. 미희도 힘들었는데, 힘들어서 그런 건데 네가 엄살을 떠니까 미희가 아동학대로 고발을 당한 거라고! 미희는 정신병원에서 사고로 죽었어. 너만 아니었으면 안 죽었을 거야!"

소영은 비틀거리면서 겨우 일어났다. 어떤 의지도 남아있지 않은 몸을 누군가가 잡아끄는 것 같았다. 소영은 종훈에게 다가가 손을 내밀었다.

"내놔요."

"……."

"거기에 소영이에게, 라고 써있어요. 내 거예요. 내놔요!"

소영은 종훈의 말을 믿지 않았다. 자신의 눈으로 확인하기 전에는 믿을 수 없었다. 믿지 않을 것이다. 지금까지 외할머니를 엄마라고 불렀고, 그토록 찾던 엄마는 10년 전에 죽었고, 그렇게 만든 것은 바로 자신이고, 사실을 알고 나서 스스로 목숨을 끊으려고 했다는 것을. 진짜 엄마를 만나러 간다는 것은 바로 그런 의미였음을. 엄마를 만나러 가는 데 실패한 자신이 다시 돌아왔다는 것을.

"아저씨가 뭔데요?"

“……”

“아무것도 아니잖아요.”

“난 미희를 누구보다 사랑했어!”

종훈은 억울한 사람처럼 말했다.

“네가 뭘 알아. 넌 미희랑 같이 살 수 있었으면서 싫다고 했어. 그래놓고 미희의 일기를 읽고 죽으려고 했어. 그 소중함도 모르고! 그러니까 내가 갖고 있을 거야.”

“달라고요!”

소영은 종훈에게 달려들었지만 또다시 힘없이 밀쳐졌다. 힘없이 구른 몸이 철제 쓰레기통에 부딪혔다. 요란한 소리가 났다. 현기증 때문에 검은 공허가 빙빙 돌아가는 것 같았다. 소영은 눈을 뜨려고 애썼다. 뺨에 차가운 감촉이 느껴졌다. 슬리퍼에 밟힌 채 반으로 찢긴 가족관계증명서가 달라붙어 있었다. 쓰러진 소영을 보고 우물쭈물하던 종훈은 돌아서려 했다.

“선생님 아니세요?”

누군가의 목소리가 종훈을 가로막았다.

“무슨 일이세요?”

“소영아!”

익숙한 발소리가 들렸다. 소영을 부르고 다가와 일으켜 준 것은 엄마였다. 울고 있는 엄마의 얼굴을 보는 순간 소영이 떠올린 것은 김선자라는 이름과 외할머니라는 호칭이 아닌 **엄마**

였다. 김선자는 여전히 소영에게 엄마였다.

"네가 소영이니?"

종훈과 마주 서있던 경찰이 소영에게 물었다. 경찰은 민지처럼 키가 컸고 머리를 하나로 묶고 있었다. 민지의 엄마 같았다. 민지는 새엄마라고 했지만 소영의 눈에는 둘의 얼굴이 비슷해 보였다.

"맞아요. 세상에, 우리 소영이! 얼마나 고생을 했니."

선자는 소영을 끌어안고 흐느꼈다. 소영은 선자를 밀쳐내고 옷을 털었다. 선자는 어리둥절한 표정을 지었다.

"……소영아."

"찾았어."

민지의 엄마는 허리에 차고 있던 무전기를 뽑아서 입에 대고 누군가에게 말했다. 민지는 엄마를 붙잡고 흔들었다.

"엄마! 소영이를 집에 보내면 안 돼. 소영이는……!"

"넌 가만히 있어."

민지의 엄마는 굳은 표정으로 민지를 제지한 뒤 종훈을 향해 물었다.

"선생님, 아이를 왜 밀치셨어요?"

종훈은 당황한 표정이 되었다.

"이 학생은 오늘 오전까지 응급실에 있었다던데, 그러시면 안 되죠."

"이 남자는 콩밥을 먹어봐야 해요!"

선자가 격양된 목소리로 외쳤다.

"쓰레기 같은 인간! 당장 경찰서에 데려가 주세요!"

"경찰서에 가면 어떻게 되는데요?"

소영의 작은 목소리에 순식간에 주변이 조용해졌다. 모든 사람의 시선이 소영에게 쏠렸다.

"경찰서에 가면 어떻게 되냐고요."

"일단은 신고를 해야 해."

민지의 엄마가 말했다.

"소영아, 선생님을 폭행 사건으로 신고하고 싶니? 소영이가 신고를 하면 경찰서에서 조사를 할 거야. 선생님에게도, 소영이에게도 무슨 일이 있었는지 물어볼 거야. 그런 다음 처벌의 대상이 되는지 검토할 거고."

"무슨 처벌을 받는데요?"

"그건 어떤 잘못을 했는지에 따라 달라."

소영은 종훈에게 다가갔다. 종훈은 움찔거리며 뒤로 물러나려고 했다.

"내놔요."

"……."

"그거 주면 신고 안 할게요."

종훈은 난감한 표정으로 주변을 둘러보았다. 소영은 손을 내민 채로 서있었다. 한참 망설이던 종훈은 결국 어깨를 축 늘어 뜨리고 일기장을 내밀었다. 소영은 그것을 받아든 다음 땅바닥에 흩어진 서류를 주워들었다.

"저는 여기 있는 사람을 신고하고 싶어요."

소영은 밟히고 구겨진 등본을 민지의 엄마에게 내밀었다.

"김선자. 이 사람이요."

"소영아! 애가 무슨 소리를 하는 거야."

선자의 얼굴이 창백해졌다.

"이 사람이 자기가 엄마인 척했어요. 엄마도 아니면서."

소영은 차분한 목소리로 말했다. 민지의 엄마는 등본을 받아든 채 당황한 표정으로 선자와 소영을 번갈아 보고 있었다.

"제 머리도 잡아당기고요, 욕도 했어요. 뜨거운 물을 부어서 밖에도 못 나가게 하겠다고 했어요. 죽여버리려고 약도 먹었어요."

"너 무슨 말을 하는 거니!"

선자는 황급히 민지 엄마에게로 다가갔다.

"애가 지금 제정신이 아니에요. 수면제를 너무 많이 먹어서 그래요. 원래 헛소리를 잘했답니다. 병원에 입원해 있을 때도 귀신이 보인다느니 어쩐다느니 하면서……."

"귀신 아니라고!"

소영은 선자를 향해 외쳤다.

“꿈꾼 거 아니야! 당신이잖아! 당신이 나를 항상 지켜보고 감시하고 있었잖아!”

“소영아, 제발 그만하렴.”

선자는 소영에게 매달려서 울먹였다.

“엄마가 잘못했어, 응? 소영이가 그동안 힘들었던 거, 엄마가 몰라줘서 너무 미안해. 이제부터 안 그럴게. 엄마가 소영이 말 잘 들을 테니까, 이러지 말고 집으로 가자.”

“엄마 아니야!”

소영은 선자를 밀쳤다. 선자는 비명을 지르며 뒤로 크게 나동그라졌다.

“당신은 엄마가 아니야! 우리 엄마는 죽었어! 죽었다고!”

소영은 선자를 마구 내려쳤다. 팔에 감은 보호대가 선자의 몸 여기저기를 강타하며 둔탁한 소리를 냈다. 선자는 팔로 몸을 감싼 채 목이 찢어질 것처럼 울부짖었다.

“소영아! 엄마가 잘못했어! 이러지 마!”

“소영아, 그만해!”

민지가 달려와서 소영을 붙잡았다. 민지는 화를 이기지 못하고 몸부림치는 소영의 어깨를 아플 정도로 세게 움켜쥐었다.

“소영아, 그만해……! 너 지금 이러면 안 돼. 잘못한 건 아줌마지 네가 아니잖아……. 네가 계속 이러면 정말 이상한 사람이 되어버린단 말이야!”

이를 악문 채로 속삭이는 민지의 목소리에 소영은 멈칫했다. 주변 상황이 눈에 들어왔다. 바닥에 웅크린 채 엎드려 흐느끼고 있는 선자, 겁먹은 얼굴로 소영을 보고 있는 종훈. 상황을 지켜보고 있던 민지 엄마의 표정이 어두웠다. 소영은 선자가 왜 그렇게 쉽게 넘어졌는지, 자신이 팔을 휘두르는 대로 맞아주고 있었는지 깨달았다.

소영은 어느새 미친 사람이 되어있었다. 수면제를 먹고, 병원을 탈출하고, 헛소리를 하다가 엄마를 무자비하게 폭행한 정신 나간 여자애. 소영은 쓰러진 선자를 보며 좌절감을 느꼈다. 진 것은 소영이다. 선자의 연기에 소영이 또 당한 것이다.

23

소영이 탄 경찰차는 집으로 향하고 있었다. 민지가 민지 엄마에게 소영을 집에 데려가겠다고 몇 번이나 사정했지만 소용없었다. 소영이 선자에게 당한 일들을 주장해 봤자 의미 없었다. 수면제를 강제로 먹였다는 주장에는 증거가 없었다. 민지의 엄마가 소영이 선자를 발작적으로 구타한 것을 직접 보고도 그냥 넘어가겠다고 한 것이 차라리 다행일지도 몰랐다. 그것마저 선자가 머리가 이상해진 딸을 돌봐야 하는 불쌍한 엄마 역할을 연기하며 눈물을 흘렸기 때문에 허용되었다.

소영은 집으로 가면서 자신의 것인 줄 알았던 엄마의 일기를 읽었다. 일기에는 그동안 선자가 엄마에게 무슨 짓을 했는지 자세히 적혀있었다. 소영은 거기에서 자신의 미래를 보았다.

지금까지 당했던 것은 극히 일부에 불과했다. 페이지를 넘길수록 학대는 차츰 잔인해져 갔다. 엄마는 집에서 사는 것이 아니라 죽어갔다. 선자가 그렇게 만들었다. 선자는 엄마의 빈자리를 차지하길 원했다. 말 그대로, 미희가 되고 싶어했다. 그래서 소영을 그토록 아꼈던 것이다. 하지만 소영은 미희로 살기 위해 필요한 것일 뿐이어서, 번거롭게 느껴지면 마음 내키는 대로 다루기도 했다. 소영을 가장 괴롭혔던 엄마의 양면은 거기에서 비롯되었다.

경찰차가 어두운 곳에서 멈췄다. 해가 질 때까지 밖에 머물러 본 적이 없는 소영은 집 근처에 가로등이 없다는 것을 처음 알았다. 차에서 내리자 선자를 태우고 뒤따라 오던 차도 멈춘 것이 보였다. 자동차의 전조등이 집으로 들어가는 길을 밝혀주었다. 선자는 두 대의 경찰차가 골목을 돌아 사라지기 전까지 몇 번이나 허리 숙여 인사했다.

"소영아, 엄마가 잘못했어."

선자는 대문을 열고 안으로 들어가는 소영의 팔에 매달리며 말했다.

"엄마가 잘못했어."

"엄마 아니잖아."

소영의 말에 선자의 표정이 변했다. 소영은 이제 와서 충격을 받은 듯한 표정을 짓고 있는 선자에게 혐오감을 느꼈다.

“징그러운 할머니 주제에.”

선자는 한 번도 엄마였던 적이 없었다. 소영은 물론이고 소영의 엄마에게도 마찬가지였다. 소영의 기억 속에 둘이 함께한 시간은 1년뿐이지만 실제로는 10년이 넘었다. 그러니까 아무 말 없이 눈빛만 주고받아도 서로의 생각을 읽을 수 있었다. 선자는 소영이 모든 것을 알았다는 것을 깨달은 듯했다. 소영은 선자의 얼굴을 보고 알 수 있었다. 그것조차 끔찍했다.

“네가 먼저 그랬어.”

선자가 말했다. 잠긴 목소리는 아까보다 침착했다.

“소영이 네가 먼저 나한테 엄마라고 했잖니.”

“거짓말.”

“엄마가 매일 너를 때려서 싫다고 했어. 할머니가 엄마였으면 좋겠다고 했어.”

“안 그랬어.”

“그래서 엄마가 되려고 노력한 거야.”

“아니잖아!”

소영은 크게 소리쳤다.

“니가 내 엄마 죽였잖아!”

“죽인 건 너야!”

어둠 속에서 일그러진 선자의 얼굴이 울부짖었다.

“넌 내가 얼마나 괴로웠는지 몰라! 하나밖에 없는 딸을 잃은 심정을 네가 알아? 난 그래도 너를 원망하지 않았어. 다 용서하고 잘 살려고 노력했어. 난 아무 잘못 안 했는데 왜 이런 꼴을 당해야 되니? 내가 너를 살리려고 얼마나 애썼는데! 배은 망덕한 년!"

"당신이 직접 죽이고 싶어서 살려준 거 아니야?"

일기를 읽는 동안 소영을 괴롭힌 것은 종훈의 외침이었다. 너는 엄마를 기억하지 못하는 나쁜 딸이니까. 네가 엄살을 떠니까 미희가 아동학대로 고발을 당한 거라고. 그 말이 틀리지 않았다는 생각이 들었다. 소영과 선자는 엄마를 죽음으로 몰고 간 공범일지도 모른다. 소영에게는 기억이 없어서 죄책감조차 남아있지 않다. 완벽한 가해자.

"내가 기억이 안 난다고 할 때마다 기분이 너무너무 좋았지? 나한테 잘못한 것도, 우리 엄마한테 잘못한 것도 다 없는 일처럼 될 것 같아서 너무 기뻤지? 나도 우리 엄마처럼 마음대로 다루고 싶었던 거지?"

"……그러면 안 되니?"

선자가 중얼거렸다.

"왜 다들 그게 잘못인 것처럼 말하는지 모르겠어."

어둠 속에 서있는 선자의 고개가 갸웃했다.

"엄마가 딸을 마음대로 하는 게 잘못이야? 아이들은 모두 약하고 능력도 없어. 세상에 대해 아무것도 모르고. 엄마의 보살핌을 받고 배워야 하는 시기잖아. 너, 지금 밖에 나가면 어떻게 살 거니? 잘 데는 있어? 너는 중학교 졸업도 못 한 불구잖아. 그런 여자애가 혼자 살면 어떻게 되는지 아니?"

"……."

"나도, 내가 이상한 건 알아."

선자의 목소리에 희미하게 웃음기가 어렸다.

"남들하고 다른 데가 있다는 걸 알아. 어렸을 때부터 알고 있었단다. 고치려고 노력도 했어. 그런데 잘 안 됐어."

선자는 소영에게 조금씩 다가오고 있었다.

"사람은 생긴 대로 살아가야 하는 것 아니니? 팔자를 거부하면 안된다고 그랬어. 순리대로 살아야지. 나도 남들처럼, 남편과 아이를 위해 살아가고 싶었을 뿐이야. 여자는 다 그렇지 않니? 그게 그렇게 큰 잘못이니? 나 같은 사람은 남편도 딸도 가지면 안 되는 거니?"

"……."

"완벽한 엄마가 세상에 어디 있어? 딸에게 원망도 듣고, 잘못도 하면서 사는 거 아니야? 다른 사람들도 그런다던데? 자기만 잘난 줄 알던 내 딸도 결국 좋은 엄마는 아니었지. 미희가 살아있었으면 이제는 나를 이해했을 거야. 소영이 너도 언젠가는 엄마가 될 거잖아. 딸을 낳아보면 나를 이해하게 될 거야."

선자는 기이한 어투로 말끝을 올렸다. 눈은 소영을 보고 있지 않았다. 혼잣말을 하는 것 같기도 했다. 소영은 두렵다는 생각을 하지 않기 위해 애썼다.

"응? 소영아."

선자는 어느새 소영의 팔을 붙들 만큼 가까이 다가와 있었다.

"엄마를 이해해 주지 않을래?"

소영은 선자의 눈을 마주 보았다. 남보다 항상 크게 뜨고 있는 눈의 동공은 놀랄 만큼 작았다. 안에는 완전한 광기가 가득 차있었다.

"난 아빠랑 여기서 나갈 거야."

"그러지 마, 소영아."

선자가 속삭였다.

"여기가 네 집인데 어디로 간다는 거니? 너는 아직 어린애야. 고등학교도 가야지. 지금 당장 뭘 할 수 있다는 거니?"

"뭐라도 할 거야."

소영은 정말 그럴 결심으로 말했다. 선자는 몇 번이나 고개를 저었다.

"미희도 그랬어. 내가 싫다면서 고등학교 때 집을 나갔단다. 그 뒤로 내가 얼마나 후회했는 줄 아니? 내가 집에서 데리고 있었으면 그렇게 고생하지 않았을 거야"

"……."

"아빠는 어떻게 본다는 거야. 네가 병간호 같은 걸 할 수 있겠니? 잘 생각해 봐, 소영아.”

선자는 소영의 팔을 놓고 다시 무릎을 꿇었다. 기도하듯 두 손을 모은 채 간절하게 말했다.

“너는 미희처럼 되어서는 안 돼. 이 집에 있으렴. 엄마가 되지 말라고 하면 그것도 좋아. 이제는 아무것도 안 바랄게.”

선자의 얼굴 위로 눈물과 콧물이 섞여 흘렀다.

“우리는 10년 동안 잘 살아왔어. 넌 엄마를 잃었지만, 나도 딸을 잃었잖니. 우리는 모두 불쌍한 여자야. 난 그동안 잊으려고 노력했어. 일기니 뭐니 하면서 난리를 친 건 너야. 옛날 일을 들쑤시지만 않았으면 우린 계속 잘 살았을 거라고.”

“……”

“넌 날 떠나면 안 돼. 넌 나에게 빛이 있어. 널 살린 건 나잖아.”

선자는 이제 땅에 엎드려 흐느끼기 시작했다. 진절머리 나도록 끈질기게 고개를 들지 않았다. 선자의 연기에 신물이 난 소영은 현관문을 열고 집으로 들어갔다. 창문이 없는 거실은 바깥보다 캄캄했다. 불을 켜봤자 보일 것도 없다. 소영은 망설임 없이 안방으로 들어갔다. 자신의 방에는 미련이 없었다.

문을 열자 휠체어에 앉아있는 아빠가 보였다. 잠들어 있는지 깨어있는지 어두워서 보이지 않았다.

“아빠, 나랑 여기서 나가자.”

“……”

“같이 가자.”

소영은 바퀴의 잠금장치를 풀고 휠체어를 밀었다. 보기보다 무거운 휠체어는 문지방을 천천히 넘어 거실까지 왔다. 현관문이 열려있는 것이 그나마 다행이었다. 팔에 힘을 주고 한 발을 앞으로 내밀려고 하던 소영의 몸이 갑자기 무너졌다.

“아악!”

다리에 날카로운 통증이 느껴졌다. 뒤를 돌아보자 선자가 바닥에 달라붙어 엎드려있는 것이 보였다. 소영의 다리에는 날카로운 가윗날이 박혀있었다. 선자는 그것을 더 깊이 쑤셔넣으려고 했다. 소영은 반사적으로 발을 뻗어 선자의 얼굴을 걷어찼다. 선자는 재빠르게 소영의 발목을 움켜쥐었다.

“어딜 가려고?”

선자는 어둠 속에서 작게 말했다.

“놔! 이거 놔!”

소영은 발버둥 치며 소리를 질렀다. 가위를 들고 있는 선자 앞에서 미꾸라지처럼 온몸을 비틀었다. 선자는 여전히 소영의 발목을 뚫어지게 보고 있었다. 덫처럼 붙들고 있는 손에서 무시무시한 힘이 느껴졌다.

“네가 감히, 나를 두고 어딜 가려고!”

선자는 망설임 없이 가위를 비틀었다. 날카로운 통증에 소영은 목이 쉬도록 비명을 질렀다.

"난 네 엄마야! 엄마라고! 넌 내 딸이고 저 남자는 내 남편이야! 우리는 이 집에서 다 같이 사는 거야. 서로 사랑하면서!"

선자는 광기에 찬 목소리로 울부짖으며 소영의 다리에 박힌 가위를 계속 짓눌렀다. 가위가 살갗을 찢고 소영의 몸에서 빠져나갈 때 중심을 잃은 선자가 휘청했다. 소영은 그 순간을 놓치지 않고 선자의 얼굴을 향해 보호대를 찬 팔을 휘둘렀다. 철심에 부딪힌 얼굴 뼈가 부서지는 소리가 났다. 선자는 소영의 팔을 움켜쥐었지만 선자의 눈알을 파고드는 소영의 손가락 힘이 더 셌다.

"꺄아악!"

선자는 짐승 같은 비명을 지르면서 땅을 굴렀다. 소영은 온 힘을 다해 일어나 휠체어를 굴렸다. 손이 피인지 뭔지 모를 액체로 젖어있어 미끄러웠다. 현관에 도달했을 때 소영은 멈칫했다. 계단이 있었다는 것을 잊은 것이다. 휠체어를 그냥 굴리기에는 경사가 너무 높았다.

"소영아…… 소영아!"

선자의 힘겨운 목소리가 들렸다. 소영은 아빠의 휠체어를 방패 삼아 바짝 달라붙었다. 현관 밖으로 선자가 비틀거리며 걸어 나오고 있었다. 한쪽 눈두덩이가 무섭도록 부풀어 있었다.

"아빠는…… 데려가지 마."

“……..”

“소영아, 제발.”

선자는 더듬거리는 손으로 팔걸이 위에 놓인 아빠의 손을 붙잡았다.

“나한테는 이제 남편밖에 없어.”

“……..”

“엄마는 아빠하고 딸을 낳을 거야. 다시 행복한 가족을 만들게. 너는 자유롭게 살아.”

말을 마친 선자는 가위를 잡고 소영에게 달려들었다. 소영은 온 힘을 다해 휠체어를 밀었다. 등받이가 높은 휠체어는 아빠의 몸무게까지 합쳐져 소영의 생각보다 훨씬 무거웠다. 선자의 발을 깔아뭉개기에는 충분했다.

“아아악!”

발걸이에 몸이 낀 선자가 바퀴를 발르 차기 시작했지만 소영은 온몸에 힘을 주고 휠체어를 미는 것을 멈추지 않았다. 계단을 지렛대 삼아 휠체어의 앞부분이 기울었다. 아빠의 몸도 맥없이 추락했다. 선자는 거기에 깔려 바닥으로 넘어졌다.

“비켜! 비키라고!”

선자는 손에 든 가위를 아빠를 향해 마구 찔렀다. 아빠의 어깨에서 피가 뿜어져 나왔다. 소영은 붉은 가윗날이 미끌거리며 선자의 손에서 빠져나가는 것을 보자마자 그것을 낚아채 선자의 목을 찔렀다.

"악!"

선자의 눈이 크게 떠지고 입이 벌어졌다. 무언가 말하려고 뻐끔거리는 입에서 피가 울컥하고 뿜어져 나왔다. 아빠의 몸은 선자의 상체 위에 엎드린 채 미동도 하지 않았다. 소영은 휠체어를 밀어 치우고 아빠를 일으키려 했지만 쉽지 않았다.

"아빠! 아빠!"

아빠의 몸을 흔들던 소영은 나무토막처럼 엎어져 있는 아빠의 몸을 혼자서 일으키는 것은 쉽지 않다고 깨달았다. 소영은 아빠의 몸을 굴리듯 옆으로 눕혔다. 눈을 부릅뜬 아빠는 가쁘게 숨을 쉬고 있었다.

"헉!"

아빠를 보고 있던 소영은 흠칫 놀라서 고개를 돌렸다. 누워 있는 선자의 팔이 공중에서 허우적거렸다. 경련하듯 움직이는 손끝이 소영을 향했다. 소영을 붙잡으려는 것처럼 꾸물거리던 손가락의 움직임이 멈추었다. 헝클어진 머리카락 뒤로 목에서부터 나온 피가 번지고 있었다.

"아빠…… 어떡해."

소영은 아빠를 일으키려고 애썼다. 그러나 도저히 혼자 힘으로 아빠를 휠체어에 앉히는 것은 불가능했다. 선자의 휴대폰을 찾았지만 배터리가 없어 꺼져있었다.

"아빠, 나 금방 올게. 조금만 기다려."

소영은 땀에 젖은 아빠의 앞머리를 넘겨주고 힘겹게 밖으로 나갔다. 대문이 내는 비명 같은 소음이 사라지자 정적이 주변을 감쌌다. 소영은 다리를 절뚝이며 어두운 길을 걸었다. 커다랗고 흉측한 나무를 지났을 때 걸음을 멈추고 뒤를 돌아봤다. 어디에도 불이 켜지지 않은 캄캄한 집이 소영을 조용히 바라보고 있었다.

소영은 어둠 속에서 번지던 피를 생각했다. 이대로 시간이 한참 흐르면 선자는 죽을지도 모른다. 정말로 엄마에게서 벗어날 수 있다. 이번에야말로 자유로워질 수 있다. 그토록 원했던 학교도 가고, 평범한 미래를 꿈꾸면서 살 수 있다.

소영은 선자에 대한 자신의 마음을 생각해 보았다. 그렇게 할 수 있을까? 엄마로부터 벗어날 수 있을까? 엄마라는 말을 떠올렸을 때 선자를 지워낼 수 있을까? 선자 대신 미희가 그 자리를 차지할 수 있을까?

선자가 죽지 않으면 안 된다. 선자가 살아있는 한 그녀는 영원히 자신의 첫 번째 엄마이기 때문에. 그러니까 이대로 가만히 있으면…….

소영의 발이 다시 천천히 움직였다.

24

“어떻게 5층짜리 건물에 엘리베이터가 없을 수 있어?”

민지는 투덜대면서 일부러 발에 힘을 주어 계단을 올랐다. 텅텅거리는 소리가 빌라 건물의 좁은 계단참을 가득 메웠다. 집을 구한 다음부터 민지는 하루도 빠짐없이 저 말을 입에 올렸다. 보증금이 싸다면서 말도 없이 덜컥 계약을 한 것도, 살을 빼야 되니까 오히려 좋다고 망설임 없이 4층의 투룸을 달라고 한 것도 본인이면서. 그러나 소영은 생각을 입 밖에 내지 않았다. 이미 그런 말로 시작되는 말다툼을 민지와 너무 많이 했다. 오늘은 투닥거리기에 조금 피곤했다.

“올라갈 때는 그렇다 쳐. 무릎에는 내려가는 게 더 안 좋대.”

스무 살이 하기에는 너무 이른 불평이었다. 문 앞에 놓인 택

배 박스를 보고 쪼그려 앉는 것도 방금 한 말과 전혀 맞지 않는
행동이었다.

"뭐 시켰어?"

상자 위에 집 호수와 소영의 이름이 굵은 유성매직으로 쓰여
있었다.

"내가 갖고 들어갈게."

"응."

소영의 말에 민지는 비밀번호를 누르고 도어락을 열었다. 소
영은 박스를 발로 툭툭 쳐서 문 안으로 밀어 넣었다. 민지가 싸
다는 이유로 주방세제를 몇 박스나 주문해 버린 다음부터는 택
배를 주문하고 정리하는 것은 소영이 감당하기로 했다. 집에서
밥을 해먹을 줄 모르는 대학생 두 명이 쓰기에 지나치게 많았
던 주방세제는 결국 고스란히 민지네 집으로 향했다.

"아, 피곤해."

민지가 소영의 방으로 향하면서 길게 하품을 하는 소리가 들
렸다. 옷도 갈아입지 않고 침대에 드러누워 버린 게 분명하다.
소영은 별로 신경 쓰지 않고 택배 상자를 열었다.

"강소영."

안에는 신문지와 에어캡으로 꼼꼼히 싸인 덩어리가 들어있
었다. 소영은 상자 앞의 주소를 다시 확인했다.

"강소여엉!"

민지의 목소리가 조금 커지고 나서야 소영은 고개를 들었다.

"왜."

"마라탕 먹을래?"

문틈으로 침대 위에 누운 민지의 모습이 보였다. 민지는 휴대폰을 보던 자세 그대로 고개만 젖혔다.

"또? 어제 먹었잖아."

"헤헤."

민지는 혀를 내밀면서 휴대폰 화면을 흔들었다. 잘 보이지 않지만 이미 주문한 것이 틀림없다. 소영은 한숨을 쉬었다.

"배달 너무 자주 시킨다고 너희 엄마한테 혼났단 말이야."

"이거 기프티콘이라 괜찮음."

민지는 그렇게 말하더니 벌떡 일어나서 냉장고 문을 열었다.

"아이스크림 미리 사와야겠다."

민지는 서둘러 현관으로 향했다. 계단이 어쩌고 하는 이야기는 이미 다 잊은 듯했다.

"그게 뭐야?"

민지는 박스를 펼쳐놓고 있는 소영을 보고 물었다.

"반품해야겠어. 잘못 와서."

"내가 말했지! 그럴 때가 있다니까."

민지는 의기양양하게 말한 뒤 집을 나섰다. 현관문이 닫히는 소리가 들렸다. 소영은 그제야 둘둘 말린 테이프를 뜯고 포장지를 풀었다. 도자기로 된 항아리 같은 것이 나왔다. 뚜껑에도 테이프가 붙어있었다. 소영은 그것을 잠시 보다가 일어섰다.

작달막한 창문 밖으로 네온사인이 뒤섞인 불빛이 어른거렸다. 소영은 창가로 가까이 다가갔다. 민지가 급한 일이라도 있는 사람처럼 달려서 편의점에 들어가는 것이 보였다. 3년 전의 소영처럼.

어두운 집에서 빠져나온 소영은 골목길을 헤매다 눈에 띈 편의점 문을 두드렸다. 119나 112에 전화를 걸면 된다는 사실을 몰랐던 소영은 직원에게 빌린 휴대폰으로 민지에게 전화를 걸었다.

낮에 보았던 경찰들이 금방 나타나 소영을 감싸듯이 구급차에 태워주었다. 민지는 그때 엄마가 무척 당황해한 것이 가장 통쾌했다고 몇 번이나 말했다.

한참 동네가 떠들썩했다고는 하지만 소영은 여파를 알지 못했다. 곧 재개발이 시작돼 소영의 집을 포함한 거리 전체가 철거에 들어갔기 때문이다. 괴기한 분위기를 풍기던 집과 나무는 허무할 정도로 쉽게 사라졌다. 소영이 몇 달 동안 병원 신세를 진 것도 한몫했다. 쉴 새 없이 경찰들이 찾아왔고 가끔은 방송국 카메라를 든 사람들이 병원 로비를 기웃거리기도 했다. 소영이 병실을 드나들 때마다 나머지 다섯 개의 침대에 앉아있는 사람들 모두가 한 번씩 눈길을 주었지만 실제로 말을 거는 사람은 없었다. 가끔 말을 걸어도 소영이 아무런 대답을 하지 않는다는 소문이 이미 다 퍼져있었다.

퇴원 후 소영은 제일 먼저 하고 싶었던 일을 했다. 엄마의 일기에서 종훈이 나온 부분을 복사해 학교와 교육청에 보냈다. 어떤 답변도 돌아오지 않았다. 종훈이 더 이상 교사 생활을 할 수 없게 되었다고 민지가 전해준 것은 한참 지나서였다. 소영을 두 번이나 밀친 장면이 학교 건물 외부에 붙어있던 감시카메라에서 발견되었기 때문이었다.

퇴원한 뒤 소영은 청소년쉼터 몇 곳을 떠돌다가 자립지원관이라고 불리는 곳에 들어갔다. 또래의 여자아이들은 단체 생활이 싫다며 빨리 자취를 하고 싶다는 말을 입에 달고 살았지만 소영의 마음은 편했다. 가끔 다른 애가 쓰던 이불을 덮고 자야 할 때도 있었지만 개의치 않았다. 그런 생활마저도 민지의 엄마가 함께 살 것을 제안하는 바람에 몇 달 가지 않아 끝났다.

그때쯤 되어서야 비로소 소영은 아빠의 죽음에 대한 사건 조사가 끝났음을 알게 되었다. 소영이 용의자가 될 수도 있었다는 사실도 알았다. 아빠를 찌른 가위에는 소영의 지문도 묻어 있었기 때문이다. 그러나 아빠의 등을 찌른 다음 몸을 밀치고 집을 빠져나왔다고 하기에는 소영의 몸에 묻은 피가 지나치게 적었다.

선자는 살아남은 채로 발견됐다. 가위를 손에 꼭 쥔 채였다고 했다. 가위는 소영이 선자의 목을 찔렀을 때 분명 꽂혀있었다. 소영이 그렇게 말했지만 경찰은 그 이야기를 의미 있게 받아들이지 않는 것 같았다. 선자의 목은 아빠에게 물어뜯겨 너덜너덜해져 있었기 때문이다. 소영의 말을 입증할 만한 상처는 없었다. 성대가 영구적으로 손상된 선자는 아무런 말도 하지 못했다.

생명이란 질기고 징그러운 것이다. 선자가 살아있음을 떠올릴 때마다 소영은 그런 생각을 했다. 선자는 며칠 동안 대학병원 중환자실에 머물다가 일반실로, 종합병원의 입원실로, 인근의 요양병원으로 차례차례 옮겨갔다. 그 주기는 다른 환자들에 비해 빨랐다. 소영이 늘 병원에 가서 선자의 보호자는 자신뿐이며 입원비가 별로 없다는 이야기를 꺼냈기 때문이다. 그렇게 말하면 병원에서는 안쓰러운 얼굴을 하면서도 소영이 요구하는 대로 재빠르게 전원 절차를 마무리해 주었다. 재개발 보상금을 넉넉하게 받아서 병원비 걱정이 없다는 이야기는 민지 엄마에게만 했다.

소영은 선자가 머무를 요양병원을 신중하게 찾았다. 오랫동안 살펴본 끝에 경기도의 외곽에 있는 한 시설을 골랐다. 한 명의 요양보호사가 수십 명의 환자를 돌보는 것으로 악명이 높은 것도 확인했다. 예전에 불이 한 번 나서 환자가 여러 명 죽은 적도 있다고 했다. 건물은 곧 철거해도 좋을 정도로 낡아있었다. 곰팡이가 핀 벽지가 금방이라도 벽에서 떨어질 것 같은 모습을 보고 소영은 마음을 정했다. 원장은 소영이 뭐라 말을 꺼내기도 전에 병원이 워낙 잘 되는 터라 환자 상태가 안 좋아지기 전에는 주기적인 연락이 힘들 수도 있다고 선수를 쳤다. 소영은 잘 부탁드린다고 말하고 봉투를 건넸다.

김선자 환자분이 사망하셨습니다. 며칠 전 조심스러운 말투로 걸려온 전화를 받았을 때 소영은 비로소 안도했다.

— 장례를 안 치르시겠다는 건가요?

알아서 해달라고 말하자 의아한 듯한 질문이 돌아왔다. 직원은 소영의 말뜻을 잘 알아듣지 못하는 것 같았다. 영안실에 시체가 언제까지 안치된다거나 장례식 비용이 어떻게 되는지 등의 불필요한 이야기를 늘어놓았다. 소영은 참을성 있게 통화를 이어간 끝에 계좌 이체를 통해 화장 비용을 처리하고 뼛가루를 택배로 받는 데에 합의했다.

소영은 테이프를 뜯어 도자기의 뚜껑을 열었다. 안에는 회색의 재가 반쯤 차있었다. 선자의 머리카락 색과 비슷해 보였다. 아, 알아서 버려달라고 할걸. 하지만 그 직원은 말이 통하지 않았다. 소영은 종량제 봉투에 뼛가루를 털어넣었다. 변기에 버리려다가 막힐지도 모른다는 생각이 들었다. 이 건물의 수압은 그다지 세지 않다. 도자기도 같이 넣을까 하다가 단념하고 쓰레기봉투를 묶었다. 도자기는 아마 유리병 같은 게 들어있는 포대 자루에 넣어야 할 것이다. 건물 주인 할머니가 분리수거를 제대로 하라고 귀에 못이 박히도록 말했었다. 유골함과 쓰레기봉투를 손에 각각 나눠 든 소영은 현관문을 열고 터덜터덜 계단을 걸어 내려갔다.

집에서 빠져 나온 뒤 소영은 키가 10센티미터나 자랐다. 왼쪽 다리는 이따금 아릴 때가 있었지만 걷고 달릴 때 아무런 문제가 되지 않았다. 가끔씩 다리가 아플 때마다 소영은 자기 자신에 대해서 생각했다. 버팀대를 잃고 구부러진 마음은 뒤틀린 상태로 계속 자라나고 있었다. 자신을 스스로 들여다보는 데 남보다 많은 시간을 쓰는 소영은 그것을 민감하게 느꼈다.

강의는 재미없지만 학점을 잘 주기로 유명한 교양 수업에서 트라우마에 대해 배웠다. 충격적인 경험을 겪은 사람들은 거기에서 벗어나지 못하고 같은 행동을 반복한다는 것이다. 강사는 그것이 과거를 극복하는 데 도움을 주지 않는다는 식으로 이야기했다.

리포트에는 수업에서 들은 내용을 그대로 옮겨 적긴 했지만 소영은 그렇게 생각하지 않았다. 과거를 끊임없이 떠올리고 엄마의 일기를 계속해서 읽는 것은 소영에게 삶에 대한 의지를 부여해 주었다. 오히려, 살아가기 위해 소영은 일기를 읽고 또 읽었다.

엄마는 소영에게 어떤 짓을 했는지 꼼꼼히 적혀있는 일기의 표지에 '소영이에게'라고 썼다. 엄마는 소영이 모든 것을 알기를 원했다. 열여섯의 소영은 그것을 읽고 스스로 목숨을 끊으려고 했다. 자신이 엄마를 죽인 거나 마찬가지라고 생각해서? 정말 엄마가 보고 싶어서? 그렇게 많은 학대를 당하고도?

소영은 최근에야 답을 찾았다. 기억은 여전히 돌아오지 않았지만 소영은 과거 자신의 행동을 이해할 수 있었다. 소영은 좌절한 것이다. 엄마에 대한 죄책감이 아니라, 더 이상 선자로부터 벗어날 탈출구가 없다는 생각에, 그런 선택을 한 것이 다름 아닌 자기 자신이라는 생각에 무너진 것이다.

엄마를 용서한다거나, 사랑한다거나 그런 것은 생각하지 않기로 했다. 왜냐하면 **엄마**라는 단어를 보면 소영은 여전히 안구가 터진 선자의 주름진 얼굴이 떠올랐기 때문이다. 소영은 미희를 위해 엄마라는 단어를 잊기로 했다. 이미희라는 여자는 다섯 살짜리 딸이 있었고 그 딸을 사랑하기 위해 최선을 다하다가 죽었다. 소영은 매일 밤 그것을 생각한다. 생각하다 잠이 오지 않으면 거울을 본다. 거울 속에는 어딘가 망가진 것이 분명한 자신의 모습이 있다. 소영은 늘 그것을 똑바로 응시한다. 거울 속의 자신이 말한다. 나는 영원히 엄마가 되지 않을 거야.

엄마는 김선자니까. 소영은 그 말이 맞다고 생각하고 고개를 끄덕인다.

건물 1층 구석에 쓰레기봉투를 모아 두는 곳이 있다. CCTV가 설치돼 있으니 무단 투기를 금지한다는 팻말도 있다. 소영은 손에 든 봉투를 구석에 던져넣었다. 포대 자루 안에서 도자기 깨지는 소리가 났다.

"왜 내려왔어?"

뒤에서 민지의 목소리가 났다. 손에는 아이스크림 두 개가 들려있었다.

"그게 다야?"

소영이 의아하게 묻자 민지가 입을 내밀었다.

"네가 돈 많이 쓴다고 뭐라 했잖아."

"내가 아니라 너희 엄마가 그러셨다고."

소영은 민지의 손에 들린 아이스크림 하나를 가져갔다. 민지가 탄식하듯 외쳤다.

"아! 후식으로 먹으려고 했는데!"

"더 사러 가면 되지."

소영은 공범을 만들기 위해 포장을 하나 더 뜯어 민지의 입에 억지로 물렸다. 민지는 투덜거리면서도 소영이 이끄는 대로 걸었다. 둘은 어느새 웃고 있었다.

누에는 실크를 만드는 벌레다. 뽕잎을 먹고 잘 자란 누에는 나방이 되기 위해 고치를 만들고 번데기가 된다. 인간은 그 고치를 푹 삶아서 자른 다음 안에 들어있는 벌레는 먹고, 껍질에서 실을 뽑아내서 실크를 만든다. 결론적으로 대부분의 누에는 나방이 되지 못하고 죽는다. 나방이 되더라도 얼마 살지 못한다. 희고 통통하고 움직임이 느린 누에는 인간이 기르기 위해 조금 귀여운 외향으로 개량됐다는 말도 있다. 너무 징그러우면 키우기 어려우니까.

누에를 보고 나는 모성애를 생각했다. 모성애는 굉장히 가치 있고 대단한 것으로 평가받는다. 나는 무한한 자기희생과 포용

력을 가진 모성애를 보면 일종의 공포를 느낀다. 그것이 엄청나게 떠받들어지는 모습을 보면 더욱 그렇다. 왜냐하면 내가 알 수 없고 눈에 보이지 않는 어떤 기준으로 인해 그것이 너무 쉽게 다시 비난받기 때문이다. 자기 자신을 소멸하는 이타성을 윤리적으로 희소하며 숭고하다고 칭찬하다가 그것이 조금만 온도계를 벗어나면 진상 엄마라는 죄목으로 화형에 처해지는 풍경에서 나는 두려움을 느낀다.

길을 걷다 나뭇가지에 매달린 번데기를 보면 아무 생각이 안 들지만 나방이 되기를 꿈꾸며 잠든 누에고치를 물에 끓여 반으로 가른 다음 안에 든 벌레를 맛있게 먹는 모습을 보면 양잠에 대해 하나도 모르는 사람이라도 누에의 생애라는 것에 대해 한마디쯤 하고 싶어지지 않을까? 모성애라는 것이 이 사회에서 어떤 연료로 활용되는지 관찰하는 내 기분이 그렇다는 말이었다.

《누에나방》의 캐릭터를 고민할 때 이런 생각이 많은 영향을 줬다. 어떤 식으로든 왜곡된 인물이 강렬한 모성애를 지녔을 때 태어날 수 있는 이야기를 떠올렸다. 반대로 강렬한 인물의 왜곡된 모성애를 쓰고 싶었을지도 모르겠다. 나방이 된 누에는 필요성을 상실하지만 또 다른 누에를 낳는다는 점에서는 유용하다. 애초에 누에는 자신의 가치를 생각하면서 살아가지도 않

고 남이 쓸모가 있느니 없느니를 운운하는 것 자체가 불쾌할지
도 모르겠다는 생각도 했다.

재미있게 읽혔으면 좋겠다는 생각으로 썼으나 시행착오가
많았다. 어떻게 하다 보니 이 글은 습작조차 제대로 읽히지 못
했다. 나를 제외하고 유일하게 누에나방의 우화를 지켜봐 준
조연수 팀장께 감사드린다.

누에나방

초판 1쇄 인쇄 2026년 1월 28일
초판 1쇄 발행 2026년 2월 10일

지은이 마태
펴낸이 김문식 최민석
편집장 조연수
편집 백승민 한수림 김민혜 이세정
마케팅 양아람
디자인 배현정

펴낸곳 (주)해피북스투유
출판등록 2016년 12월 12일 제2016-000343호
주소 서울시 서대문구 신촌로 25-1 보고타워 4층
전화 02)336-1203
팩스 02)336-1209

ⓒ마태, 2026
ISBN 979-11-7096-572-5 03810